ବିଷାଦଯୋଗ

ବିଷାଦଯୋଗ

ଶ୍ରୀକାନ୍ତ ଦାସ

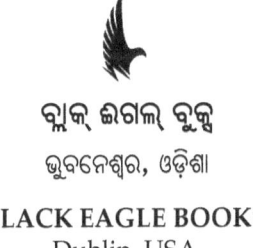

ବ୍ଲାକ୍ ଈଗଲ୍ ବୁକ୍ସ
ଭୁବନେଶ୍ୱର, ଓଡ଼ିଶା

BLACK EAGLE BOOKS
Dublin, USA

ବିଷାଦଯୋଗ / ଶ୍ରୀକାନ୍ତ ଦାସ

ବ୍ଲାକ୍ ଈଗଲ୍ ବୁକ୍ସ : ଭୁବନେଶ୍ୱର, ଓଡ଼ିଶା • ଡବ୍‌ଲିନ୍, ଯୁକ୍ତରାଷ୍ଟ୍ର ଆମେରିକା

BLACK EAGLE BOOKS

USA address:
7464 Wisdom Lane
Dublin, OH 43016

India address:
E/312, Trident Galaxy, Kalinga Nagar,
Bhubaneswar-751003, Odisha, India

E-mail: info@blackeaglebooks.org
Website: www.blackeaglebooks.org

First International Edition Published by
BLACK EAGLE BOOKS, 2025

BISADAYOGA

by **Srikant Das**
Badapada, Kendrapara
Cell: 7873851318

Cover & Interior Design: Ezy's Publication

ISBN- 978-1-64560-794-6 (Paperback)

Printed in the United States of America

ମୋ ଗଳ୍ପର ଚରିତ୍ରମାନଙ୍କୁ...

ଲେଖକଙ୍କ ଅନ୍ୟ କୃତି

ଗପ:

- ନିଶବ୍ଦ ସଂଳାପ
- ପଦ୍ମ ଘୁଚିଯାଏ
- କଳାଘୋଡ଼ାର ସଇସ
- ଆମେ ସମସ୍ତେ ନିଶାଗ୍ରସ୍ତ
- ପ୍ରିୟଶତ୍ରୁ ଓ ଅନ୍ୟମାନେ
- ନିଶବ୍ଦ ଜୀବନସ୍ରୋତ
- ଆମେ ଭଲରେ ଅଛୁ
- ଅନେକ ବାଟ ମଧୁପୁର
- ନିଶବ୍ଦ ଜୀବନ ସ୍ରୋତ
- କଚ୍ଛବଟ
- ଅନେକ ବାଟ ମଧୁପୁର

ନିବନ୍ଧ ଓ ଆଲୋଚନା

- ନାମତୀର୍ଥ
- ଯୁଗେଯୁଗେ ନାମାଚାର୍ଯ୍ୟ
- ଆଧୁନିକ କବିତାର ସ୍ୱର

ଧର୍ମ ଆଲୋଚନା

- ଗୋପୀକ୍ରିଷ୍ଟ

ସୂଚିପତ୍ର

ବିଷାଦଯୋଗ

ସ୍ୱାମୀ ଦିବ୍ୟାନନ୍ଦ ଆଜିକୁ ପ୍ରାୟ ଚାରିପାଞ୍ଚ ମାସ ଧରି ମୋ ସହ ଲଗେଇ ଆସୁଛନ୍ତି ଯେ ତୁମେ ସଂସାର ଛାଡ଼ି ଶୀଘ୍ର ବୃନ୍ଦାବନ ଆସ। ଏକା ନୁହେଁ ପତ୍ନୀଙ୍କୁ ସାଙ୍ଗରେ ଧରି। 'ଆରେ ବାବୁ! ବେଶ୍ କିଛିଦିନ ଘର ସଂସାର କଲ। ଚାକିରି ବାକିରି କଲ। ପଇସା ରୋଜଗାର କଲ। ଅୟସରେ ବି ଜୀବନ କଟିଲା। ପୁଅ ଝିଅ ତ ବଡ଼ ହେଇ ଗଲେଣି। ସେମାନେ ବାହାସାହା ହୋଇ ନିଜ ନିଜ ଧନ୍ଦାରେ ଅଛନ୍ତି। ଆଉ ଦୁଃଖ କ'ଣ ? ଓହୋ ! ଘର ଜମିବାଡ଼ି କଥା କହୁଛ ବାସ୍- ସେ ସବୁତ ତୁମର ନୁହେଁ। ସେମାନଙ୍କର। ସେ ଗୁଡ଼ା ତାଙ୍କ ଜିମା ଦେଇଦିଅ। ଆଉ ଦାୟିତ୍ୱ ରହିବନି। କଣ ଦର୍କାର ? ଏ ବୟସରେ ସେଥିରେ ଘାଣ୍ଟିହେବା ? ଥରେ ସେ ମୋହ ତୁଟାଇ ଦେଇ- ଏଠାକୁ ଆସିଲେ ଜାଣିବ, ତୁମ ସଂସାର ଠାରୁ ଏ ଦୁନିଆ କେତେ ସୁଖକର। ଆନନ୍ଦ ଦାୟକ।

ସୂର୍ଯ୍ୟକାନ୍ତ ପଚାରିଥିଲେ ସେଦିନ।

ଆଚ୍ଛା ସ୍ୱାମୀଜୀ- ମୁଁ ଯଦି ଏ ସଂସାର ଛାଡ଼ି ବୃନ୍ଦାବନ ଯାଏ, କଣ ହେବ ? ଆଗରୁ ତ ତିନି ଚାରିଥର ଏମିତି ବୁଲିଯାଇଛି। ଥରେ କଲେଜ ବନ୍ଧୁମାନଙ୍କ ସହ, ଆଉଥରେ ମୋ ପତ୍ନୀ ସୁମିତ୍ରା ସହ, ଆଉଥରେ କି ଦୁଇଥର ମୁଁ ଏକା- ବାହାରକୁ କୌଣସି କାମରେ ଯାଇଥିଲାବେଳେ। ବୃନ୍ଦାବନ, ହରିଦ୍ୱାର, ଋଷିକେଶ, ପ୍ରଭୃତି ଅନେକ ତୀର୍ଥ ସ୍ଥାନ ଆମେ ବୁଲିବୁ। କାହିଁ ସେତେବେଳେ ତ ସଂସାର ଛାଡ଼ିବାର ପ୍ରଭାବ ମୋ ଉପରେ ପଡ଼ିନଥିଲା। ଆଜି ବୃନ୍ଦାବନ ଚାଲିଗଲେ ଯେ ସଂସାର ଛାଡ଼ି ଦେବି। ଏକଥା କେମିତି ହବ ?

ଦିବ୍ୟାନନ୍ଦଜୀ କହିଥିଲେ

ତୁମେ ଜାଣିନ ସୂର୍ଯ୍ୟ, ସେତେବେଳେ ଯାହା ଆସିଥିଲ। ସଂସାରର କର୍ତ୍ତବ୍ୟ

ସରିନଥିଲା। ଏମିତି ବୁଲିବା ମାନସିକତାରେ ଆସିଥିଲ। ବୃନ୍ଦାବନ ହେଉ ବା ଯେ କୌଣସି ତୀର୍ଥକ୍ଷେତ୍ର ହେଉ, ଏକ ଦର୍ଶନୀୟ ସ୍ଥାନ ଭାବରେ ଖୁସି ମନେଇବାକୁ ଆସିଥିଲ। ଏବେ କିନ୍ତୁ ଯେତେବେଳେ ତୁମ ଆସିବାର ଆବେଗ ରହିବ, ସେହି ମୁହୂର୍ତ୍ତରେ ତୁମ ମାୟାର ସଂସାର, ଆସକ୍ତିର ଘର ଅଥବା ମୋହର ସମ୍ପର୍କ ଆପେ ଆପେ ଅପସରିଯିବ। ଏମିତି ଏକ ଦୁନିଆ ତୁମ ଆଗରେ ଠିଆ ହେବ ଯେ, ଯାହାର ମାନଚିତ୍ର ସମ୍ପୂର୍ଣ୍ଣ ଅଲଗା। ସେଠି ଥିବ ତୁମେ କେବଳ ତୁମେ, ତୁମର ଚେତନାଥିବ ଊର୍ଦ୍ଧ୍ୱଗାମୀ। ତୁମର ତଳକଥା ସବୁ ମନଭିତରୁ କୁଆଡ଼େ ଯେ ଲିଭିଯାଇଥିବ। ମନେ ପକେଇଲେ କି ମନେ ପଡ଼ିବନି।

ସୂର୍ଯ୍ୟକାନ୍ତ ବ୍ୟତିବ୍ୟସ୍ତ ହେଉଥିଲେ। ବିବ୍ରତ ମଧ୍ୟ। ଦିବ୍ୟାନନ୍ଦଙ୍କ କଥା ସୂର୍ଯ୍ୟକାନ୍ତ ଦୋହରାଉଥିଲେ। ତାଙ୍କର ଅଧ୍ୟୟନ, ଅନୁଭୂତି ଓ ସଂସାର କର୍ତ୍ତବ୍ୟବୋଧରେ ସେ ଯେତିକି ଜାଣିଛନ୍ତି ଏଥିରେ ଥିବା ଆନନ୍ଦ ଭିନ୍ନ ସ୍ୱାଦର। ହୁଏତ ଦିବ୍ୟାନନ୍ଦ ମିଛ କହୁନାହାନ୍ତି, ତାଙ୍କର ଜୀବନ ପରୀକ୍ଷା ନିରୀକ୍ଷାରେ ସେ ଅଲଗା କିଛି ଜାଣିଛନ୍ତି। ଶାସ୍ତ୍ର, ପୁରାଣ ହେଉ ବା ସାଧୁସନ୍ଥଙ୍କ ଜୀବନ ଗ୍ରନ୍ଥ ହେଉ ସବୁଥିରେ କୁହାଯାଇଛି ସଂସାର ମିଛ, ମାୟା, ଅଳୀକ, ଇତ୍ୟାଦି। ସତ୍ୟ ତା ହେଲେ କଣ ?

ସନ୍ନ୍ୟାସ ହେବ ? ହରିଦ୍ୱାର, ବୃନ୍ଦାବନ, ହିମାଳୟ, ବଣଜଙ୍ଗଲକୁ ଚାଲିଯିବା ?

ବୋଉ ମରିଯିବା ସାତବର୍ଷ ହେଲା।

ବାପାଙ୍କ ଦେହାନ୍ତ ବେଳକୁ ସୂର୍ଯ୍ୟକାନ୍ତଙ୍କ ବୟସ କମ। ନୂଆ ନୂଆ କଲେଜରେ ଆଡ଼ମିସନ କରିଥିଲେ। ବଡ଼ଭାଇଙ୍କ ସମ୍ପୂର୍ଣ୍ଣ ସାହାଯ୍ୟରେ ସେ ପାଠପଢ଼ି ଏମ୍.ଏ.ପାଶ୍ କଲେ। ଗୋଟେ ପ୍ରାଇଭେଟ କଲେଝରେ ଚାକିରି କଲେ ଓ ଆଗକୁ ଆଗକୁ ଚାଲିବାର, ବଂଚିବାର ରାହା ପାଇଲେ।

ସେତେବେଳେ ଜୀବନକୁ ଏବେ ସୂର୍ଯ୍ୟକାନ୍ତ ଯଦି ଡାକନ୍ତି, ତାହେଲେ ଦୋହଲିଯାଏ ଦେହ ଓ ମନ। କୁଆଡ଼େ ଗଲେ ପ୍ରାଣସହି ଭଲ ପାଉଛନ୍ତି ବୋଲି ବାରମ୍ବାର କହୁଥିବା ପ୍ରେମିକା ମନୀଷା ରାୟ ?

ବେଶ୍ କିଛି ଦିନ ଠିକ୍ ଥିଲା।

ନିବୁଜ ଭଲପାଇବା ଥିଲା। ମୋହ ଥିଲା, ଘୋର ଆସକ୍ତି ଥିଲା। ନିରବରେ କଥା ହେବାର ଗୋଟେ ନିଆରା ମାଦକତା ଉଭୟ ଅନୁଭବ କରୁଥିଲେ।

ଏବେ ବି ମନୀଷାଙ୍କର ଛାଇ ଲମ୍ବିଯାଏ- କାହିଁ କେତେଦୂର। ସୂର୍ଯ୍ୟକାନ୍ତ ଦେଖିପାରନ୍ତି ସେ ଦିନକୁ। ଏଇତ ସେଦିନ ପୁରୀ ସମୁଦ୍ରବେଳାରେ ନିଜ ପତ୍ନୀଙ୍କ ସହ ବୁଲୁ ବୁଲୁ ଦୂରରୁ ଦେଖିପାରିଥିଲେ ମନୀଷାଙ୍କୁ। ସେ ଓ ତାଙ୍କର ଜଣେ ବାନ୍ଧବୀ ଦୁଇଜଣ ଚାଲିଥିଲେ ବାଲୁକା ବେଳାରେ। ଠିକ୍ ଚିହ୍ନିପାରିଥିଲେ ସୂର୍ଯ୍ୟକାନ୍ତ। ତାଙ୍କର ଇଚ୍ଛା ହଉଥିଲା

ପାଖକୁ ଯାଇ ପଚାରିଥାନ୍ତେ। କେତେକଥା। ଅନେକ ସୁଖଦୁଃଖର କଥା। କିନ୍ତୁ ପଚାରିବାର ସୁଯୋଗ ନଥିଲା।

ପତ୍ନୀ ପଚାରିଲେ ସେ ମହିଳା ଦୁଇଜଣ କିଏ କି? କଣ ତୁମର ପରିଚିତ? ତାଙ୍କ ସହ ତୁମର ସମ୍ପର୍କ କଣ? ଏମିତି ଚିହ୍ନିଲା ଚିହ୍ନିଲା ଭଳି ଅନଉଛ।

ସୂର୍ଯ୍ୟକାନ୍ତ ହଡ଼ବଡ଼େଇ ଗଲେ।

ଆଗରୁ ପ୍ରସ୍ତୁତ କଲାଭଳି କହିଲେ, ଜଣେ ଆମ ପାଖ କଲେଜର ଷ୍ଟାଫ୍ ଆଉ ଜଣେ ବୋଧେ ତାଙ୍କ ବାନ୍ଧବୀ। ହଠାତ୍ ଜାଣି ପାରିଲିନି ତ ତେଣୁ ଚାହିଁ ଜାଣିବାକୁ ଚେଷ୍ଟା କରୁଥିଲି।

ନିଜ ପ୍ରେମିକାର ସ୍ମୃତିକୁ ଲୁଚେଇବାକୁ ସୂର୍ଯ୍ୟକାନ୍ତଙ୍କର ଏହି ନାଟଣକରେ ସେ ହୁଏତ ସଫଳ ହୋଇପାରନ୍ତି, ହେଲେ ପ୍ରତି ମୁହୂର୍ତ୍ତରେ ଯେ ସେ ଦଂଶିତ ଏକଥା କେବେ ବି ଅସ୍ୱୀକାର କରାଯାଇ ନପାରେ। ଘରଦ୍ୱାର, ସ୍ତ୍ରୀ, ପରିବାର ଠିକ୍ ଚାଲିଛି କୌଣସି ଅସୁବିଧା ମଧ୍ୟ ନାହିଁ। କିନ୍ତୁ କଣ ପାଇଁ ସେ ନିଜଠାରୁ ମୁକ୍ତ ହୋଇପାରୁ ନାହାନ୍ତି। କିଏ ତା ହେଲେ ବନ୍ଧନ ଯୁକ୍ତ କରିଛି? ମନୀଷା ରାୟ ନା ସ୍ତ୍ରୀ କାଦମ୍ବିନୀ? ପୁଅଝିଅ ନା ବଂଧୁବାଂଧବ? ଏକ ପ୍ରଶ୍ନର ବଳୟ ଭିତରେ ସୂର୍ଯ୍ୟକାନ୍ତ ଠିଆ ହେଇଛନ୍ତି।

ଦିବ୍ୟାନନ୍ଦଙ୍କ କଥା ପୁଣି ଦୋହରାଇଲେ।

ଆସକ୍ତି ତ୍ୟାଗ କର ସୂର୍ଯ୍ୟକାନ୍ତ। ମୋହକୁ ବିନାଶ କର। ସେ ରାଜ୍ୟ ଛାଡ଼ି ଏ ରାଜ୍ୟକୁ ଆସ। ଦେଖତ ଆସି କେମିତି ଦିବ୍ୟଚେତନାରେ ମହକି ଉଠୁଛି ସାରା ସମୟ। ଅନାବରଣ ହେଇଯାଉଛି ବଂଧନମୁକ୍ତ ସମୟ।

ସୂର୍ଯ୍ୟକାନ୍ତ ଜଣେ ଗୁରୁଙ୍କର ଆଶ୍ରୀତ।

ସାତ୍ତ୍ୱିକ ଭୋଜନ, ବିଭୁସ୍ମରଣ, ଧ୍ୟାନ ଅଧ୍ୟୟନ ପ୍ରଭୃତିରେ ଏବେ ଅନେକ ସମୟ କଟୁଛି। ସକାଳୁ ଅନ୍ତତଃ ଦୁଇଘଣ୍ଟା ପୁଣି ସନ୍ଧ୍ୟାରେ ଦୁଇଘଣ୍ଟା। ସହଯୋଗ କରନ୍ତି ପତ୍ନୀ କାଦମ୍ବିନୀ। ପ୍ରାର୍ଥନା, ପାରାୟଣ କୀର୍ତ୍ତନରେ ଯୋଗ ଦିଅନ୍ତି ସେ। ଘରେ ଏକା ଦୁଇଜଣ। ସୂର୍ଯ୍ୟକାନ୍ତ ଆଉ କାଦମ୍ବିନୀ। ପୁଅ ଏବେ ବାହାରେ ଭଲ କମ୍ପାନୀରେ ଇଂଜିନିୟର। ବୋହୂମଧ ସେୟା। ଦୁଇଜଣ ଓଡ଼ିଶା ବାହାରେ। ଝିଅ ଅଧ୍ୟାପିକା, ଜ୍ୱାଇଁ ବ୍ୟାଙ୍କ୍ ଅଫିସର। କୌଣସି ଅସୁବିଧା ନାହିଁ।

ସମସ୍ତେ ଡାକନ୍ତି ପାଖକୁ।

ପୂଜାଛୁଟିରେ ପୁଅ ଘରକୁ ଆସିଥିଲା କହିଲା, 'ବାପା ଘରେ ଏକୁଟିଆ ରହିଛ କାହିଁକି? ମୋ ସାଙ୍ଗରେ ଆସ ବୁଲିଆସିବା। ବୋଉ ମଧ୍ୟ ଯିବ। ବାହାରକୁ ଗଲେ ଭଲ ଲାଗିବ।

ସୂର୍ଯ୍ୟକାନ୍ତ ଟିକେ ହସି କହିଲେ।

ତୁମେ ଦୁଇଜଣ ମୋ'ପାଖକୁ ଆସୁଛ। ପୁଣି ଏତେବାଟ ଯିବା ଦର୍କାର କଣ ? ଆଉ ରହିଲା ତୁ ଯେଉଁ ଦେହପା' କଥା କହୁଥିଲୁ; ସେ ସବୁ ଯାହା ଘଟିବାର କଥା ଘଟିବ। ଏଠି ରହିଲେ ହବ-ସେଠି ରହିଲେ ବି ହବ। ସେଥିପାଇଁ ଆଦୌ ବ୍ୟସ୍ତ ହ'ନା। ନିହାତି ଦର୍କାର ପଡ଼ିଲେ ମୁଁ ଫୋନ୍‌ରେ ଜଣେଇବି।

ସୂର୍ଯ୍ୟକାନ୍ତ ବୁଝେଇ ଦେଲେ ପୁଅ ବୋହୂଙ୍କୁ। ଝିଅ ଜ୍ୱାଇଁଙ୍କୁ ସମସ୍ତଙ୍କୁ, ସକାଳୁ ଚା' ପିଉ ପିଉ କାଦମ୍ବିନୀଙ୍କୁ କହିଲେ ସୂର୍ଯ୍ୟକାନ୍ତ- 'ମୁଁ ପିଲାମାନଙ୍କୁ ଠିକ୍ କହିଲି ନା ? ତୁମର ଯିବାର ଇଚ୍ଛା ଥିଲା କି ?

କାଦମ୍ବିନୀ ଚା' ପିଇବା ସାରି କହିଲେ 'ମୋର କୋଉଠିକି ଯିବା ଦର୍କାର ନାହିଁ। ଏ ଘର ମୋ ପାଇଁ ସବୁଠାରୁ ଭଲଜାଗା। ତୁମର ଯଦି ଇଚ୍ଛା ହଉଚି, ଯାଅ ମଝିରେ ମଝିରେ ବୁଲି ଆସିବ। ମନ ଫୂର୍ତ୍ତି ରହିବ। ଅବସର ପରେ ସେଇ ଗୋଟିଏ ଜୀବନ, କିଛି ପରିବର୍ତ୍ତନ ହେବ।"

ସୂର୍ଯ୍ୟକାନ୍ତ ଠିକ୍ ଜାଣିଛନ୍ତି; ତାଙ୍କୁ ବୁହୁଦିନ ଛାଡ଼ି କାଦମ୍ବିନୀ ରହି ପାରିବେନି। ଯାହା ସେ ଉପରୁ କହୁଛନ୍ତି। ସମସ୍ତେ ଗୋଟିଏ କଥା କହନ୍ତି ଅବସର ପରେ କେମିତି କଟୁଛି ଜୀବନ ? ଆରେ ବାବୁ- ଏ ଗୋଟେ କି କଥା ? ଅବସର ପରେ କଣ ମଣିଷର ପ୍ରକୃତି ଓ ପ୍ରବୃତ୍ତି ବଦଳି ଯିବ ? ନା ରୁଚି ଓ ସୂଚୀ ବଦଳିଯିବ ? ଯେଉଁମାନେ ଚାକିରି କରିନାହାନ୍ତି ସେ କେବେ ତ ଏକଥା ଭାବି ନାହାନ୍ତି। କାହିଁକି ବା ଭାବିବେ ? ଜୀବନ ତ ଜୀବନ ଜନ୍ମରୁ ମୃତ୍ୟୁ ପର୍ଯ୍ୟନ୍ତ। ଉପଖଣ୍ଡ ସମୟଟିଏ।

ଦିବ୍ୟାନନ୍ଦ ଜୀବନର ସଜ୍ଞା କଣ ବୁଝିଛନ୍ତି। ସେ କଥା ସୂର୍ଯ୍ୟକାନ୍ତ ଜାଣିନାହାନ୍ତି। ସେ ମଧ୍ୟ ଗୋଟିଏ ଭଲ ସରକାରୀ ପଦବୀରେ ଥିଲେ। ଅବସର ନେବାର ଠିକ୍ ବର୍ଷଟିଏ ପରେ ସନ୍ୟାସ ହୋଇଗଲେ।

ସୂର୍ଯ୍ୟକାନ୍ତ ଅନେକ ଆଗରୁ ଦିବ୍ୟାନନ୍ଦଙ୍କୁ ଜାଣନ୍ତି। କଲେଜରେ ପାଠ ପଢ଼ିଲା ବେଳେ ଦିବ୍ୟାନନ୍ଦ ତାଙ୍କର ଦୁଇଟି ପାହାଚ ଆଗରେ ଥିଲେ। ସାଂଗ ହୋଇ ରହୁଥିଲେ ହଷ୍ଟେଲରେ। ପାଖାପାଖି ରୁମ୍‌ରେ। ସେଦିନୁ ଉଭୟଙ୍କ ଭିତରେ ଏକ ବଡ଼ଭାଇ ସାନଭାଇର ବଂଧୁତା ସୃଷ୍ଟି ହୋଇଥିଲା। ଦିବ୍ୟାନନ୍ଦ ସେତେବେଳେ ପରିଚିତ ଥିଲେ ଦିବ୍ୟସୁନ୍ଦର ଭାବରେ। ଅର୍ଥାତ୍ ତାଙ୍କ ନାଁ ଥିଲା ଦିବ୍ୟସୁନ୍ଦର ମହାପାତ୍ର। ସନ୍ୟାସ ହେବାପରେ ସେ ହେଲେ ସ୍ୱାମୀ ଦିବ୍ୟାନନ୍ଦ। ଦିବ୍ୟସୁନ୍ଦର ମୂଳରୁ ଈଶ୍ୱରାନୁରାଗୀ ଥିଲେ। ସୂର୍ଯ୍ୟକାନ୍ତ ମଧ୍ୟ ସେଇ ମାନସିକତାର ମଣିଷ। କାରଣ ସୂର୍ଯ୍ୟକାନ୍ତଙ୍କର ବାପା ଜଣେ ସନ୍ଥଙ୍କର ଆଶ୍ରିତ ଥିଲେ। ସେହି ରାସ୍ତାରେ ସୂର୍ଯ୍ୟକାନ୍ତଙ୍କର ଭାଇ ଭଉଣୀ ମଧ୍ୟ ଯାଇଥିଲେ।

ତେଣୁ ହଷ୍ଟେଲରେ ଥିବାବେଳେ ଦିବ୍ୟସୁନ୍ଦର ଓ ସୂର୍ଯ୍ୟକାନ୍ତ ଏକ ପ୍ରକାର ବନ୍ଧୁ ବନିଯାଇଥିଲେ। ଦିବ୍ୟସୁନ୍ଦର ପରବର୍ତ୍ତୀ ସମୟରେ ବିବାହ କରିଥିଲେ ମନୀଷା ରାୟଙ୍କୁ। ଏକଥା ଅବଶ୍ୟ ସୂର୍ଯ୍ୟକାନ୍ତ ପରେ ଜାଣିଥିଲେ। ଯେଉଁ ସମୟରେ ଜାଣିଲେ ସେତେବେଳକୁ ପ୍ରେମିକାର ମୋହ ତୁଟି ଯାଇଥିଲା। ମନୀଷା ମଧ୍ୟ ଚାକିରି କରିଥିଲେ ଏକ ସରକାରୀ ବାଳିକା ବିଦ୍ୟାଳୟରେ। ଉଭୟ ଦିବ୍ୟସୁନ୍ଦର ଓ ମନୀଷା ବେଶ୍ ଈଶ୍ୱର ଅନୁରକ୍ତ ଥିଲେ। ଥରେ ଦୁଇଥର ମଧ୍ୟ ଦିବ୍ୟସୁନ୍ଦରଙ୍କର ଭେଟ ହୋଇଛି ସୂର୍ଯ୍ୟକାନ୍ତଙ୍କ ସହ। ଯେଉଁ ସାକ୍ଷାତକାରରେ କାଦମ୍ବିନୀ ମଧ୍ୟ ଭେଟଣ ହୋଇଥିଲେ।

ମନୀଷା ରାୟ ଯେମିତି ବଦଳି ଯାଇଥିଲେ।

ସୂର୍ଯ୍ୟକାନ୍ତ ଦେଖିଲେ ଆସକ୍ତି ବିହୀନ ଜୀବନର ଏକ ପ୍ରତିଛବି ମନୀଷା। ଗୋଟିଏ ମାତ୍ର ପୁଅ, ବୋହୂ ସହିତ ଆମେରିକାରେ। ସେମାନଙ୍କ କଥା କହି ମନୀଷା କି ଦିବ୍ୟସୁନ୍ଦର କେବେ ଉତ୍‌ଫୁଲିତ ହେବାର ଦେଖାଯାଇନି। ବରଂ ଅତି ସହଜଭାବରେ ଗ୍ରହଣ କରିଛନ୍ତି।

ଏଇ ମନୀଷା କାଦମ୍ବିନୀଙ୍କ ସହ ଭେଟ ହେଲାବେଳେ, କାଦମ୍ବିନୀ ମନୀଷାଙ୍କୁ ପଚାରିଲେ-ତାଙ୍କ ପୁଅବୋହୂଙ୍କ କଥା। ଛୋଟ ନାତି କଥା। "ମନୀଷା ଅତି ସହଜ ଉତ୍ତରଟିଏ ଦେଲେ- ଆମ ଜୀବନ ଆମ୍ଭର, ତାଙ୍କ ଜୀବନ ତାଙ୍କର। କେହି କାହାରି କର୍ମଫଳକୁ ନେବ ନାହିଁ। ଆମେ ଯାହା ଭାବୁ ସେ ସବୁବେଳେ ଉପରସ୍ତରରୁ, ଭିତରେ କିନ୍ତୁ ସବୁ ଫରକ। ସେମାନେ ଭଲ ଅଛନ୍ତି।"

କାଦମ୍ବିନୀ ସେ କଥା କଣ ବୁଝିଲେ କେଜାଣି ସୂର୍ଯ୍ୟକାନ୍ତ ଜାଣନ୍ତି ନି। କିନ୍ତୁ ସେ ବୁଝିଛନ୍ତି ଅଲଗା।

କର୍ମବନ୍ଧନର ଫଳ ମଣିଷ ଭୋଗକରେ ଏକଥା ସତ୍ୟ। କେହି ବି ଫାଙ୍କି ପାରିବେନି। ତା ଅର୍ଥ ନୁହେଁ ଯେ, ସମାଜ ଓ ସଂସାରକୁ ଛାଡ଼ି ଅଲଗା-କିଛି ଚିନ୍ତା କରାଯାଇପାରେ ?

ସୂର୍ଯ୍ୟକାନ୍ତ ଏବେ ଭାବୁଛନ୍ତି; ମନୀଷା ଯାହାକିଛି କହୁଥିଲେ ତା ଖାଲି କଥାରେ କଥାରେ ନୁହେଁ। ବରଂ କିଛି କାର୍ଯ୍ୟ ସେ ଦୁଇଜଣ କରିଛନ୍ତି। ଜଣେ ଇସ୍‌କନ୍ ସାଧୁଙ୍କ ଠାରୁ ଦୀକ୍ଷା ଗ୍ରହଣ କରି ସନ୍ୟାସ ହୋଇଯାଇଛନ୍ତି। ସେମାନେ ଦୁଇଜଣ ଏବେ ବୃନ୍ଦାବନର ଏକ ଇସ୍‌କନ ମନ୍ଦିରରେ। ଯାହାଙ୍କ ଦୀକ୍ଷାନାମ ହେଲା ସ୍ୱାମୀ ଦିବ୍ୟାନନ୍ଦ ଓ ମା ନିତ୍ୟଚୈତନ୍ୟ।

ହଷ୍ଟେଲରେ ସାଂଗ ହୋଇ ବୁଲୁଥିବା ଦିବ୍ୟସୁନ୍ଦର ଭାଇ ଏବେ ସ୍ୱାମୀ ଦିବ୍ୟାନନ୍ଦ ମହାରାଜ। ସେଇ ଦିବ୍ୟାନନ୍ଦ ଫୋନ୍ କରନ୍ତି ବାରମ୍ବାର। "ତୁମେ ନୂଆ ଏକ ସଂସାର

ଗଢ଼ ସୂର୍ଯ୍ୟକାନ୍ତ। କାଦମ୍ବିନୀ ମା'ଙ୍କୁ କୁହ ତୁମ ସହ ସେ ସଂସାର ସେ ସାଥି ହୁଅନ୍ତୁ। ସେଠି ଆଉ କାହାର ସ୍ଥାନ ନାହିଁ। କି ପୁଅ କି ଝିଅ କେହି ନୁହଁନ୍ତି।"

ସୂର୍ଯ୍ୟକାନ୍ତ ଗୁରୁଦେବଙ୍କ ବାଣୀ ପଢୁଥିଲେ। ସେ କହିଛନ୍ତି, ସନ୍ୟାସ ହେଇ ଯିବା ବଡ଼ କଥା ନୁହେଁ, ଯେତିକି ସହଜ ଲାଗେ, ସେତିକି ସହଜ ନୁହେଁ। ମନଭିତରୁ ସବୁ ଆବର୍ଜନାକୁ ତୁଟେଇ ନଦେଲେ, ସନ୍ୟାସଶବ୍ଦର ପ୍ରକୃତ ଅର୍ଥ ଆସେନା। ସଂସାର ଭିତରେ ରହି ଯଦି ମନକୁ ସଫା କରିପାରିବା, ସେ ମନରେ ପ୍ରକୃତ ଇଷ୍ଟ ଆପେ ଆପେ ଆସି ଆସନ ପାତି ବସିବେ। ସନ୍ୟାସ ହୋଇ ବସ୍ତ୍ର ବଦଳାଇବାରେ ଲାଭ ନାହିଁ।

ସୂର୍ଯ୍ୟକାନ୍ତ ଭାବୁଥିଲେ ଏକଥାଟି ଏତେ ସହଜ ନୁହେଁ। ସଂସାର ଭିତରେ ରହି ହେଉ ବା ସନ୍ୟାସ ହୋଇ ଗୃହତ୍ୟାଗୀ ହେଉ, ମନଦର୍ପଣକୁ ମଇଳା ମୁକ୍ତ କରିବା ଦର୍କାର। ତାହେଲେ ସେ ଦର୍ପଣରେ ପ୍ରତିବିମ୍ବିତ ହେବ- ଆଉ କାହାର ରୂପ। ସେଠି ନଥିବ, କାଦମ୍ବିନୀ, ପୁଅ କି ଝିଅ ଅଥବା ସେଦିନର ପ୍ରେମିକା ମନୀଷା ରାୟ। ଯାହାର ଚିତ୍ରପଟଣ ଆସିବ, ସେ ଜେଣ ଚିନ୍ମୟପୁରୁଷ। ସେତେବେଳେ କୌଣସି ମୋହ ନଥିବ, ସମ୍ପୂର୍ଣ୍ଣ ମୋହ ହୀନ।

ଫୋନ୍‌ରେ କଥା ହେବା ଅବସରରେ ସୂର୍ଯ୍ୟକାନ୍ତ ସ୍ୱାମୀ ଦିବ୍ୟାନନ୍ଦଙ୍କୁ କହିଥିଲେ, "ସ୍ୱାମୀଜୀ ମୁଁ ବୃନ୍ଦାବନ ହେଉ ଆଉ ଯେଉଁଠିକି ହେଉ, ନିଶ୍ଚୟ ଯିବି ମାତ୍ର ଯେତେବେଳେ ମୁଁ ନିଜକୁ ନିଜଠାରୁ ମୁକ୍ତ କରିପାରିବି। ଗୃହସଂସାରରେ ରହି- ଗୃହହୀନ ହେବାର ଅଭ୍ୟାସ କରୁଛି। ଏଥିରେ ବାସ୍ତବ ଆନନ୍ଦ ମିଳିବାର ଆଶା ରଖିଛି।"

ସୂର୍ଯ୍ୟକାନ୍ତ ନିଜକୁ ପଚାରୁଥିଲେ ତୁମର ମନଭିତରେ କେବେ ମନୀଷାରାୟ ଆସନ୍ତି ନା ନାହିଁ। ସମୁଦ୍ରକୂଳରେ ବୁଲୁଥିବା ମନୀଷା ହେଉ ବା ଗେରୁଆ ଶାଢ଼ୀ ମସ୍ତକରେ ବୈଷ୍ଣବ ତିଳକକାଟିଥିବା ମନୀଷା ହେଉ? ମନେପଡ଼େ ତ ସୂର୍ଯ୍ୟକାନ୍ତ?

ସେ ଉତ୍ତର ଦେଇପାରୁନଥିଲେ?

କଣ କହିବେ ନିଜକୁ- ସେ ଏ ସବୁରୁ ଏକବାର ମୁକ୍ତ?

ଏବେ ବି କାଦମ୍ବିନୀ ଚା' ଧରି ଠିଆହୁଅନ୍ତି। ବୋହୂ ଫୋନ୍ କରି ପଚାରେ, ଭିଡ଼ିଓ କଲ କରି ନାତିର ଦରୋଟି କଥା ଶୁଣାଏ। ମନୀଷାଙ୍କର ଛାଇ ଲମ୍ବିଯାଏ ମନ ଭିତରେ।

ତାହେଲେ ସେ ଗୃହତ୍ୟାଗୀ ହେଲେ କିପରି?

କିପରି ବା ବେଶ ବଦଳାଇ ନିଜକୁ ସନ୍ୟାସ ବୋଲି କହିବେ? ସୂର୍ଯ୍ୟକାନ୍ତ ତ ନିଜକୁ ଏ ପର୍ଯ୍ୟନ୍ତ ଠିକ୍ କରିପାରିନାହାନ୍ତି। ମୋହ ତୁଟାଇ ପାରିନାହାନ୍ତି ବା ଆସକ୍ତିର ବଳୟ ବାହାରକୁ ଯାଇପାରିନାହାନ୍ତି, ତେଣୁ ସେ ଏବେ ବି ବଂଧନ ମୁକ୍ତ। ବେଳ ଆସୁ

ତାଙ୍କ ଗୁରୁଦେବଙ୍କ ଭାଷାରେ ସନ୍ୟାସ ଭାବ ଉଦ୍ରେକ ନହେଲେ କେହି ଗୃହତ୍ୟାଗୀ ସାଧୁ ବା ସନ୍ୟାସୀ ହୋଇପାରେନା । ଏହି ଘର ସଂସାର ଭିତରେ ବି ସାଧୁତା ଆଚରଣ ପୂର୍ବକ-ଈଶ୍ୱରଙ୍କ ସହ ଏକାତ୍ମଭାବ ସନ୍ୟାସ ଲକ୍ଷଣ ।

ସୂର୍ଯ୍ୟକାନ୍ତ ମନ ଭିତରେ ଯେମିତି ଶକ୍ତି ସଂଚାର କରୁଥିଲେ ।

ନିଜକୁ ସନ୍ୟାସ ସଜେଇବାର ପ୍ରଚେଷ୍ଟା ଜାରି ରଖିବାର ସଂକଳ୍ପ କରୁଥିଲେ । ଏବେ ସେ ଭାରିଖୁସି । ମୁକ୍ତ ଓ ସ୍ୱାଚ୍ଛନ୍ଦ । ଆକାଶର ପକ୍ଷୀ ଭଳି ।

କେମିତି ଅଛନ୍ତି ତାରାକାନ୍ତ

ସୁପ୍ରଭା, ତୁମର ତାରାକାନ୍ତଙ୍କ କଥା ମନେଅଛି ?

ସୁପ୍ରଭା ଟି-ପୟ ଉପରେ କଫି କପ୍‌ଟା ଥୋଇଲେ ।

ଖବରକାଗଜ ଉପରୁ ଆଖି ଫେରାଇ ମୁଁ ପୁଣି ପଚାରିଲି । ତୁମର ତାରାକାନ୍ତଙ୍କ କଥା ମନେଅଛି ?

ସେ ସେମିତି ମୋ କଥାର କୌଣସି ଗୁରୁତ୍ୱ ନଦେଇ କହିଲେ 'କଫି ଥଣ୍ଡା ହୋଇଯିବ, ପିଇଦିଅ । ମୋତେ ଲାଗିଲା, ସୁପ୍ରଭା ବୋଧେ ମୋ କଥା ଠିକ୍ ବୁଝିପାରିଲେନି ବା ତାରାକାନ୍ତ କିଏ ସେକଥା ଜାଣିବାକୁ ରାଜି ନୁହଁନ୍ତି ।

ସୁପ୍ରଭା ବସିଲେ ।

କଫି ପିଇଲୁ ଦୁଇଜଣ ।

ମୁଁ ପୁନଶ୍ଚ ପ୍ରଶ୍ନ କଲି- ତାରାକାନ୍ତଙ୍କ କଥା ତୁମେ ମନେରଖିଛ, ନା ଭୁଲିଗଲଣି ?

ତାରାକାନ୍ତ ହାଲଦାର ।

ଓ ହାଲଦାର ସାର୍ ! ତୁମେ ସେକଥା କହୁନ । ମୁଁ ଭାବିଲି, କୋଉ ତାରାକାନ୍ତଙ୍କ କଥା କହୁଚ...ମୁଁ ତାଙ୍କୁ ଜାଣିବି କାହିଁକି ? ହଁ କ'ଣ ହେଇଛି ତାଙ୍କର ? ସୁପ୍ରଭା ସ୍ୱରରୁ ଆବେଗପ୍ରବଣତା ସ୍ପଷ୍ଟ ବାରିହେଉଥିଲା ।

– ତାଙ୍କର କିଛି ହେଇନିମ ! ଏଇ ଖବରକାଗଜରେ ଦେଖିଲଇ ତାଙ୍କର ଖଣ୍ଡେ ଉପନ୍ୟାସ ସାହିତ୍ୟ ଏକାଡ଼େମୀ ପୁରସ୍କାର ପାଇଛି । – ମୁଁ କହିଲି ।

ଖୁବ୍ ଭଲ ଖବର । ଅନେକ ଦିନ ପରେ ଯାହାହେଉ ସେ ଗୋଟେ ପୁରସ୍କାର ପାଇଲେ ।

ତୁମେ ତାଙ୍କୁ ଫୋନ୍‌କରି ସୁଭେଚ୍ଛା ଜଣାଇଦିଅ । – ସୁପ୍ରଭା କହିଲେ ।

ମୋ ପାଖରେ ତାଙ୍କର ଫୋନ୍ ନମ୍ବର ନାହିଁ। ଯେଉଁଟା ଥିଲା ଅନେକ ଦିନ ତଳୁ ତାହା ଡେଡ୍ ହୋଇଯାଇଛି।

ଆଉ ଯୋଗାଯୋଗ ବି ନାହିଁ ବହୁତ ଦିନ ହେଲାଣି। ତଥାପି କାହାଠୁ ଫୋନ୍ ନମ୍ବର ଆଣିବାକୁ ଚେଷ୍ଟା କରୁଛି। ମୁଁ କହିଲି।

ତାରାକାନ୍ତ ହାଲଦାର !

ବଙ୍ଗାଳୀ ଭଦ୍ରଲୋକ। ଡେଙ୍ଗା ଓ ସୁସ୍ଥ ଚେହେରା। ବେଶ୍ ମେଳାପି।

ତାଙ୍କର ଜନ୍ମସ୍ଥାନ ମେଦିନାପୁର। ବହୁଦିନ ହେଲା ତାଙ୍କ ବାପାଅଜା ରହିଆସିଲେଣି ଓଡ଼ିଶାରେ। ବାଲେଶ୍ୱରରୁ ପ୍ରାୟ ପଚାଶଷାଠିଏ କିଲୋମିଟର ଭିତରକୁ।

ତାରାକାନ୍ତ ରହୁଥିଲେ ଭୁବନେଶ୍ୱରରେ।

ତାଙ୍କର ଇତିହାସ ମୋତେ ଠିକ୍‌ରେ ଜଣା ନାହିଁ। ତାଙ୍କ ସହ ପରିଚୟ ହେବାର ଏକ ମାଧ୍ୟମ ଥିଲା 'ହାଲଦାର ବୁକ୍ ଷ୍ଟୋର୍'। ସେଇଟିର ସେ ମାଲିକ। ବିଭିନ୍ନ ପ୍ରକାର ବହି ସହିତ ପତ୍ରପତ୍ରିକା ବି ରଖୁଥିଲେ। ଓଡ଼ିଆ, ଇଂରାଜୀ, ବଙ୍ଗଳା, ହିନ୍ଦୀ ପତ୍ରିକା ଓ ଖବରକାଗଜ ତାଙ୍କ ଦୋକାନରୁ ମିଳୁଥିଲା। ସେ ଜଣେ ମେଳାପି ଲୋକ। ବହି କିମ୍ବା ପତ୍ରିକା କିଣିବା ପାଇଁ ଗଲେ ତାଙ୍କ ସହିତ ଭେଟ ହୁଏ। କ୍ରମେ ବନ୍ଧୁତା ବି ହୋଇଯାଇଥିଲା।

ସେ ମୋ'ଠାରୁ ବୟସରେ ପାଖାପାଖି ସାତବର୍ଷ ବଡ଼ ହେବେ। ହେଲେ କଥାବାର୍ତ୍ତା, ଆଚାରବ୍ୟବହାରରେ ସେ ପୂରା ସମବୟସ୍କ ବଂଧୁପରି।

ତାଙ୍କ ସହିତ ଥରେ ଦେଖାହୁଏ- ସନ୍ଧ୍ୟା ସାତଟା ପରେ। ଛୁଟିଦିନମାନଙ୍କରେ ଅଲଗା ସମୟରେ ବେଳେବେଳେ ସାକ୍ଷାତ ହୁଏ। ମୁଁ ଅଫିସ୍‌ରୁ ଫେରିଲାବେଳକୁ ସଂଧ୍ୟା ସାତଟା କି ଆଠଟା ବାଜିସାରିଥାଏ। ଯେଉଁଦିନ ବଜାରରେ କାମ ଥାଏ ସେସବୁ କାମ ସାରିଦିଏ। ଦୋକାନରେ ବସେ। ସାଂଗ ହୋଇ ଚା'ପିଉ। ଗପସପ ହେଉ। ଆମ ସହିତ ଅନେକ ସମୟରେ ଯୋଡ଼ିହୁଅନ୍ତି ଅଧ୍ୟାପକ ସୁରେନ୍ଦ୍ର ମହାପାତ୍ର। ଜଣେ ଭଲ ଗାଳ୍ପିକ। ତାରାକାନ୍ତ ବି ଗପ ଲେଖନ୍ତି। ଫରକ୍ ହେଲା ସୁରେନ୍‌ବାବୁଙ୍କର ଅନେକ ଗଳ୍ପ ଓଡ଼ିଶାର ସବୁ ପ୍ରମୁଖ ପତ୍ରିକାରେ ପ୍ରକାଶିତ ହେଲାବେଳେ ତାରାକାନ୍ତଙ୍କ ଗପଗୁଡ଼ିକ ବେଶ୍ ପ୍ରତୀକାତ୍ମକ। ସୁଖପାଠ୍ୟ। ଓଡ଼ିଆ ଭାଷାର ସାହିତ୍ୟ ଉପରେ ଅଧ୍ୟୟନ ଅଛି।

ତାରାକାନ୍ତଙ୍କର କେତେଗୁଡ଼ିଏ ଗପ ପଢ଼ିଛି। ମନଛୁଆଁ। ତାଙ୍କର କ୍ଷୋଭ ଯେ ସେ କୌଣସି ପଦପଦବିରେ ନାହାନ୍ତି। ଯେତେ ଲେଖିଲେ ବି ଜଣେ ବହି ଦୋକାନୀର ଠିକଣାରେ ସେ ଲେଖା ସେମିତି ମହଲଣ ପଡ଼ିଯାଏ। କିନ୍ତୁ ସୁରେନ୍‌ବାବୁ ଏ ବାବଦରେ ଚିନ୍ତା କରନ୍ତି ନାହିଁ। ସେ ଲେଖିବା ଜାରିରଖନ୍ତି। ଖୁସି ହୁଅନ୍ତି। କୌଣସି ପତ୍ରିକାରେ ପ୍ରକାଶିତ ହେଲେ ଖୁସି ହୁଅନ୍ତି।

ବହୁସମୟରେ ଅଫିସ୍‌ରୁ ଫେରିଲା ବାଟରେ ସୁରେନ୍‌ବାବୁଙ୍କ ସହ ଦେଖାହୁଏ। କାରଣ ମୁଁ ଯେଉଁବାଟେ ଆସେ ସେଇ ରାସ୍ତାରେ ତାଙ୍କ ଘର। ମୋର ସରକାରୀ କ୍ୱାର୍ଟର୍ସଟି ତାଙ୍କ କଲୋନୀଠାରୁ କିଛି ଆଗରେ। ସେଥିପାଇଁ ଭେଟ ହେବାଟା ସହଜ। ଦେଖାହେଲାମାତ୍ରେ ଅଟକି ଯାଆନ୍ତି। କଥାହେଉ, ଚା' ପିଉ। ଏଇ ସେଦିନ କଥାହେବା ଭିତରେ ତାରାକାନ୍ତଙ୍କ କଥା ପଡ଼ିଲା। ହାଲ୍‌ଦାର ସାର୍ ବୋଲି ତାଙ୍କୁ ଲୋକ ଜାଣନ୍ତି। ମୁଁ ବୁଝିପାରିଲିନି କାହିଁକି ତାଙ୍କୁ ସାର୍ ବୋଲି କହନ୍ତି। ମୁଁ ସୁରେନ୍‌ବାବୁଙ୍କୁ ପଚାରିଲି ଏକଥା। କାରଣ ମୋ ଆଗରୁ ତାଙ୍କ ସହ ପରିଚୟ। ସେ କହିଲେ ତାରାକାନ୍ତ ଇଂରାଜୀ ସାହିତ୍ୟରେ ସ୍ନାତ୍ତକୋତ୍ତର। ପ୍ରଥମେ ବାଲେଶ୍ୱରର ଏକ ନୂଆ କଲେଜରେ ଅଧ୍ୟାପକ ଭାବରେ କାମ କରୁଥିଲେ। ବହୁ ବର୍ଷ ମାଗଣାରେ ପଢ଼େଇଲା ପରେ ସେ ହତାଶ ହୋଇପଡ଼ିଲେ। ସେ ସମୟରେ ସେ ଅନ୍ୟ କୌଣସି ଚାକିରି ପାଇଁ ଚେଷ୍ଟା କରିଥିଲେ ହୁଏତ ପାଇଯାଇଥାନ୍ତେ। ମାତ୍ର ତାହା ସେ କରିନାହାନ୍ତି। ସେଇ କଲେଜ୍‌ରେ ଥିଲାବେଳେ ତାଙ୍କର ବାହାଘର ମଧ୍ୟ ହୋଇଗଲା। ତାଙ୍କ ପତ୍ନୀ ସିଟି ଟ୍ରେନିଂ ପରେ ଗୋଟିଏ ପ୍ରାଇମେରୀ ସ୍କୁଲରେ ପୋଷ୍ଟିଂ ହୋଇଥିଲେ। ଚଳିବାରେ କିଛି ଅସୁବିଧା ନଥିଲା। ଘରେ ଜମିବାଡ଼ି ଥିଲା। ଧାନ ଯାହା ମିଳେ ଖାଇବାକୁ ରଖି ବିକ୍ରି କରିଦିଅନ୍ତି। ତାଙ୍କ ପରିବାର କହିଲେ- ଘରେ ବାପା, ଆଉ ଏମାନେ ଦୁଇପ୍ରାଣୀ। ମାଆଙ୍କର ଅନେକ ଦିନତଳୁ ସ୍ୱର୍ଗବାସ ହୋଇଯାଇଥିଲା।

ସୁରେନ୍‌ବାବୁ କହିଲେ ଆପଣ ଜାଣିଛନ୍ତି ସାର୍ ବାହାଘର ପରେ ପରେ ତାରାକାନ୍ତ ସେ କଲେଜ ଛାଡ଼ିଦେଲେ। ମୁଁ କହିଲି କାହିଁକି ? ସବୁ ବେସରକାରୀ କଲେଜରେ ମୂଳରୁ ଏମିତି ହୁଏ। ଭବିଷ୍ୟତରେ ହେଇଥାନ୍ତା। ଏତେ ଧୈର୍ଯ୍ୟହରା ହେଲେ କେମିତି ହେବ ? ତା'ଛଡ଼ା ତାଙ୍କ ସ୍ତ୍ରୀ ଚାକିରି କରିଥିଲେ। ଆର୍ଥିକ ସଂକଟ ସେମିତି ଦେଖାଦେଇ ନଥିବ। ତାରାକାନ୍ତ କିନ୍ତୁ ଠିକ୍ କଲେନି।

ଏଇକଥା ଭିତରେ ଆମେ ଚା' ଦୁଇକପ୍ ମଗେଇ ପିଇବା ଆରମ୍ଭ କରିଦେଇଥାଉ।

ସୁରେନ୍‌ବାବୁ ସିଗାରେଟ୍ ପିଅନ୍ତି।

ପକେଟରୁ ସିଗାରେଟ୍ କାଢ଼ି ନିଆଁ ଧରେଇଲେ।

ପାଟିରୁ ଧୂଆଁ କାଢ଼ି ଚା' ଢୋକେ ମାରି କହିଲେ- ତାରାକାନ୍ତଙ୍କ ସ୍ତ୍ରୀ ପଇସାରେ ଘର ଚଳିପାରିବ ବା ଘରେ ଧାନଚାଉଳ ଅଛି। ବାଡ଼ିରେ ପନିପରିବା ବି ଅଛି। ସେସବୁ ଠିକ୍ ଯେ ଅସୁବିଧା ହେଲା ଗୋଟିଏ ଜାଗାରେ।

ଏକଥା ଶୁଣି ମୋତେ ଟିକେ ଖଟ୍‌କା ଲାଗିଲା।

ଏମିତି ବି ଭାବୁଥିଲି, ତାରାକାନ୍ତଙ୍କ ପତ୍ନୀ ଯଦି ଅହଂକାରୀ ହୋଇଥିବେ ବା

ସ୍ୱାମୀଙ୍କ ପ୍ରତି ଆନୁଗତ୍ୟ ନଥିବ, ହୁଏତ ସେଇ କାରଣରୁ ଏକ ତୀବ୍ର ଅଭିମାନରେ ସେ କଲେଜ ଛାଡ଼ି ଅନ୍ୟ ଧନ୍ଦା କରିବାର ଚିନ୍ତା କରିଥିବେ।

ମୋ ଭାବନାକୁ ଭୁଲ ପ୍ରମାଣିତ କରି ସୁରେନ୍‌ବାବୁ କହିଲେ-

ତାରାକାନ୍ତ ଯେଉଁ କାଲେଜରେ ଥିଲେ ସେ କଲେଜର ମ୍ୟାନେଜ୍‌ମେଣ୍ଟର ଏକ ତ୍ରୁଟିଥିଲା। ତା'ହେଲା, ତାରାକାନ୍ତ ରହିଲାବେଳେ ସେ ଜାଣିଥିଲେ ଯେ ଫାଷ୍ଟପୋଷ୍ଟରେ ତାଙ୍କୁ ରଖାଯାଇଛି। ମାତ୍ର ପରିଚାଳନା କମିଟି ଆଉ ଜଣେ ମହିଳାଙ୍କୁ ଆଗରୁ ରଖିଥିଲେ। ସେ କଲେଜ ବି ଆସୁ ନଥିଲେ। ତାରାକାନ୍ତ ପାଠପଢ଼େଇଲେ ମଧ୍ୟ ତାଙ୍କର କୌଣସି ପୋଷ୍ଟ ନଥିଲା। କାରଣ ଯୁକ୍ତ ଦୁଇ କଲେଜର ଆରମ୍ଭରୁ ହିଁ ଗୋଟିଏ ଲେଖା ପୋଷ୍ଟ ଆପ୍ରୁଭ୍ ହେଇଥାଏ।

ତାରାକାନ୍ତ ଏକଥା ଜାଣିଲେ ଅନେକ ଡେରିରେ।

ଜାଣିଲାପରେ ଏକ ବିରାଟ କ୍ଷୋଭ ଓ ଅଭିମାନରେ ସେ କଲେଜ ଛାଡ଼ିଦେଲେ।

ତା'ପରେ ନିଷ୍ପତ୍ତି ନେଲେ- ବାହାରକୁ ଯିବେ। ଯେହେତୁ ଶିକ୍ଷକତାରେ ଏତେଦିନ ହେଲାଣି, ସେଇ ବୃତ୍ତିକୁ ଛାଡ଼ିବାକୁ ଯେମିତି ତାଙ୍କର ମନ ବଳୁନଥିଲା।

ତେଣୁ ସେ ଏଇ ସହରକୁ ପଳେଇ ଆସିଲେ। ଜଣେ ଆତ୍ମୀୟଙ୍କ ଘରେ ରହି ଘରଘର ବୁଲି ଟିଉସନ୍ ପଢ଼େଇଲେ। ତାଙ୍କର ସେଇ ବଂଧୁଜଣକ ଏ ଦିଗରେ ବହୁତ ସାହାଯ୍ୟ କରିଥିଲେ। ଏପରିକି ଗୋଟେ ସାଇକେଲ ମଧ୍ୟ କିଣି ଦେଇଥିଲେ। ସେଇଦିନଠୁଁ ତାରାକାନ୍ତ ପରିଚିତ ହେଲେ ତାରାକାନ୍ତ ସାର୍‌ରେ। ସମସ୍ତେ ତାଙ୍କୁ ଜାଣନ୍ତି ତାରାକାନ୍ତ ସାର୍ ବୋଲି। ବା ହାଲ୍‌ଦାର ସାର୍।

ଆମର ଚା' ପିଇବା ଭିତରେ ତାରାକାନ୍ତଙ୍କ ବିଷୟରେ ସେଦିନ ଏତେଗୁଡ଼ିଏ କଥା ଜାଣିଗଲି। ଆମେ ଗଲୁ ନିଜନିଜ ବାଟରେ। ମୁଁ ଯେହେତୁ ଅଫିସ୍‌ରୁ ଫେରୁଥିଲି, ବେଶି ସମୟ ଗପିପାରିଲିନି। ସୁରେନ୍‌ବାବୁ ମଧ୍ୟ ମାର୍କେଟ ଯାଉଥିଲେ। ଆମ କଥାର ଶେଷବାକ୍ୟ ଥିଲା, ସୁରେନ୍‌ବାବୁ କହୁଥିଲେ ବୁଝିଲେ ସାର୍-ତାରାକାନ୍ତ ଜଣେ ବ୍ରିଲିୟାଣ୍ଟ୍। ଇଂରାଜୀ ସାହିତ୍ୟ କାହିଁକି ଓଡ଼ିଆ ସାହିତ୍ୟରେ ତାଙ୍କର ବିଶେଷ ଜ୍ଞାନ ଥିଲା।

ଏଇସବୁ କଥା ମୁଁ ସୁପ୍ରଭାଙ୍କୁ କହିଲି।

ସେ ବି ଏପର୍ଯ୍ୟନ୍ତ ଜାଣିନଥିଲେ ତାରାକାନ୍ତଙ୍କ ବିଷୟରେ।

କେବଳ ସେ ଜାଣିଛନ୍ତି ତାରାକାନ୍ତ ମୋର ବଂଧୁ ଓ ତାଙ୍କର ପରିଚୟ ହେଲା ତାରାକାନ୍ତ ସାର୍।

ଆଜି ଖବରକାଗଜରୁ ଜାଣିଲି, ତାରାକାନ୍ତଙ୍କ ଉପନ୍ୟାସ ପୁରସ୍କୃତ ହୋଇଛି। ସୁରେନ୍‌ବାବୁ ବି ଫୋନ୍ କରି ମତେ କହୁଥିଲେ। ସୁରେନ୍‌ବାବୁ ତ ମୋ ଠାରୁ ବୟସରେ

ସାନହେବ। ରିଟାୟାର୍ କରି ନାହାନ୍ତି। ମୋ ଚାକିରି ଆଉ ଗୋଟିଏ ବର୍ଷ ଅଛି। ବାର୍ଦ୍ଧକ୍ୟ ମତେ ଛୁଇଁ ସାରିଲାଣି। ସୁରେନ୍‌ବାବୁ ଓ ମୁଁ ସାକ୍ଷାତହେଉ ଖୁବ୍ କମ୍। ସେ ବେଳେବେଳେ ମୋ ଘରକୁ ଆସନ୍ତି। ମୋର ନୂଆ ଘରଟି ହେଲା ପରେ ବହୁଥର ଭାବିଲିଣି ସେଠି ଯାଇ ରହିବି ବୋଲି।

ସରକାରି କ୍ୱାର୍ଟସ ତ ଗୋଟିଏ ବର୍ଷ ପରେ ଛାଡ଼ିବାକୁ ହବ। କିନ୍ତୁ ଯାଇପାରୁନି। ମୋ ଝିଅ ବାହାଘର ସେଠି କରିଥିଲି। ଏବେ ଦୁଇଟି ଜାଗାରେ ହିଁ ମୋ ବାସସ୍ଥାନ। ନୂଆ ଘରେ ରହିଲେ- ଅଫିସ୍ ଦୂର ହୋଇଯାଏ। ସହରଠାରୁ ଟିକେ ଭିତରକୁ। ବଂଧୁମାନଙ୍କ ସହ ଭେଟହେବା କମିଯାଏ। ଯା'ହେଲେ ତ ରହିବାକୁ ହେବ।

ଆରେ ଯେଉଁଠି ବସି ଖଟି କରୁଥିଲୁ, ସେ ଜାଗା ଆଉ ନାହିଁ। ତାରାକାନ୍ତ ସେ ବହି ଦୋକାନଟି ଆଉ କାହାକୁ ବିକ୍ରି କରିଦେଇ ବାଲେଶ୍ୱର ପଳେଇଯାଇଛନ୍ତି। ସୁରେନ୍‌ବାବୁଙ୍କ ସହ ଯାହା ଭେଟ ହୁଏ। ରାସ୍ତାରେ ବା ଚା' ଦୋକାନରେ କିମ୍ବା କାର୍ମେଟର। ସେଠି ଆଉ ସାହିତ୍ୟ କଥା ଉଠେନା।

ତାରାକାନ୍ତଙ୍କ ଦୋକାନରେ ସାହିତ୍ୟ କଥା ପଡ଼େ, ଯାହା ପଡୁଥିଲା।

ତାରାକାନ୍ତ ଗପ ଲେଖନ୍ତି। ଉପନ୍ୟାସ ଗୋଟିଏ ଦୁଇଟି ଲେଖିଛନ୍ତି। ସବୁ ନିଜ ପ୍ରକାଶନରେ ଛାପିଛନ୍ତି। 'ହାଲ୍‌ଦାର ପବ୍ଲିକେସନ୍'।

ମୁଁ ତାରାକାନ୍ତଙ୍କ ଜଣେ ମୁଗ୍ଧ ପାଠକ। ଏତେ ଜଂଜାଳ ଭିତରେ ଯେ ତାରାକାନ୍ତ ଲେଖିପାରନ୍ତି, ମୋତେ ବଡ଼ ଆଶ୍ଚର୍ଯ୍ୟ ଲାଗେ। ସେ ଯେଉଁଦିନ ଏ ସହରକୁ ଆସି ଟିଉସନ୍ ଆରମ୍ଭ କଲେ ସେଦିନ ସେ ନିଷ୍ପତ୍ତି ନେଇଥିଲେ ଯେ, ଖାଲି ଟିଉସନ୍‌ରେ ଏମିତି ଚଳିହବନି। ତା'ପରେ ତାଙ୍କ ବଂଧୁଙ୍କ ସହାୟତାରେ ମାର୍କେଟ ବିଲ୍‌ଡ଼ିଂରେ ଛୋଟ ଘରଟେ ନେଇ ମାଗାଜିନ୍ ଷ୍ଟଲଟିଏ କଲେ। ପ୍ରାୟତଃ ଦିନବେଳା ତାଙ୍କର ଟିଉସନ୍ ନଥାଏ, ଯାହା ସକାଳ ଓ ରାତିରେ। ତେଣୁ ସେଇ ସମୟରେ ମାଗାଜିନ୍ ବିକନ୍ତି। ବିଭିନ୍ନ ପତ୍ରପତ୍ରିକା ପଢ଼ନ୍ତି। ତାରାକାନ୍ତ ଯାହା କହୁଥିଲେ-ବହୁତ ପଢ଼ିବା ଦ୍ୱାରା ତାଙ୍କ ମନରେ ଲେଖିବା ପ୍ରବୃତି ଜାତ ହେଲା। ସେ ଲେଖିବା ଆରମ୍ଭ କଲେ। ମୋର ତାଙ୍କ ସହ ପରିଚୟ ହେଲାବେଳକୁ ସେ ଜଣେ ଭଲ ଲେଖକ ହୋଇସାରିଥିଲେ। ଖଣ୍ଡେ ଦୁଇଖଣ୍ଡ ବହି ବି ଛାପିଥିଲେ। ମାଗାଜିନ୍ ଷ୍ଟଲ୍‌ରୁ ସେତେବେଳକୁ ବହି ଦୋକାନଟି କରିଥିଲେ। ଖୁବ୍ ବଡ଼ ନହେଲେ ବି ଛୋଟ ବି ନୁହେଁ। ମାର୍କେଟ ବିଲିଡିଂରେ ଦୋକାନଟିର ଭଲ ପରିଚିତ ଥିଲା। ତା'ର କାରଣ ହେଲା ତାରାକାନ୍ତ ଜଣେ ଅତି ଭଦ୍ରଲୋକ। ଶିକ୍ଷିତ ବି। ପ୍ରାୟ ଅଭିଭାବକମାନେ ତାରାକାନ୍ତଙ୍କୁ ପିଲାଙ୍କର ସାର୍ ବୋଲି ଜାଣିଥିଲେ। ତାରାକାନ୍ତଙ୍କ ପାଖରେ କିଛି ସାହିତ୍ୟିକମାନଙ୍କର ଆସର ଜମେ। ସୁରେନ୍‌ବାବୁଙ୍କ ଭଳି କେତେ ଜଣ

ଅଧ୍ୟାପକ ଆସନ୍ତି। ମୁଁ ସମୟ ସମୟରେ ସେ ଆସରରେ ସିନା ଭାଗନିଏ, ହେଲେ ମୋର ସେ ଦିଗରେ ଏତେ ଗବେଷଣା ନାହିଁ। କେବଳ କିଛି ପଢ଼ିବା ମୋର ଏକ ନିଶା। ସେଥିରେ ଯାହା ଅନ୍ୟମାନଙ୍କୁ ଜାଣେ।

ଏସବୁର ଊର୍ଦ୍ଧ୍ୱରେ ତାରାକାନ୍ତଙ୍କ ସହ ମୋର ସମ୍ପର୍କ ଅଲଗା। ସେ ଅଲଗାର ସେମିତିକିଛି ମାନେ ନାହିଁ। କେବଳ ଆମ ଦୁଇଜଣଙ୍କ ଭିତରେ ଏକ ନିବିଡ଼ ଆନ୍ତରିକତା ଅଛି। ତାରାକାନ୍ତଙ୍କ ସ୍ତ୍ରୀ ଓ ତାଙ୍କର ଗୋଟେ ପୁଅ ବାଲେଶ୍ୱରର ଏକ ଗାଆଁରେ ରହୁଥିଲେ। ଅନେକ ସମୟରେ ତାଙ୍କ ସ୍ତ୍ରୀ ଓ ପୁଅ ଏଠାକୁ ଆସନ୍ତି। ତାରାକାନ୍ତଙ୍କ ପାଖରେ ରୁହନ୍ତି କିଛିଦିନ, ବୁଲାବୁଲି କରନ୍ତି। ପୁଣି ଫେରିଯାଆନ୍ତି। ଆମ ଘରକୁ ମଧ୍ୟ କେତେଥର ସେମାନେ ଆସନ୍ତି। ତାରାକାନ୍ତଙ୍କୁ ସମୟଅସମୟରେ ଡକାଇ ପଠାନ୍ତି। ମୁଁ ତାଙ୍କୁ ସାଙ୍ଗରେ ନେଇଆସେ।

ସେଦିନ କହୁ କହୁ ସୁରେନ୍‌ବାବୁ କହିଲେ ତାରାକାନ୍ତ ସାର୍ ଜଣେ ନୀରବ ସାଧକ। ଖାଲି ସାହିତ୍ୟ କ୍ଷେତ୍ରରେ ନୁହେଁ; ବରଂ ସଂସାରକ୍ଷେତ୍ରରେ ବି ସ୍ୱାଭିମାନୀ। ଅହଂକାରବର୍ଜିତ ପୁରୁଷ। ତାଙ୍କର ବିଶେଷତ୍ୱ ହେଲା ଯେ ନିଜ ଭିତରର ଦୁଃଖ ସେ କାହାକୁ କହନ୍ତି ନାହିଁ। ନିଜ ମୁହଁର ଛାପରୁ ବାରିହୋଇପଡ଼େ।

ବେଳେବେଳେ ସେ ତାଙ୍କ ବାପାଙ୍କ କଥା କୁହନ୍ତି। କିପରି ସେ ଏକା ଏକା ସମୟ କାଟୁଛନ୍ତି, ତାଙ୍କ ସ୍ତ୍ରୀ ତ ଚାକିରି କରିଛନ୍ତି। ଯାହା ଖାଇବା ଗଣ୍ଡାଏ କରିଦିଅନ୍ତି। ଘରକୁ ଆସିଲେ ଯୋଉ କଥା। ତାଙ୍କ ଅନୁପସ୍ଥିତିରେ ପାଣିଗ୍ଲାସେ ମାଗିଲେ ବି କେହି ଦବାକୁ ନାହାନ୍ତି। ତାରାକାନ୍ତଙ୍କର ଗୋଟିଏ ପୁଅ। ସେ ବାହାରେ ରହି ପାଠପଢ଼େ। ତେଣୁ ଘର ଏକପ୍ରକାର ଶୁନ୍‌ଶାନ୍। ବାସ୍, ଏମିତି କଥା ପ୍ରସଂଗରେ କୁହନ୍ତି।

ଅନେକଦିନ ହେଲାଣି ତାରାକାନ୍ତ ଏ ସହର ଛାଡ଼ିଦେଲେଣି। ବହି ଦୋକାନଟି ତାଙ୍କର ଜଣେ ସମ୍ପର୍କୀୟଙ୍କ ତତ୍ତ୍ୱାବଧାନରେ ଦେଇଯାଇଛନ୍ତି। ସେ ଯାହା କିଛି ପଇସା ପଠାଇବ, ସେତିକି। କାହିଁକି ଯେ ସେ ଗାଆଁକୁ ପଳେଇଲେ ଆମ୍ଭେମାନେ ଜାଣିପାରୁନୁ। ବାଧ୍ୟବାଧକତା କଲାରୁ କହିଲେ ଘରେ କେହି ନାହାନ୍ତି ବୋଲି ସେ ପଳେଇଲେ। ତାରାକାନ୍ତ ଆମ ପାଖରୁ ଯିବା ପାଖାପାଖି କୋଡ଼ିଏ ବର୍ଷ ହେଇଗଲାଣି।

ପ୍ରଥମ ପ୍ରଥମ ଫୋନ୍‌ରେ କଥା ହେଉଥିଲୁ। ତା'ପରେ ନମ୍ବର ବଦଳିଯିବା ହେତୁ ଏ ଯୋଗାଯୋଗରେ ପୂର୍ଣ୍ଣଚ୍ଛେଦ ପଡ଼ିଲା। ବେଳେବେଳେ ପତ୍ରପତ୍ରିକାରୁ ତାରାକାନ୍ତଙ୍କ ଗପ ପଢ଼ିବାକୁ ପାଏ। ଏତେ ଭଲ ଲେଖିଥିଲେ ବି ସେ କୌଣସି ଓଜନଦାର ପୁରସ୍କାରଟିଏ ପାଇନାହାନ୍ତି। ସେ କହୁଥିଲେ- ବୁଝିଲେ ସାର୍। ମୁଁ ପୁରସ୍କାର ପଛରେ ଦଉଡ଼ି ଶିଖିନି କି ଦଉଡ଼ି ପାରିବିନି। ଯଦି ଆପଣ କୌଣସି ପଦପଦବିରେ ନାହାନ୍ତି କି

ଏମିତି ଏକ ଲମ୍ବା ହାତ ନାହିଁ, ଜାଣିବେ ଆପଣଙ୍କର ଲେଖାର ଯଥାର୍ଥ ମୂଲ୍ୟାୟନ ହୋଇପାରିବ ନାହିଁ। ଆପଣ ରହିଯିବେ ପଛ ଧାଡ଼ିରେ। ସାହିତ୍ୟ କ୍ଷେତ୍ରରେ ଏମିତି ଆଜି ହେଉଛି ଯେ ନିଜେ ନିଜର ପ୍ରଶଂସକ ହୋଇ ଯେତେ ପ୍ରଚାରସର୍ବସ୍ୱ ହେବେ। ତା' ହେଲେ ଆପଣଙ୍କୁ ଲୋକ ଜାଣିବେ।

ମତେ ଲାଗେ, ତାରାକାନ୍ତଙ୍କ ଯୁକ୍ତି ବି ମନ୍ଦ ନୁହେଁ।

ଆଜିକାଲି ଏମିତି ତ ଚାଲିଛି। ସର୍ଜନଶୀଳତାର ମାନ ତ ବହୁତ ତଳେ !

ଆଜି ସକାଳ ଖବରକାଗଜର ଖବରଟି ଆମକୁ ଖୁସି କରିଦେଲା। ସୁପ୍ରଭା ଜାଣିପାରୁ ନଥିଲେ ତାରାକାନ୍ତ ହାଲ୍‌ଦାର କିଏ, ସେ ଆଜି ପରିଣତ ବୟସରେ ଗୋଟେ ଆଖିଦୃଶିଆ ପୁରସ୍କାର ପାଇଲେ। ଏହା ତାଙ୍କର ବହୁତଦିନ ତଳର ପ୍ରାପ୍ୟ। ଯାହା ଏବେ ମିଳୁଛି।

ତାରାକାନ୍ତ ଏଥିରେ ଖୁସି ହେଉଥିବେ ନିଶ୍ଚୟ।

ଅନେକ ଦିନର ଇପ୍‌ସିତ ଯେପରି ମିଳିଗଲା।

କେମିତି ଅଛନ୍ତି ତାକାକାନ୍ତ ?

ସୁସ୍ଥ, ଭଲ ଅଛନ୍ତି ତ ? କ'ଣ ବା କରୁଛନ୍ତି ? କିଛି ଜାଣି ହେଉନି।

ସୁପ୍ରଭା କହିଲେ- ଥରେ ଯାଇ ବୁଲିଆସିବା ?

ହଁ ନିଶ୍ଚୟ ଯିବା। ଆସନ୍ତା ରବିବାର ଦିନ। ମୁଁ ସୁରେନ୍‌ବାବୁଙ୍କୁ କହେ ସାଂଗ ହେଇଯିବା।

ମୋ କଥା ଶୁଣି ସୁରେନ୍‌ବାବୁ ଭାରି ଖୁସି ହେଲେ।

ଯିବା ପାଇଁ ପ୍ରସ୍ତୁତ ହେଲୁ।

ମୁଁ ତାଙ୍କ ପାଇଁ ଗୋଟେ ଭଲ ସାଲ୍, ଦାମୀ ଧଳାରଂଗର ଟ୍ରାଉଜର ପଂଜାବି, ଫୁଲତୋଡ଼ାଟେ ଓ ମିଠା ପାକେଟ୍‌ଟିଏ କିଣିଆଣି ରଖିଲି।

ସୁରେନ୍‌ବାବୁ କହିଲେ- ତାଙ୍କ ପତ୍ନୀଙ୍କ ପାଇଁ ଶାଢ଼ୀଟିଏ ନେବା। ସେ ବାବଦ ଗୋଟେ ସମ୍ବଲପୁରୀ ଶାଢ଼ୀ ସୁରେନ୍‌ବାବୁ କିଣିଲେ। ଏତକ ଧରି ଆମେ ସକାଳୁ ସକାଳୁ ବାଲେଶ୍ୱରର ତାଙ୍କ ଗାଁ ଆଭିମୁଖେ ବାହାରିଲୁ। ମୋ ଗାଡ଼ିରେ ଯିବାର ଠିକ୍ ହେଲା। ସୁରେନ୍‌ବାବୁ କହିଲେ, ଡ୍ରାଇଭର ନେବା ଦର୍କାର ନାହିଁ। ମୁଁ ଗାଡ଼ିଚଲାଇବି, ତମେ ମତେ କେବଳ ରାସ୍ତା ଦେଖାଇବ।

ଆମେ ଯେଉଁ ସମୟରେ ଏଠି ବାହାରିଲୁ, ହିସାବ କରି ଦେଖିଲୁ ମଧ୍ୟାହ୍ନ ପୂର୍ବରୁ ପହଂଚିଯିବୁ। ମଧ୍ୟାହ୍ନ ସମୟରେ ଲଂଚ୍ ସରିବା ହୁଏତ ତାଙ୍କ ଉପରେ ପଡ଼ିପାରେ। ତେଣୁ ସେଥିପାଇଁ ଆମେ କ୍ଷୀରଚୋର ଗୋପୀନାଥ ମନ୍ଦିର ଗଲୁ। ଦର୍ଶନ କରିବା ସହ ସେଠାରେ ପ୍ରସାଦ ସେବନ କଲୁ। ପୁଣି ଯାତ୍ରା ଆରମ୍ଭ କଲୁ।

ତାରାକାନ୍ତଙ୍କ ଗାଁରେ ପହଂଚିଲାବେଳକୁ ତିନିଟା ପାଖାପାଖି।

ଅନେକ ଦିନ ତଳେ ବାଲେଶ୍ୱର ଟୁର୍‌ରେ ଗଲାବେଳେ ସେଠାକୁ ଯାଇଥିଲି। ଠିକ୍ ତାଙ୍କ ଘରଟା କେଉଁଠି ଜାଣିପାରିଲିନି। ପଚାରିଲି- ତାରାକାନ୍ତ ହାଲ୍‌ଦାରଙ୍କ ଘର କେଉଁଠି ? ଜନୈକ ବ୍ୟକ୍ତି କହିଲେ- ଏଇ ଆଗକୁ ଗଲେ ଗୋଟେ ବାଙ୍କ ପଡ଼ିବ, ସେଠୁ ଡାହାଣପଟେ ଯିବେ, ସେଠି ସେ ନୂଆକୋଠାଟିଏ କରିଛନ୍ତି। ଗାଆଁ ବାହାରକୁ। ସେଠି ପଚାରିଲେ ସମସ୍ତେ କହିଦେବେ। ମୁଁ ଖୁସିହେଲି।

ଯାହାହେଉ ତାରାକାନ୍ତ ଭଲରେ ଅଛନ୍ତି। ପୁଅ ପାଠ ପଢ଼ିସାରି ଚାକିରି କଲାଣି। ଆର୍ଥିକ ଅଭାବ ନଥିବ। ପତ୍ନୀଙ୍କର ପେନସନ୍ ମିଳୁଥିବ।

ସୁରେନ୍‌ବାବୁ ଗାଡ଼ି ଆଗକୁ ବଢ଼ାଇଲେ। ଡାହାଣହାତି ଗଲାପରେ କିଛିବାଟ ଯିବାକୁ ପଡ଼ିଲା। ଗୋଟେ ଛୋଟ ବଜାର ପଡ଼ିଲା। କିଛି କିଛି ଦୋକାନରେ ଗହଳି ଥିଲା। ଆମେ ସେତେବେଳକୁ ତାରାକାନ୍ତଙ୍କ ଗାଁ ଛାଡ଼ି ଆସିଲୁଣି।

ସୁରେନ୍‌ବାବୁ ପଚାରିଲେ-ତାରାକାନ୍ତ ସାର୍‌ଙ୍କ ଘର ଆମେ ଛାଡ଼ି ଆସିନେ ତ ?

ମୁଁ ସେତେବେଳକୁ ହଡ଼ବଡ଼େଇ ଗଲିଣି।

ସୁରେନ୍‌ବାବୁ ଗାଡ଼ିରେ ବ୍ରେକ୍ ଦେଲେ। ମୁଁ ଓହ୍ଲେଇ କାହାକୁ ପଚାରେ। ମୁଁ କହିଲି।

ସେ ଗାଡ଼ି ସାଇଡ୍ କଲେ। ମୁଁ ଓହ୍ଲେଇ ପଚାରିଲି।

ଜଣେ କହିଲେ- ଟିକେ ଆଗକୁ ଗଲେ ବାଆଁପଟରେ ଯେଉଁ ହଳଦିଆ କୋଠାଟି ଦେଖିବେ ସେଇଟି ତାଙ୍କ ଘର। ଗୋଟେ ବୋର୍ଡ଼ ମରାଯାଇଛି- 'ଜଗବନ୍ଧୁ ଜରା ନିବାସ'।

ମୁଁ ସୁରେନ୍‌ବାବୁଙ୍କ ମୁହଁକୁ ଚାହିଁଲି। ସେ କହିଲେ- ତାରାକାନ୍ତ ସାର୍ କ'ଣ ଜରାନିବାସରେ ରହୁଛନ୍ତି। ଆଶ୍ଚର୍ଯ୍ୟ କଥା। ତାଙ୍କ ପୁଅତ ବାହାହୋଇ ସାରିଥିବ। ପତ୍ନୀ ତ ବଂଚିଛନ୍ତି। ପୁଣି ଅସୁବିଧା କେଉଁଠି ?

ସୁପ୍ରଭା କହିଲେ- ପୁଅବୋହୂ ଯଦି ପଚାରୁ ନଥିବେ...।

ମୁଁ କହିଲି- ହଁ ଅବିଶ୍ୱାସ କ'ଣ ? ଆଜିକାଲି ତ ବାପାମାଆଙ୍କ ଅବସ୍ଥା ସେୟା ହେଉଛି ନା। ତଥାପି ସେଠାରେ ଆମେ ପହଂଚି ତାରାକାନ୍ତଙ୍କ ସହିତ କଥାହେବା। ସବୁ କଥା ଜଣାପଡ଼ିଯିବ।

ଆମେ ବର୍ତ୍ତମାନ 'ଜଗବନ୍ଧୁ ଜରାନିବାସ' ସାମ୍‌ନାରେ।

ଜଣେ ପିଲା ଆମ ପାଖକୁ ଆସି ପଚାରିଲା- କାହା ସହ ଦେଖାକରିବାକୁ ଆସିଛନ୍ତି କି ?

ତାରାକାନ୍ତବାବୁଙ୍କ ସହ। ତାରାକାନ୍ତ ହାଲ୍‌ଦାର। ମୁଁ କହିଲି।

ଓହ। ବାବୁଙ୍କ ସହ। ପିଲାଟି କହିଲା।

ତାପରେ ଆମକୁ ସାଙ୍ଗରେ ନେଇ ତାରାକାନ୍ତଙ୍କ ପାଖରେ ପହଂଚାଇଲା।

ତାରାକାନ୍ତ ଖଟ ଉପରେ ଚେଇଁ ଶୋଇଥିଲେ।

ଆମମାନଙ୍କୁ ଦେଖି ଉଠିବସିଲେ।

ଦୀର୍ଘ କୋଡ଼ିଏ ବର୍ଷ ମଧ୍ୟରେ ତାଙ୍କର ଚେହେରାର ଢେର୍ ପରିବର୍ତ୍ତନ ଘଟିଛି।

ଆମମାନଙ୍କୁ ଚିହ୍ନିପାରିଲେ। ଖୁସି ପ୍ରକଟ କଲେ।

ସୁରେନ୍‌ବାବୁ ତାଙ୍କ ବେକରେ ସାଲ୍ ପକେଇଦେଲେ। ମୁଁ ଫୁଲତୋଡ଼ା ଦେଲି ଓ ସୁପ୍ରଭା ତାଙ୍କ ପତ୍ନୀଙ୍କି ଶାଢ଼ୀ ଓ ମିଠା ଦେଲେ।

ତାରାକାନ୍ତ ପଚାରିଲେ- ଏସବୁ କ'ଣ ପାଇଁ?

ମୁଁ କହିଲଇ- ଆପଣଙ୍କ ଉପନ୍ୟାସ ପୁରସ୍କୃତ ହୋଇଥିବାରୁ ଏ ଅଭିନନ୍ଦନ।

ସେ ଅଳ୍ପ ହସିଲେ।

ଆମେ କିନ୍ତୁ ସାହସ ସଂଚୟ କରି ପଚାରିପାରିଲୁନି ଯେ ସେ ଏଠାରେ କାହିଁକି ଅଛନ୍ତି?

ଯେଉଁ ପିଲା ଆମକୁ ଡାକି ନେଇଥିଲା, ସେତେବେଳକୁ ସେ ପାଣିଗ୍ଲାସ ଓ ଚା' ନେଇ ଆସି ପହଂଚିଲା।

ଆମେ କିଛି କହିବା ଆଗରୁ ତାରାକାନ୍ତ କହିଲେ- ମୁଁ ଆଉ ଲେଖୁନି। ଅନେକ ଦିନ ହେଲା ଲେଖା ଛାଡ଼ିଦେଲିଣି। ଏ ଯେଉଁ ବହି କଥା ଆପଣ କହୁଛନ୍ତି, ସେ ବହୁଦିନ ତଳର କଥା। ତାକୁ ମୋ ପୁଅ ନେଇ 'ହାଲ୍‌ଦାର ପବ୍ଲିକେସନ' ବ୍ୟାନରେ ଛାପି ପୁରସ୍କାର ପାଇଁ ପଠାଇଥିଲା। ସେ ତ ଏବେ ଭାରତରେ ନାହିଁ। ଆମେରିକାରେ ରହୁଛି। ତାକୁ ମଧ୍ୟ ଏ ବହିକଥା ଜଣେଇନି। କାରଣ ଏ ପୁରସ୍କୃତ ପାଇବାରେ ଖୁସିହେବାର ବୟସ ଆଉ ନାହିଁ। ଆପଣମାନେ ଅଭିନନ୍ଦନ ଜଣାଇଲେ- ତାହା ମୋ ପାଇଁ ସର୍ବଶ୍ରେଷ୍ଠ ପୁରସ୍କାର।

ସୁରେନ୍‌ବାବୁ ବିନା ସଂକୋଚରେ ପଚାରିଲେ- ଆପଣ ଏଠି କାହିଁକି ରହୁଛନ୍ତି?

ସେ କହିଲେ- ଏଇଟା ତ ମୋ ଘର। ଗାଁରେ ଥିବା ଘର ଭାଂଗିଯିବାରୁ ପୁଅ ଏଠାରେ ଘରଟିଏ କରିଛି। ମୁଁ ତାକୁ ବଢ଼େଇଦେଇ ଗୋଟେ ଜରାନିବାସ କରିଛି- ବାପାଙ୍କ ନାଁରେ। ମୋ ଜୀବନର ସବୁଠାରୁ ବଡ଼ ଦୁଃଖ ତାଙ୍କର ବୟସର ଅପରାହ୍ନରେ ମୁଁ ତାଙ୍କୁ ପାଖରେ ରଖି ତାଙ୍କର ସେବା କରିପାରିଲିନି: ଯାହା ମୋ ସ୍ତ୍ରୀ ଉର୍ମିଳା ଓ ପୁଅ ସାନୁ କରିଛନ୍ତି। ମୁଁ ସେଥିପାଇଁ ନିଷ୍ପତ୍ତି ନେଲି- ମୋ ବାପାଙ୍କ ସ୍ମୃତି ଉଦ୍ଦେଶ୍ୟରେ କିଛି ତ କରିବି। ସେଥିପାଇଁ ଏ ଜରାନିବାସର ପରିକଳ୍ପନା। ଆମ ପାଖରେ ତ କେହି ନାହାନ୍ତି।

କେବଳ ଏ ଯେଉଁ ପିଲାଟି ଆସିଥିଲା ସେଇ। ଏଇ ସେପଟରେ ଆଉ ଆଠଦଶ ଜଣ ଦମ୍ପତ୍ତି ରହୁଛନ୍ତି। ଦରିଦ୍ର, ଅସହାୟ। ସହାୟତା ବି କିଛି ମିଳୁଛି। ଉର୍ମିଳା ସେମାନଙ୍କ କଥା ବୁଝୁଛନ୍ତି। ଖୁସି ଲାଗୁଚି। ମୁଁ ଅନୁଭବ କରେ, ପ୍ରତ୍ୟେକେ ସେମିତି ଜଣେ ଜଣେ ମୋର ଜନ୍ମଦାତା, ଜନ୍ମଦାତ୍ରୀ।

ହଠାତ୍ ଅଟକିଗଲେ ତାରାକାନ୍ତ। ତାଙ୍କ ଆଖିରୁ ଦୁଇଟୋପା ଅମାନିଆ ଲୁହ ଗଡ଼ିପଡ଼ିଲା। ଉର୍ମିଳାଙ୍କ ଆଖିରେ ବି ଲୁହ ଟଳମଳ।

କିଛି ସମୟ ନୀରବରେ ବସିଲାପରେ କଥାର ପ୍ରସଙ୍ଗ ବଦଳେଇଲୁ। ଖୁସିର କଥା, ବିଗତଦିନର କଥା, ଅନୁଭବର କଥା।

ସନ୍ଧ୍ୟା ଆଗତପ୍ରାୟ। ଆମେ ଫେରିବାକୁ ବାହାରିଲୁ।

ତାରାକାନ୍ତ ଓ ଉର୍ମିଳା ଆମ ଗାଡ଼ିପାଖକୁ ଆସିଲେ।

ଆମର ବିଦାୟ ବେଳା।

କିଛି ସମୟ ପରେ ଦେଖିଲୁ 'ଜଗବନ୍ଧୁ ଜରାନିବାସ' ଅନେକ ପଛରେ ରହିଯାଇଛି।

■

ନିଜ ସହ ଗୋଟେ ସାକ୍ଷାତକାର

ପଶ୍ଚିମ ଆକାଶରେ ଯେତେବେଳେ ବୁଡ଼ିଯାଉଥିବା ସୂର୍ଯ୍ୟଙ୍କର ଆଉଟା ସୁନା ରଙ୍ଗର କିରଣ ନେସି ହେଇଯାଏ, ଉଡ଼ିଯାଆନ୍ତି ଘରବାହୁଡ଼ା ପକ୍ଷୀ, ସେତେବେଳେ ବିଶ୍ୱମ୍ଭରଙ୍କ ଦେହରେ କେଜାଣି କାହିଁକି ଏକ ଅଜଣା କମ୍ପନ ସୃଷ୍ଟି ହୁଏ। ଆଗତ ସଂଧ୍ୟାକୁ ମନଭରି ଉପଭୋଗ କରିବାକୁ ନିରୋଳାରେ ବସନ୍ତି ସିନା, ହେଲେ ସେ ସମୟକୁ ଜମା ସହି ପାରନ୍ତିନି। କେତେ ଭାବିଥାନ୍ତି; ଏମିତି ଏକ ସଂଧ୍ୟାରେ ସେ ବସିବେ। ଅସ୍ତଗାମୀ ଅରୁଣଙ୍କର ଆଭାରେ ଚହଟି ଉଠୁଥିବ ସାରାଦୁନିଆ। କଳରବ କରି ପକ୍ଷୀମାନେ ଲେଉଟି ଯାଉଥିବେ ନିଜ ନିଜ ଘରକୁ। ଝାପ୍‌ସା କୁହୁଡ଼ିଆ ଛାଇରେ ଧୂଆଁଳିଆ ଦେଖାଯାଉଥିବ ଦିଗ୍‌ବଳୟ। ପତ୍ନୀ ହାତକୁ ବଢ଼େଇ ଦଉଥିବେ ଗରମ ଚା' କପ୍। ଚା'କପ୍‌ର ବାମ୍ଫରେ ପତ୍ନୀଙ୍କ ମୁହଁ ଦେଖାଯାଉଥିବ ଆହୁରି ସୁନ୍ଦର। ବିଶ୍ୱମ୍ଭରଙ୍କ ଭିତରଟା କୁରୁଳି ଉଠୁଥିବ ଏକ ଅବ୍ୟକ୍ତ ଆନନ୍ଦରେ। କିନ୍ତୁ ଆଜି କାହିଁକି ସେ ଭାବନା ସବୁ ମିଳେଇ ଯାଉଛି ବରଫ ଖଣ୍ଡ ଭଳି ? ଆଗରୁ କେତେ ସମୟ ଯେ ବିତିଯାଇଛି; ଦିନେ ବି ଏମିତି ଭାବିଥିବା ସମୟ ତାଙ୍କ ପାଖରେ ଧରା ଦେଲାନି। ହୁଏତ କାରଣ ହୋଇପାରେ ଯେ, ସେତେବେଳେ ସେ ବୟସର ଶକ୍ତ ଡେଣାରେ ଘୂରି ବୁଲୁଥିଲେ ସ୍ୱପ୍ନର ଆକାଶରେ। ଏକ ରଂଗାୟିତ ବଳୟରେ ଘୂରି ବୁଲିବାରେ ସେ ସତତ ବିଭୋର ଥିଲେ। ତାଙ୍କୁ ଜଣା ପଡୁନଥିଲା ଏଇ ରଂଗ ବୋଧେ ଦିନେ ଫିକା ପଡ଼ିଯିବ। ମ୍ଳାନ ହୋଇଯିବ। ମନୋରମା ଭଳି ଯୁବତୀ ପତ୍ନୀ କୁନି କୁନି ଦୁଇଟି ଛୁଆ ତାଙ୍କୁ ପ୍ରତି ସମୟରେ କାବୁ କରିନେଇଥିଲେ। ଏକ ସ୍ନେହ ପ୍ରବଣ ଭରା ଜଗତ ଭିତରେ ତାଙ୍କର ଥିଲା ଆତଯାତ ! ସତେ ତନ୍ମୟତ ଭିତରେ ବିଶ୍ୱମ୍ଭର କେମିତି ବୁଝିଥାନ୍ତେ ଜୀବନର ପ୍ରକୃତ ସଜ୍ଞା କ'ଣ ? ଯାହାକୁ ସମସ୍ତେ ଜୀବନ ବୋଲି କୁହନ୍ତି; ଅର୍ଥାତ୍ ଜନ୍ମଠାରୁ ମୃତ୍ୟୁପର୍ଯ୍ୟନ୍ତ ଯେତିକି ଶୂନ୍ୟସ୍ଥାନ ତାହା ତ ପୂର୍ଣ୍ଣ ହୋଇଯାଏ; ସଂସାର ନିବିଡ଼ ଆଶ୍ଲେଷରେ।

ସେ ସେୟାକୁ ହିଁ ମାନିନେଇଥିଲେ ।

ଯେଉଁଦିନ ତାଙ୍କ ଝିଅ ମୀନା ଜନ୍ମହେଲା, ଘରେ ହସଖୁସିରେ ଆନନ୍ଦର ଲହଡ଼ି ଭାଙ୍ଗିଲା କେହି ନହେଲେ ବି ବିଶ୍ୱମ୍ଭରଙ୍କ ବାପା ଭାରି ଖୁସିଥିଲେ । ଘରକୁ ପ୍ରଥମ କନ୍ୟା ଆସିଲା । ତାଙ୍କର ଝିଅଟିଏ ନଥିଲା ବୋଲି ଗୋଟେ ଅବଶୋଷ ଥିଲା । ଏଇ ବିଶ୍ୱମ୍ଭର ଗୋଟିଏ ମାତ୍ର ପୁଅ । ତାଙ୍କ ସ୍ତ୍ରୀ କିନ୍ତୁ କେବେ ବି ମନ ଦୁଃଖ କରିନାହାନ୍ତି କି ବ୍ୟସ୍ତ ହୋଇ ନାହାନ୍ତି ତାଙ୍କର ଝିଅଟିଏ ହେଉନି ବୋଲି । ସେ ଭାବୁଥିଲେ ଝିଅ ବାପା ମା'ଙ୍କର ଏକ ସମସ୍ୟା । ବାପଘରେ ଜନ୍ମଠାରୁ ବାହାଘର ପର୍ଯ୍ୟନ୍ତ ଏକ ଅଜଣା ଭୟରେ ସବୁବେଳେ ବଂଚିବାକୁ ହୁଏ । ଏପରିକି ଶାଶୁଘରେ ମଧ୍ୟ ସମସ୍ୟା ସରିବନି । ତେଣୁ ଝିଅ ନାହିଁ ତ ଖୁବ୍ ଭଲ । ବିଶ୍ୱମ୍ଭରଙ୍କ ବାପା କିନ୍ତୁ ଓଲଟା ଭାବୁଥିଲେ, ଏ ସମୟରେ ଝିଅମାନଙ୍କ ଅପେକ୍ଷା ପୁଅମାନେ ହିଁ ଅଧିକ ସମସ୍ୟା ସୃଷ୍ଟି କରନ୍ତି । ବୋଝ ହୋଇ ପଡ଼ନ୍ତି ପରିବାର ଉପରେ । ସବୁକ୍ଷେତ୍ରରେ ତ ଝିଅମାନେ ଆଗୁଆ । ଏଥିପାଇଁ ଏତେ ବିବ୍ରତ କାହିଁକି ? ଦୁଃଖ ବି କଣ ?

ସେଦିନ ଠିକ୍ ସେମିତି ବିଶ୍ୱମ୍ଭରଙ୍କ ମନରେ ଏକ ଅଲଗା କମ୍ପନ ସୃଷ୍ଟି ହୋଇଥିଲା । ବାପା ଖୁସିଥିଲେ ଯା ହେଉ ନାତୁଣିଟି ହେଇଚି । ଭାରି ଧୂମ୍ ଧାମ୍‌ରେ ଜନ୍ମଉତ୍ସବ ପାଳନ କରୁଥିବା ବେଳେ ଜେଜେମା' ଭାଙ୍ଗି ପଡୁଥିଲେ । ବିଶୁର ପୁଅଟିଏ ହେଲାନି । ନାତି ଟା କେତେ ସୁଖ ଦେଇଥାନ୍ତା ।

ଏହିଭଳି ଏକ ଦ୍ୱନ୍ଦ୍ୱର ଦ୍ୱିଛକିରେ ଠିଆହୋଇ ବିଶ୍ୱମ୍ଭର ଖାଲି ଦେଖି ପାରୁଥିଲେ ଏକ ସମ୍ଭାବ୍ୟ ଭବିଷ୍ୟତକୁ । ସତରେ କଣ ମୀନା ସମସ୍ୟା ହୋଇଯିବ ତାଙ୍କ ପାଇଁ । ମନୋରମାକୁ ପଚାରିଥିଲେ 'ଝିଅ ପାଇଁ ତମେ ଖୁସି ନା ନାହିଁ' ? ଜାଣିଛ ମନୋରାମା ଝିଅଟି କାହା ଭଳି ହେଇଚି ? ଠିକ୍ ତମରି ଭଳି । ପରୀଟିଏ । ବଡ଼ହେଲେ ରାଜରାସ୍ତାରେ ତାକୁ ସମସ୍ତେ ଚାହିଁବେ । କାହିଁକି କହିଲ ? ଏଭଳି ଝିଅ ସେ ଆଗରୁ କେବେ ଦେଖି ନଥିବେ । ସତରେ ମନୋରମା ଆଖି ଖୋସି ହେଇଯିବ । ଠିକ୍ ତମରି ଆଖି ପରି ଆଖି, ନାକ, ପାଦ ସବୁ । ସତ କହିଲି ନା ?

ମନୋରମା ବିଶ୍ୱମ୍ଭରଙ୍କର ଏତେ କଥାରେ କୌଣସି ଉତ୍ତର ଦେଲେନି ।

କେବଳ ତାଙ୍କ ଆଖି ଫେରିଯାଉଥିଲା ପାଖରେ ଦୋଳିରେ ଶୋଇଥିବା ନିଜ ଗର୍ଭରୁ ଜନ୍ମ ନେଇଥିବା ନବଜାତ କନ୍ୟା ଉପରେ ।

ବିଶ୍ୱମ୍ଭର ପୁଣି ପଚାରିଲେ କଣ କିଛି କହୁନ ଯେ ?

ସେ ଲକ୍ଷ୍ୟ କଲେ ପତ୍ନୀଙ୍କର ଦୃଷ୍ଟି କେବଳ ନିଜ ଉପରେ । ସତେଯେମିତି ସେ ସ୍ୱାମୀଙ୍କର କଥାକୁ ତଉଲିଛନ୍ତି ତା' ସହିତ । ତାଙ୍କ ଭଳି ନା' ତା'ଠାରୁ ସୁନ୍ଦର ।

ବିଶ୍ୱମ୍ଭର ହସିଲେ ।

ମୁଁ ଜାଣେ ମନୋରମା, ତମେ ଝିଅକୁ ଦେଖୁଛ ମାନେ ନିରବରେ ହିଁ ମୋ କଥାକୁ ସ୍ୱୀକାର କରୁଛ ? ତୁଳନା କରୁଛ ତୁମ ସହିତ । ଏୟା ନା ? ହେଲେ ମନେରଖ ମୋ ଝିଅ ତମଠାରୁ ଖୁବ୍ ସୁନ୍ଦର । ତମ ନମ୍ବର ଶତକଡ଼ା ଅଶି ହେଲେ ତାର ସୁନ୍ଦର ପଣିଆ ଶହେ ରୁ ଶହେ । ମନୋରମାଙ୍କର ଇଚ୍ଛା ହେଉଥିଲା କହିଦେବା ପାଇଁ ତାହା ହିଁ ସମସ୍ୟା । ଆଜିକାଲି ସୁନ୍ଦରୀ ହବା ଅର୍ଥ ବିପଦକୁ ଟାଣିବା । ତୁମେ କଣ ଦେଖୁନ ନା ଜାଣିନ ଏବେ ଖାଲି ଝିଅମାନେ କିପରି ପ୍ରତି ମୁହୂର୍ତ୍ତରେ ଲାଞ୍ଛିତା ହେଉଛନ୍ତି । କେହି ବି କିଛି କହି ପାରିବେନି କି ସମବେଦନା ବି ଜଣାଇବାକୁ କେହି ନାହାନ୍ତି । କେବଳ ନିଜେ ନିଜେ ସଂତୁଳି ହେଇ ମରିବା କଥା ।

ମାତ୍ର ମନୋରମା କିଛି କହି ପାରିଲେନି ।

କେବଳ ଗୋଟାଏ ଅହେତୁକୀ ଭୟର ନିଆଁରେ ଜଳିବାକୁ ଲାଗିଲେ । ତାଙ୍କର କ'ଣ ଇଚ୍ଛା ନୁହେଁ ଯେର ତାଙ୍କ ଝିଅ ସୁନ୍ଦରୀ ହଉ । ଗୁଣର ହଉ । ହେଲେ କେଜାଣି କାହିଁକି ଡରି ଯାଉଛନ୍ତି । ଅବଶ୍ୟ ଏହାର କାରଣ କିଛି ନାହିଁ । ବୃଥା କଥା । ବିଶ୍ୱମ୍ଭର ଜାଣିପାରିଲେ ଝିଅ ହେବାରେ ପତ୍ନୀ ଖୁସି ନୁହଁନ୍ତି । ତେଣୁ ସେ ପ୍ରସଙ୍ଗ ଆଉ ନଉଠାଇ ଅଲଗା ଆଡ଼କୁ କଥା ନେଲେ ।

ଆଜି ସେଇ ଝିଅ ବହୁତ ବଡ଼ ହେଇଗଲାଣି ।

ବାହା ହେଇ ଜ୍ୱାଇଁ ପାଖରେ ବାହାରେ ରହୁଛି । ବେଶ୍ ଖୁସିରେ । ବିଶ୍ୱମ୍ଭରଙ୍କ ଅବସର ପରେ ସେ ବାପାବୋଉ ଉଭୟଙ୍କୁ ନେଇ ପାଖରେ ରଖି ବୁଲାଇ ଆଣିଲାଣି ।

ମନୋରମା ତ ଭାରି ଖୁସି ।

କିନ୍ତୁ ଏକଣ ବିଶ୍ୱମ୍ଭର ?

ତମ ପତ୍ନୀଙ୍କ ମୁହଁ କଣ ଏମିତି କାନ୍ଦୁରା ଦେଖାଯାଉଛି ?

ଏଇ ଯେମିତି ଲୁହ ଗଡ଼ି ଆସିବ ଗାଲ ଉପରକୁ । କଣ ଏହାର କାରଣ ? ତମେ ଜାଣିଚ ନା ମନୋରମାଙ୍କୁ ପଚାରିବ । ଥରେ ଭାବି ଦେଖ ତ ? କଣ ପାଇଲ ? ଆଉ କଣ ହରେଇଲ ? ବିଗତ ସମୟ ଭିତରେ । ସମୟ ତ ସରି ସରି ଆସୁଛି ନା ? ଇଚ୍ଛା କଲେ ବି ଆଉ ପଛକୁ ଫେରି ପାରିବନି । ଆଗକୁ ହି ଯିବାକୁ ହବ । କେତେବାଟ କେହି ଜାଣି ନାହାନ୍ତି ।

ନିଜ ଛାତି ତଳୁ ଉଠୁଥିବା ଏଇ ପ୍ରଶ୍ନରେ ବିଶ୍ୱମ୍ଭର ଟିକେ ଚହଲି ଗଲେ । ଉତ୍ତର ତ ଖୋଜି ପାଉନାହାନ୍ତି । ମନୋରମାଙ୍କ ଆଖିରୁ ଲୁହ ଖସି ପଡ଼ିବ କଣ ? ନିଜ ଛାତି ଭିତରେ ତ କୋହ ଉଠୁଛି ବାରମ୍ବାର । ମନୋରମା ଝିଅ ପାଇଁ ଦୁଃଖ କରୁଥିଲେ

ସିନା ଏବେ ପୁଅ ପାଇଁ ଦୁଃଖ। ପାଠଶାଠ ପଢ଼ି ବେକାର ହୋଇଗଲା। ବାପା ହିସାବରେ ତାଙ୍କର ଯେତିକି କର୍ତ୍ତବ୍ୟ, ସେଥିରେ ତ ସେ ହେଳା କରି ନାହାନ୍ତି। ତାହେଲେ ଭୁଲ୍ ରହିଲା କେଉଁଠି ? କାହିଁକି ଏମିତି ସେ ଅବାଟକୁ ଚାଲିଗଲା।

ପୁଅ ଜନ୍ମ ହେବାବେଳେ ତ ସମସ୍ତେ ଭାରି ଖୁସି ଥିଲେ। ବୋଉର ଖୁସି କାହିଁରେ କଣ ? ନାତି ଇଚ୍ଛା କରୁଥିଲା ତ ସେଥିପାଇଁ। ବେଶ୍ କିଛିଦିନ ବିଶ୍ୱମ୍ଭରଙ୍କର ଖୁବ୍ ଆନନ୍ଦରେ କଟି ଯାଇଛି। ଝିଅ ପୁଅ ସ୍ତ୍ରୀ ସମସ୍ତଙ୍କ ମେଳରେ ସମୟ ଯେମିତି ହାର୍ ମାନୁଥିଲା। ମାତ୍ର ଆଜି ସବୁ ଗୋଳମାଳ କରିଦେଇଛି ପୁଅ। ସେତେବେଳେ ଝରି ପଡୁଥିବା ଖୁସିର ଗଜଲ ଏବେ କେବଳ ଶୂନ୍ୟରେ ମିଳେଇ ଯାଉଛି। ଗୋଟେ ଛୋଟ କମ୍ପାନୀରେ ଚାକିରି କରିଥିବା ବେଳେ ବିଶ୍ୱମ୍ଭର ତାକୁ ବାହା କରେଇ ଦେଇଥିଲେ। ତାଙ୍କର ଧାରଣା ଥିଲା ସେ ନିଶ୍ଚୟ ବଦଳିଯିବ। କିନ୍ତୁ କୌଣସି ସୁଫଳ ତାଙ୍କୁ ମିଳିନଥିଲା ବରଂ ପୁଅ ଯେତିକି ସମସ୍ୟା ଥିଲା, ତା'ଠାରୁ ଅଧିକ ସମସ୍ୟା ହେଇଗଲା ବୋହୂ। ଅଯଥା ବୋଝକୁ ମୁଣ୍ଡେଇବାକୁ ପଡ଼ିଲା। ଶାଶୁ ପଣିଆ ଜାହିର କରିବାର ଯେଉଁ କାମନା ଟିକକ ମନୋରମାକୁ ବି ଗ୍ରାସ କରିଥିଲା ତାହା ହୋଇଗଲା ଅର୍ଥହୀନ। ବାହାଘର ପରେ ପରେ ହିଁ ପୁଅ କମ୍ପାନୀ ଛାଡ଼ି ଦେଉଥିଲା। ନବବିହାହିତା ପତ୍ନୀଟି କିପରି ଏଭଳି ଏକ ବେକାରୀ ସ୍ୱାମୀ ସହ ସମୟ ଅତିବାହିତ କରିବେ ଯେ ?

ଯାହାର ପରିଣତି ଆଜି ଦେଖୁଛନ୍ତି ବିଶ୍ୱମ୍ଭର।

ଜୀବନ କଣ ଏୟା ?

ବୁଦ୍ଧଙ୍କର ସେଇ ସ୍ଲୋଗାନ। 'କାମନା ହିଁ ଦୁଃଖର କାରଣ", - ଏହା କଣ ସତ୍ୟ ? ତା ହେଲେ ତ କୌଣସି ବ୍ୟକ୍ତି କିଛି କାମନା ରଖିବ ନାହିଁ। ଆଗକୁ ଯିବ କେମିତି ? କେବଳ ନିଶ୍ୱାସ ଯାଉଥିବା ପର୍ଯ୍ୟନ୍ତ ବଂଚିରହିବା ଜୀବନର ଅର୍ଥ ହେଇଯିବ। ନା ସେ ଏକଥାକୁ ମାନି ନେବେନି ? କେବେ ବି ସ୍ୱୀକାର କରିପାରିବେ ନାହିଁ। ଏମିତି ଏକ ଅର୍ଥହୀନ ଜୀବନକୁ ନେଇ ଜଣେ କୁଚ୍ଛ୍ର ସାଧକ ଭୀକ୍ଷୁଙ୍କ ଭଳି ବଂଚିବାର ମାନେ କଣ ?

ବିଶ୍ୱମ୍ଭର ଭାବୁଥିଲେ କାମନା ସହିତ, ଦୁଃଖ ଓ ତା ସହିତ ସମସ୍ୟା ବି ଆସିବ। ହେଲେ ତାକୁ ସାମ୍ନା କରିବାକୁ ହବ। ମୁକାବିଲା କରିବାକୁ ହବ।

ଯଦି ତୁମପାଇଁ ଏହା ସତ୍ୟ, ଆଉ ସବୁ କେବଳ ଗୋଟାଏ ମିଥ୍ୟା ପ୍ରବଚନ। ତାହେଲେ ତୁମେ ଏତେ ଭାଙ୍ଗି ପଡୁଛ କାହିଁକି ବିଶ୍ୱମ୍ଭର ? କେବଳ ଉଦାସ; କ୍ଲାନ୍ତ; ଅବସନ୍ନ ଭାବନାକୁ ନେଇ ବଂଚିଛ କାହିଁକି ?

ଏହାର ଉତ୍ତର ତୁମ ପାଖରେ ଅଛି ବିଶ୍ୱମ୍ଭର ?

ବିଶ୍ୱମ୍ଭର ନିଜ ଭିତରକୁ ଚାହିଁଲେ।

ଏ କଣ? ଭିତରଟା ଏମିତି ଖାଁ ଖାଁ କାହିଁକି ଦିଶୁଛି। ସତରେ କଣ ସେ ଉଦାସ। ବ୍ୟର୍ଥ ମଣିଷ? ହାରିଯାଇଥିବା ମଣିଷ।

କୌଣସି ଏକ ଉତ୍ତରରେ ପହଂଚିବା ପୂର୍ବରୁ ପତ୍ନୀ ମନୋରମା ଡାକିଲେ। ସଂଜ ହେଇ ଗଲାଣି ପରା। ଠାକୁର ପ୍ରାର୍ଥନା କରିବନି କି?

'ହଁ ଯାଉଛି'- ସଂକ୍ଷିପ୍ତ ଉତ୍ତରଟିଏ ଦେଲେ ବିଶ୍ୱମ୍ଭର।

ସେ କେଉଁଠି ଥିଲେ ହଠାତ୍ ଜାଣିପାରିଲେନି। ମନୋରମାଙ୍କ ଡାକରେ ସେ ଯେମିତି ପୁଣି ଫେରି ଆସିଲେ ସେଇ ଗତାନୁଗତିକ ଜୀବନ ଧାରାକୁ। ଯେଉଁଠି ନିରୋଳା ଅନୁଶୋଚନା ଓ ଅନ୍ତର୍ଜ୍ୱଳନ ଖାଲି ଭର୍ତ୍ତି। ହଁ ତ ଚାରିଆଡ଼େ ଅନ୍ଧାର ନେସି ହେଇ ଗଲାଣି। ସୂର୍ଯ୍ୟ ବୋଧେ କେତେବେଳୁ ବୁଡ଼ିଗଲେଣି; ସେ ଜାଣି ପାରୁନାହାନ୍ତି। ପୁଣି ରାତି ଘନେଇବ। ସକାଳ ହେବ। ଏମିତି ଚାଲିବ ଆଉ କିଛି ଦିନ। ଯେମିତି ଚାଲି ଆସିଛି ବିଗତ ସମୟରୁ ଏ ଯାବତ୍। ବିଶ୍ୱମ୍ଭର ବାଲ୍‌କୋନୀରୁ ତଳକୁ ଓହ୍ଲାଇଲେ। ଗୋଡ଼ହାତ ଧୋଇ ଠାକୁରଙ୍କ ପାଖରେ ଧୂପଟିଏ ଲଗେଇ ପ୍ରଣାମ କରିବା ତାଙ୍କର ନିତିଦିନର ଅଭ୍ୟାସ। ଠାକୁରଙ୍କ ପାଖରେ ମୁଣ୍ଡ ନୋଇଁଲା ବେଳେ କଣ ସେ କୁହନ୍ତି ତାଙ୍କୁ ମଧ୍ୟ ଜଣା ନାହିଁ।

ଚାକିରି ସମୟରେ ଥରେ ଦେବୀମନ୍ଦିରରେ ଘିଅ ଦୀପ ଜାଳି ପ୍ରଣାମ କରି ଉଠୁ ଉଠୁ ମନୋରମା ପଚାରିଥିଲେ "ମାଙ୍କୁ କଣ ମାଗିଲ? ବିଶ୍ୱମ୍ଭର କିଛିନକହି ଖାଲି ହସିଥିଲେ। ମନୋରମାଙ୍କର ଦ୍ୱିତୀୟଥର ପ୍ରଶ୍ନ ଥିଲା କଣ କିଛି ମାଗିଲନି।

ବିଶ୍ୱମ୍ଭର ଓଲଟା ପଚାରିଲେ ତମେ କଣ ମାଗିଲ?

'ମୁଁ ଯାହା ମା'ଙ୍କୁ କହିଲି ତମର କଣ ଗଲା? ତମେ କଣ ତାହା ଦେଇପାରିଥାନ୍ତ? ବିଶ୍ୱମ୍ଭର ଭାବିଲେ କଣ ଆଉ ଦେଇଥାନ୍ତି ଯେ ଜୀବନର ଏତେବାଟ ପର୍ଯ୍ୟନ୍ତ ଖାଲିତ ଦେଇ ଆସିଛି। କାହାଠୁ ତ କିଛି ପାଇନି। ପୁଣି କଣ ତମକୁ ଦେଇଥାନ୍ତି ମନୋରମା?

ମନୋରମା ତଥାପି ଅତୃପ୍ତ। ନହେଲେ ମା'ଙ୍କୁ କଣ ଏମିତି ମାଗିଲେ ଯାହା ମୁଁ ଦେଇ ପାରିବିନି।

"କଣ କହୁନ ମନୋରମା? ଯାହା ତୁମକୁ ମୁଁ ଦେଇ ପାରିନି ତ ତାହା ମା'ଙ୍କୁ ମାଗିଲ?"

କୁହ ଚେଷ୍ଟା କରିବା- ବିଶ୍ୱମ୍ଭରଙ୍କର ଦୃଢ଼ୋକ୍ତି। ମୁଁ ଏୟାହିଁ ମାଗିଲି ମା'ଙ୍କୁ। ମନୋରମାଙ୍କ କଣ୍ଠରେ ସେଦିନ ଥିଲା ଏକ ନିର୍ଭୀକତାର ସ୍ୱର। ଏୟା ମାନେ କଣ? ମୁଁ

ଦେଇଥିବା ଏକ ପରିପୂର୍ଣ୍ଣ ଜୀବନକୁ ନା କିଛି ଦେଇ ପାରିନି ବୋଲି ଅସହାୟତାକୁ ? ଏହାର ଅର୍ଥ ବୁଝିହଉନି । କେଉଁଟା ଠିକ୍ ? ମନଭିତରେ ଏକ ଦ୍ୱନ୍ଦ୍ୱ ଓ ଉତ୍କଣ୍ଠାର ମିଶ୍ରିତ ଆବେଗରେ କେବଳ ପତ୍ନୀଙ୍କର ଏଇ କଥାଟିକୁ ବାରମ୍ବାର ତର୍କଣା କରୁଥିଲେ ।

ମନ୍ଦିରରୁ ଫେରି ଘରକୁ ଆସିଲାବେଳେ; ବାଟରେ ପୁଣି ପଚାରିଲେ ବିଶ୍ୱମ୍ଭର 'ତୁମ କଥାର ଅର୍ଥ କିଛି ଠିକ୍ ଭାବରେ ମୁଁ ବୁଝିପାରିଲିନି । ଆଉଥରେ ବୁଝାଇ କହିବ କି କଣ ମା'ଙ୍କୁ ପ୍ରାର୍ଥନା କଲ ?

'ତୁମେ ପରିପୂର୍ଣ୍ଣ । ମତେ ସବୁ ପୂର୍ଣ୍ଣ କରିଦେଇଛ । ଆଉ ଯାହା ମାଗିଲେ ବି ତମେ ମତେ ଅକୁଣ୍ଠ ଭାବରେ ଦେଇପାରିବ । ଏଇ ଭାବନାକୁ ତୁମ ଭିତରୁ କାଢ଼ି ଦେବାକୁ ମା'ଙ୍କୁ ମାଗିଲି ।' ମନୋରମା କହିଲେ ।

ଆଜି ଠାକୁରଙ୍କ ପାଖରେ ମୁଣ୍ଡିଆ ମାରିଲାବେଳେ ସେଇକଥା ହିଁ ମନେପଡୁଛି ବିଶ୍ୱମ୍ଭରଙ୍କର ।

ଏତେଦିନ କାଳ ଆରାମରେ କଟେଇ ଦେଇ, ଜୀବନକୁ ତଥାକଥିତ ସୁଖର ଶଗଡ଼ଗୁଳାରେ ଗଡ଼େଇ ନେଇ ସେତ ସମୟ ସହିତ ବାଜି ମାରି ନେଇଥିଲେ । କିନ୍ତୁ ଏବେ ଭାବୁଛନ୍ତି ସେ ସତରେ ଜିତିଛନ୍ତି ନା ହାରି ଯାଇଛନ୍ତି ? ତାଙ୍କ ପାଇଁ ଏହା ଏକ ଅସମାହିତ ପ୍ରଶ୍ନ । ଠାକୁରଙ୍କୁ ସୁଖ ଆଉ ସମୃଦ୍ଧି ପାଇଁ ପ୍ରାର୍ଥନା କରିବେ ? ଆଉ କେତେକାଳ ଯେ ? ନା ମାଗିବେ ମୋର ଭୁଲ ପାଇଁ କ୍ଷମା କରିଦିଅ ପ୍ରଭୁ ନା ମୁଁ ସବୁ କରିପାରିବି ବୋଲି ମନର ଅହଂକାରକୁ ଖସେଇଦିନ ପ୍ରଭୁ ।

ମାତ୍ର ବିଶ୍ୱମ୍ଭର କିଛି କହି ପାରିଲେନି ।

କେବଳ ପୂର୍ବଭଳି ଧୂପଟିଏ ଲଗେଇ ମୁଣ୍ଡିଆ ମାରି ଚାଲି ଆସିଲେ ।

ମନୋରମା ଭଜାଚୁଡ଼ା ଓ ଚା' ପାଖରେ ଥୋଇଲେ । ଏଇ ଅଭ୍ୟାସଟା ତାଙ୍କର ବହୁଦିନର । ଧରିନିଆଯାଉ ପିଲାଦିନର । ପିଲାଦିନେ ଖାଲି ଚୁଡ଼ା ଭଜା ବୋଉ ସଂଜରେ ଦଉଥିଲା । ଏବେ ଚା' ଅଧିକା ତା ସାଂଗରେ ଲାଗି ଯାଉଛି । ପାଖରେ ବସି ଚା' ପିଉ ପିଉ ମନୋରମା କହିଲେ 'ମୀନା ଫୋନ୍ କରିଥିଲା' । କହିଲା ତୁମ ସାଙ୍ଗରେ କଣ କଥା ହେବ ବୋଲି । ଚା' ପିଇ ସାରି ଟିକେ ଫୋନ୍ କରିବ ତ ! 'ହୁଁ'- ଗମ୍ଭୀରତାର ସହ କହିଲେ ବିଶ୍ୱମ୍ଭର ।

ପୁଣି ସେଇ ଝିଅ ପୁଅ । କାହାର ସମସ୍ୟା । ଏସବୁ କଥା ଶୁଣିବାକୁ ତାଙ୍କ ପାଖରେ ଆଉ ସମୟ ନାହିଁ କି ଧୈର୍ଯ୍ୟ ନାହିଁ । ତଥାପି ଫୋନ୍ କଲେ ସେ । ମୀନା କହିଲା- ସେ ଏଇ ଛୁଟିରେ ଦୁଇଜଣ ଆସୁଛନ୍ତି । ସାଙ୍ଗରେ ନେଇଯିବ ।

ଝିଅ ଜ୍ୱାଇଁଙ୍କ ପାଖକୁ ଯିବା ନ ଯିବାର ନିଷ୍ପତ୍ତି କିଛି ନେଇ ପାରିନାହାନ୍ତି । ସେ

ଆସୁ ଯିବେ କି ନଯିବେ ଚିନ୍ତା କରିବେ। ସେଠିକି ଗଲେ କଣ ଅଧିକା ଟା ବା ହେବ। ନିଜ ଘରେ ତ କିଛି ଅସୁବିଧା ହେଉନି। ବର୍ତ୍ତମାନ ସେ ଦୁଇଜଣ। ବୋହୂ ତ ଅନେକଦିନୁ ଏ ଘରଛାଡ଼ି ଦେଇଚି। ପୁଅ କେଉଁଠି ଅଛି ଠିକଣା ନାହିଁ।

ବିଶ୍ୱମ୍ଭର ଏକା, ଚିରକାଳ ଏକା।

ଗହଳି ଆଉ ବି ଭଲ ଲାଗୁନି। ଏକା ଏକା ବଂଚିବା ଅନେକ ଦିନୁ ଅଭ୍ୟାସରେ ପରିଣତ ହେଇଗଲାଣି।

ଚା'କପ୍ ନେଇ ମନୋରମା ପାଖରୁ ଉଠିଗଲେଣି।

ଲାଇଟ୍ ଟା ଲିଭେଇ ଦେଲେ ବୋଧହୁଏ ଅନ୍ଧାର ବାରିପାରନ୍ତେ କେତେ ବହଳର। ଏମିତି ତ ଜୀବନ ଉପରେ ପଡୁଥିବା ଏହି ସଂସାରର ଆଲୁଅ ଜୀବନର ବହଳତାକୁ ଜଣେଇ ଦେଇପାରୁନି। ଅନ୍ଧାର ଭଳି।

ବିଶ୍ୱମ୍ଭର ସେୟା କୁ ହିଁ ଖୋଜୁଛନ୍ତି।

"ତୁମେ କଣ ଏପର୍ଯ୍ୟନ୍ତ ଖୋଜି ପାଇଲଣି ? କୁହ ବିଶ୍ୱମ୍ଭର।

ପାଇଥିଲେ ହୁଏତ ମୁଁ ଅଲଗା ମଣିଷ ହେଇଯାଆନ୍ତିଣି।

ତାହେଲେ କେତେଦିନ ଖୋଜିବ ?

ବିଶ୍ୱମ୍ଭରଙ୍କ ପାଖରେ ଯେମିତି ଉତ୍ତର ଆଉ ନାହିଁ। କିଛି ଶବ୍ଦ ତାଙ୍କ ମନଭିତରେ ଆସୁନି ଯେ ଯାହାକୁ ସେ ଉଚ୍ଚାରଣ କରିପାରନ୍ତେ। ତାଙ୍କର ଇଚ୍ଛା ହଉଥିଲା: ଏମିତି ଅନ୍ଧାର ମାଡ଼ିଯାଉ ଚାରିଆଡ଼େ। ତାଙ୍କ ଜୀବନରେ। ବି। ଯେମିତି ସେ କିଛି ଦେଖିପାରନ୍ତେନି। ଆଉ ଦର୍କାର ନାହିଁ; ସେ ସଂଜର ମାଦକତା। ବରଂ ଅନ୍ଧାର ମାଡ଼ିଯିବା ଭଲ।

ବିଶ୍ୱମ୍ଭର ଏକଦମ୍ ନିରବି ଗଲେ ଏକ କମ୍ପନହୀନ ମୂର୍ତ୍ତିଭଳି।

■

ଦୂର ପାହାଡ଼ର ଦୃଶ୍ୟ

ଭୋର ପାଞ୍ଚଟାରୁ ଘରୁ ମର୍ଣ୍ଣିଂଓ୍ୱାକ୍‌କୁ ବାହାରି ଯାଆନ୍ତି ରସାନନ୍ଦ। ବାଟରେ ଭେଟ ହୁଅନ୍ତି ନରହରି ବାବୁ। ଦୁଇଜଣଯାକ ଚାଲୁ ଚାଲୁ ପ୍ରାୟ ଦୁଇ କି.ମି. ଦୂର ଯାଆନ୍ତି ଓ ଫେରନ୍ତି। ଫେରିଲା ବେଳେ ତାଙ୍କ କ୍ୱାର୍ଟର ପାଖାପାଖି ଥିବା ଗୋଟେ ଭଲ ଚା' ଦୋକାନରୁ ଦୁଇକପ୍ ଚା' ପିଅନ୍ତି। ଟିକେ ବସି କଥାବାର୍ତ୍ତା ହୁଅନ୍ତି। ଏ ଅଭ୍ୟାସ ସେମାନଙ୍କର ପ୍ରାୟ ଦଶବର୍ଷର। ତା'ପରେ ଆସନ୍ତି ଘରକୁ। ଏହି ଯିବାଆସିବା ଭିତରେ ସେମାନଙ୍କର କଥା ପଢ଼େ, ଅନେକ ଅନେକ। ବେଳେବେଳେ ନିଜର ଦୁଃଖ କି ସମସ୍ୟା ନିଜ ନିଜର ଭିତରେ ବଣ୍ଟାକୁଣ୍ଟା ହୁଅନ୍ତି।

ଏମାନେ ଦୁଇବଂଧୁ।

ଏକା ଅଫିସର ନୁହଁନ୍ତି କି ଆଗରୁ ଏମାନଙ୍କର କୌଣସି ବଂଧୁତା ବି ନଥିଲା। ଯାହା ଏଇଠି ରହିବା ଭିତରେ ପରିଚୟ। ସେଇ ଦୃଷ୍ଟିରୁ ବେଶ ବଂଧୁତା। କିନ୍ତୁ ଏଇ ବଂଧୁତା କେବଳ ରାସ୍ତାରେ ଯିବାବେଳେ ବା କୌଣସି ଜାଗାରେ ଭେଟ ହେଲେ। ପାରିବାରିକ ସମ୍ପର୍କ କମ୍। କୌଣସି ସମୟରେ ଘରେ କିଛି ଫଙ୍କସନ୍ ଥିଲେ କିଏ କାହାକୁ ଡାକନ୍ତି ନହେଲେ ନାହିଁ।

ଏଇ ସମ୍ପର୍କଟା ବେଶୀଦିନ ରହିଲାନି।

ଚାକିରିରୁ ଅବସର ପରେ ଗୋଟିଏ ସରକାରୀ କଲୋନୀରୁ ଅଲଗା ହେଇଗଲେ ଦୁଇଜଣ। ନରହରି ବାବୁ ଗାଆଁରେ ରହିଲେ। ଆଉ ରସାନନ୍ଦ ବାବୁ ଭୁବନେଶ୍ୱରର ଖଣ୍ଡଗିରି ଅଂଚଳରେ ଜାଗାକିଣଇ କରିଥିବା ନିଜ ଘରେ ରହିଲେ। ରସାନନ୍ଦ ଅନେକ ଥର କହିଛନ୍ତି- ନରହରିବାବୁଙ୍କୁ ଜାଗାଟିଏ କିଣି ଘର ଖଣ୍ଡେ କରିବାକୁ। ହେଲେ ସେ ଆଦୌ ରାଜି ହେଇ ନଥିଲେ। ତାର କାରଣ ଅବସର ପରେ ସେ ଗାଆଁରେ ରହିବେ।

ଏଇଟା ପ୍ରକୃତକାରଣ ନଥିଲା ନିଶ୍ଚୟ ଆଉକିଛି-ଯାହା ରସାନନ୍ଦ ଅନୁମାନ କରୁଥିଲେ। ଏତେଦିନ ହେଲା ଭୁବନେଶ୍ୱରରେ ରହିଲଣି, ସେ ପୁଣି ଗାଆଁରେ ରହିବେ ? ପିଲାମାନେକଣ ରାଜିହେବେ। ହଁ ପତ୍ନୀ କୌଣସି ପ୍ରକାର ରାଜି ହେଇପାରନ୍ତି। ହେଲେ ପିଲାମାନେ ତ ଆଦୌ ରାଜି ହେଇନଥିବେ।

ନରହରି ବାବୁ ଆତ୍ମସଫେଇ ଦିଅନ୍ତି

ଜାଗାଟିଏ ସେ ଚାହିଁଥିଲେ କିଣି ପାରିଥାନ୍ତେ। ମାତ୍ର ସେମିତି ସୁବିଧା ହେଇନି। ସେ ଏକ ଯୋଗ। ଜାଗାକିଣିବା, ସୁନା କରିବା, ଭଲ କନ୍ୟାଟିଏ ପାଇବା ଏସବୁ ଭାଗ୍ୟର ଫଳ, ଯାହା ଶାସ୍ତ୍ରରେ କୁହାଯାଇଛି। ସେଇ ନ୍ୟାୟରେ ଜାଗାଟିଏ ହେଇପାରିନି। ଏବେ କିଣିବାର କିଛି ଆବଶ୍ୟକତା ନାହିଁ। ଗୋଟିଏ ପୁଅ ସେ ତ ବାହାରେ ଅଛି। ଭୁବନେଶ୍ୱରରେ ଆସି ରହିବ କି ନାହିଁ, ମୋର ବିଶ୍ୱାସ ନାହିଁ। ଝିଅ ତା ବାଟରେ। ଭଲରେ ଅଛି। ଆଉ ଆମେ ଦୁଇଜଣ ଏଠି ଏକୁଟିଆ ରହି କେବଳ ନିଜ ସହ କଥାବାର୍ତ୍ତା ହେବା। କେହି କାହାକୁ ପଚାରିବାର ନାହିଁ। ଏଘର ଲୋକ ପାଖ ଘର ଲୋକକୁ ଭଲରେ ଚିହ୍ନିଥିବ କି ନାହିଁ। ତେଣୁ ସବୁ ଦୃଷ୍ଟିରୁ ଗାଆଁ ଭଲ। ପରିବାରର ଅନ୍ୟମାନେ ଅଛନ୍ତି। ବିପଦ ପଡ଼ିଲେ କେହି ଜଣେ ଠିଆ ହେବେ ନିଶ୍ଚୟ। ସକାଳ ହେଲେ ପାଞ୍ଚ ଲୋକଙ୍କ ମୁହଁ ଦେଖାହେବ, କଥା ହେଇହବ। ଖାଲି ଶୂନ୍ୟତାରେ ବଂଚିବା ଅପେକ୍ଷା ଗହଳି ଚହଳିରେ ରହିଲେ ଜୀବନର ମୋଡ଼ ବଦଳିଯିବ। ମନ ସର୍ବଦା ଭଲ ରହିବ।

ରସାନନ୍ଦ ନରହରି ବାବୁଙ୍କର କଥା ସବୁ ଶୁଣନ୍ତି।

ତାଙ୍କୁ ଲାଗେ, ନରହରି ବାବୁ ସତରେ ଏକଥା ନିଜ ଭିତରୁ କହନ୍ତି ନା ? ଆଉ କୌଣସି କାରଣ ଅଛି, ଯାହାକୁ ସେ ପ୍ରକାଶ କରି ପାରୁନାହାନ୍ତି ବା ପ୍ରକାଶ କରିବାକୁ ଭଲ ପାଉନାହାନ୍ତି ଏମିତି ବି କିଛି ଅଛି ମଣିଷ ତାକୁ ଗୁପ୍ତ ରଖେ। ବାହାରେ ସଫାସୁତରା ହେଇ ରହିଲେ ମଧ୍ୟ ମନଭିତରେ ଖୁବ୍ ମଇଳା। ଯେଉଁ ଆବର୍ଜନା ମଇଳା ପଚି ଗନ୍ଧାଏ ସେ ଏକା ସେଇ ଗନ୍ଧକୁ ବାରିପାରେ। ଅନ୍ୟ କେହି ନୁହଁ।

ରସାନନ୍ଦ ନିଜେ ନିଜେ ହଡ଼ବଡ଼େଇ ଗଲେ।

ଛାଡ଼୍, ସେ କଥାରୁ କଣ ମିଳିବ ତାଙ୍କୁ। ଯେକୌଣସି କାରଣରୁ ବି ହେଉ ନରହରିବାବୁ ଭୁବନେଶ୍ୱର ଛାଡ଼ି ଗାଆଁରେ ରହୁଛନ୍ତି। ବାସ୍ ! କଥା ଏତିକି।

ଭୁବନେଶ୍ୱରରେ ଖବ୍ ଭଲ ଘରଟିଏ କରିଛନ୍ତି ରସାନନ୍ଦ।

ଯେହେତୁ ଗୋଟେ ଭଲପଦବୀରେ ତାଙ୍କର ଚାକିରୀ ଥିଲା, ପଇସାର ଅଭାବ ନଥିଲା। ପୁଅବୋହୂ ଦୁଇଜଣ ଯାକ ଚାକିରିଆ। ଛୋଟଣ ନାତୁଣୀ ଟି ଅଛି।

ରସାନନ୍ଦବାବୁ ତାଙ୍କରି ମେଳରେ ସମୟ କାଟିଦିଅନ୍ତି।

ଖଣ୍ଡଗିରି ଘରେ ରହିଲା ପରେ ମର୍ଣ୍ଣିଂଓ୍ୱାକ୍ ଗଲାବେଳେ ଅନ୍ୟଜଣେ ବଂଧୁଙ୍କ ସହ ତାଙ୍କର ଘନିଷ୍ଠତା ଜମି ଯାଇଥିଲା। ସେହେଲେ ସୁନାକର ଦିକ୍ଷିତ୍। ନରହରି ବାବୁଙ୍କ ଅଫିସରେ କାମ କରନ୍ତି। ନରହରି ବାବୁ ସେକ୍ସନ ଅଫିସର ଥିଲେ। ଆଉ ଦୀକ୍ଷିତ୍‌ବାବୁ ତାଙ୍କର ଜଣେ ଆସିଷ୍ଟାଣ୍ଟ ଭାବରେ କାମ କରୁଥିଲେ। ନରହରିବାବୁଙ୍କ ସହ ବଂଧୁତା ହେବାପରେ ଦୀକ୍ଷିତ୍‌ବାବୁ ବି ବହୁତଥର ବଜାରରେ ଦେଖା ହେଇଛନ୍ତି। ସେମାନଙ୍କ ଭିତରେ ଚା'ପର୍ବ ମଧ୍ୟ ହେଇଛି।

ଏବେ ସବୁଦିନେ ସକାଳୁ ସକାଳୁ ଦୀକ୍ଷିତ୍‌ବାବୁଙ୍କ ସହ ରସାନନ୍ଦଙ୍କର ଭେଟ ହୁଏ। ଅନେକ କଥାବାର୍ତ୍ତା ହୁଅନ୍ତି। ଚା'ପିଅନ୍ତି। ସିଗ୍ରେଟ ବି ପିଅନ୍ତି। ନରହରିବାବୁଙ୍କ କଥା ପଡ଼ିଲା ବେଳେ ଦୀକ୍ଷିତ୍‌ବାବୁ କୁହନ୍ତି, ସତରେ ସାର୍ ଜଣେ ମୁଡ଼ି ଲୋକ। ଯାହା ଭାବିବେ, ତା' କରିବେ। ତାଙ୍କର ଗାଆଁରେ ରହିବାର କଥା ମାନେ ରହିଲେ। ଭୁବେନଶ୍ୱରରେ ପରା ଖଣ୍ଡେ ଜାଗା ଅଛି। ହେଲେ ଘର କଲେନି। କଥା କଣ ? ପୁଅ ଯଦି ତାର କରିବ ନ କରିବ, ତା ଉପରେ ନିର୍ଭର କରେ। ତାଙ୍କ ସ୍ତ୍ରୀ ସୁଭଦ୍ରା ମ୍ୟାଡାମ୍ କିନ୍ତୁ ଅଲଗା ପ୍ରକାରର। ତାଙ୍କର ଇଚ୍ଛା ସହରୀ ଜୀବନ। ଗାଆଁରେ ଖାଲି ବାଧ୍ୟରେ ରହିଛନ୍ତି। ପୁଣି କେତେବେଳେ ଏଠାକୁ ପଳେଇଆସିବେ କି କଣ ?

ଏକଥା କହୁ କହୁ ଦୀକ୍ଷିତବାବୁ ଟିକେ ହସିଦେଲେ।

ଆପଣ ହସିଲେ କାହିଁକି ? ରସାନନ୍ଦ ପଚାରିଲେ।

ନାଇଁମ ସାର୍, ମୁଁ ଏଇଥିପାଇଁ ହସିଲି ଯେ ଆଜିକାଲଇ ଗାଆଁଛାଡ଼ି ସହରରେ ରହିବା ଗୋଟେ ଟ୍ରେଣ୍ଡ ହେଇଗଲାଣି। ବରଂ ଗୁଣ୍ଡେ କି ଦି.ତିନି. ଡିସିମିଲି ଜାଗା କିଣି ଆଜ୍‌ବେଷ୍ଟସ୍ ପକାଇ ଘରଖଣ୍ଡେ କରିବେ, ମାତ୍ର ସହରରେ ରହିବେ। ଯେତେ ଜମିବାଡ଼ି ଗାଆଁରେ ଥିଲେ ମଧ୍ୟ ତାର କିଛି ମୂଲ୍ୟ ନାହିଁ। ଦର୍କାର ପଡ଼ିଲେ ସେ ସବୁ ବିକ୍ରି ହୋଇପାରେ। ଏକଥା ଆମେ ବୁଝିଛୁ, ଏଠି ପଡ଼ୋଶୀ ଶବ୍ଦର ମୂଲ୍ୟ ନାହିଁ। ନିଜ ଦୁନିଆ ଭିତରେ ନିଜେ। ଏ ଦୃଷ୍ଟିରୁ କିଛି ଭୁଲ୍ କରିନାହାନ୍ତି ଯେ। ଏଠି ଥିଲାବେଳେ ସୁଭଦ୍ରା ମ୍ୟାଡାମ୍‌ଙ୍କ ସହ ଅନେକ ସମୟରେ ତାଙ୍କର ଯୁକ୍ତିତର୍କ ଲାଗେ। ବଡ଼ପୁଅ କହେ- 'ତୁ କାହିଁକି ଅଯଥା ଯୁକ୍ତି କରୁଛୁ କହିଲୁ ମାଆ ? ବାବା ଯଦି ଚାହୁଁଛନ୍ତି ଗାଆଁରେ ରହିବାକୁ ରୁହନ୍ତୁ। ମୁଁ ଗାଆଁରେ ରହୁନି, ଯାହେଲେ ବି କୋଉଠି ବାହାରେ ରହିବି। ତେଣୁ ତୁମେମାନେ ମୋ ପାଖକୁ ପଳେଇ ଆସିବ।

ରସାନନ୍ଦ ଏକଥା ଶୁଣନ୍ତି।

ନିଜକୁ ତଉଲନ୍ତି ସମୟ ସହିତ।

ତର୍ଜମା କରନ୍ତି ଗାଆଁରେ ରହୁଥିବା ମଣିଷମାନଙ୍କ ସହିତ।

ସେଦିନ ନରହରିବାବୁ ଯାହା କହୁଥିଲେ, ଶୂନ୍ୟତାକୁ ସାଥିକରି ବଂଚିବା କଥା ଏଠି। ଚାକିରି ଜୀବନ ଥିଲା ଗୋଟେ ପ୍ରକାରର। ଅବସର ସମୟ ଖୁବ୍ ଭାରି ଭାରି। ମହଣ ମହଣ ଲୁହା ଭଳି।

ସୁଭଦ୍ରା ମ୍ୟାଡାମ୍‌ଙ୍କ ସହିତ ରସାନନ୍ଦଙ୍କ ପତ୍ନୀଙ୍କ ଫୋନ୍‌ରେ କଥାବାର୍ତ୍ତା ଅଛି। ମଝିରେ ମଝିରେ କଥା ହୁଅନ୍ତି। ଏବେ କିନ୍ତୁ ଅଧିକ ସମୟ ସୁଭଦ୍ରା ମ୍ୟାଡାମ୍ କଥା ହଉଛନ୍ତି ତାଙ୍କ ସ୍ତ୍ରୀ ସହ। ବେଳେବେଳେ ଏପଟ ଘରେ ଥାଇ ସେ ଶୁଣିପାରନ୍ତି। ଦୀକ୍ଷିତ୍ ଯାହା କହୁଥିଲେ ସୁଭଦ୍ରାମ୍ୟାଡାମ୍ ଗାଆଁରେ ଖୁସିରେ ନାହାନ୍ତି। ସହରରେ ବହୁବର୍ଷ ରହିଗଲା ପରେ ସେ ଜୀବନ ଟିକେ ଭିନ୍ନ ଲାଗୁଛି।

ରସାନନ୍ଦ ମଝିରେ ମଝିରେ ନରହରି ବାବୁଙ୍କୁ ଫୋନ୍ କରିଥିଲେ। ସେତେବେଳେ ସେ ଗାଆଁ ବଜାରରେ ଚା' ଦୋକାନରେ ବସି ପୁରୁଣାବନ୍ଧୁମାନଙ୍କ ସହ ଗପସପରେ ବ୍ୟସ୍ତ ଥିଲେ। ହସି ହସି ଗଡ଼ି ଯାଉଥିଲେ। ଚା' ପିଆ ଚାଲିଥିଲା। ପାନ ଭାଂଗିବା ପାଇଁ କେହି ଜଣେ ବରାଦ କରିଥିଲେ। ଏଭଳି ଗୋଟେ ଦୃଶ୍ୟ ମନଭିତରେ ଆଙ୍କୁଥିଲେ ରସାନନ୍ଦ। ବାଃ ବହୁତ ଭଲ। ଖୁବ୍ ଆନନ୍ଦ।

କିନ୍ତୁ ସେ ପାରିଲେନି। ତାଙ୍କ ପାଦରେ ସଂସାରର ବେଢ଼ି ପଡ଼ିଛି। ତଥାପି ରସାନନ୍ଦ ଏ ବେଢ଼ିକୁ ଛିଣ୍ଡେଇ ଗାଆଁକୁ ପଳେଇଯାଆନ୍ତି। ସେଠିଥିବା ଅଧା କୋଠା ଅଧାଚାଳଘରେ ରହୁଥିବା ସାନଭାଇ ପାଖରେ ରୁହନ୍ତି। ଭାରିଖୁସି। ସେଠି ଥାଇ ସେ ଭୁବନେଶ୍ୱରକୁ ଚାହାନ୍ତି। ଖାଲି ଗତାନୁଗତିକର ଏକ ଲମ୍ବା ରାସ୍ତା। ଜଣକ ପାଖକୁ ଜଣେ ଯାଇ ଭେଟିବା ଅନେକ ଦୂର। ଚନ୍ଦ୍ରଭଳି। ଏଠିକା ରାସ୍ତା ଖୁବ୍ ପାଖ। ଏଇମାତ୍ର ପହଂଚିଯିବ। କିନ୍ତୁ କେତେଦିନ ରହିବେ ସେ ? ତାଗିଦ୍ ଆସିବ। ଏତେଦିନ ଗାଆଁରେ କଣ କରୁଛ ଯେ ? ଶୀଘ୍ର ଆସ। ପୁଣି ଫେରିଯାଆନ୍ତି ରସାନନ୍ଦ। ଗାଆଁରୁ ସହରକୁ।

ସାବିତ୍ରୀ ମ୍ୟାଡାମ୍ ଫୋନ୍‌ରେ କହୁଥିବାର ସେ ଶୁଣିଥିଲେ। ତୁମେ ଖୁବ୍ ଭାଗ୍ୟମୟୀ। କେତେ ଆରାମ୍‌ରେ ଅଛ। ସାର୍ ତ ତୁମକୁ ଅନେକ ଅୟସରେ ରଖିଛନ୍ତି। ସହରରେ ପୁଣି ଭୁବନେଶ୍ୱରରେ ରହୁଛ। ମୁଁ ପରା କହି କହି ଥକି ଗଲି ଯେ ମୋ କଥା ଶୁଣିଲେନି। ଏକାଜିଦ୍ ଗାଆଁରେ ରହିବି। ଗାଆଁରେ ଯୋଉ ଘର ଅଛି ସେଠି କିଏ ରହିବ ଯେ ? ସେ ତାଙ୍କର ବିନ୍ଦାସରେ ଅଛନ୍ତି। ପୁତୁରା ଝିଆରୀଙ୍କ ମେଳରେ। ମୋତେ କିନ୍ତୁ ଯମା ଆରଉନି। ପୁଅ କହୁଥିଲା ମୁଁ ତା' ପାଖକୁ ପଳେଇବି। ଏମିତି ଅନେକ କଥା।

ପତ୍ନୀ କରୁଲୁ ଉଠୁଥିଲେ। ରସାନନ୍ଦ ଅନୁଭବ କଲେ। ଟେନାଏ ହସ ମୁହଁ ଉପରେ ଦୋଳି ଖେଳୁଥିଲା। ସତେଯେମିତି ତାଙ୍କ ପତ୍ନୀ ଜୀତି ଯାଇଛନ୍ତି ସମୟ ସହ ଯୁଦ୍ଧ କରି। ଗାଆଁରେ ନ ରହିବାର ଜିଦ୍‌ରେ ସେ ଯେଉଁ ଯୁକ୍ତି ରସାନନ୍ଦଙ୍କ ପାଖରେ

ରଖିଥିଲେ ତାଙ୍କର ତ ଜିତାପଟ୍ ହେଇଛି ସେ ଖୁସି ନହେବେ କେମିତି ?

ସେ କଣ କେବେ ନିଜକୁ ପଚାରିଛନ୍ତି ନା ସ୍ୱାମୀଙ୍କୁ ପଚାରିଛନ୍ତି-ପ୍ରକୃତରେ ଆମେ କେମିତି ଅଛୁ ପାଖରେ ପୁଅ ବୋହୂ ନାତିନାତୁଣୀ କେହି ନାହାନ୍ତି। ଭଲ ପଡ଼ୋଶୀଟିଏ ବି ନାହିଁ। ଖାଲି ବଜାର ସହର, ରାସ୍ତା ଘାଟ ଏୟା।

ନରହରିବାବୁ ସେଦିନ ଫୋନ୍ କରିଥିଲେ। ପଚାରୁଥିଲେ କେମିତି ଅଛନ୍ତି ସାର୍ ? ରସାନନ୍ଦ ନିଜର ଉତ୍ତର ଦେବାପୂର୍ବରୁ ଓଲଟା ପଚାରିଥିଲେ ଆପଣ କେମିତି ଅଛନ୍ତି ? ଖୁବ୍ ଭଲ ! ବେଶ୍ ଖୁସିରେ ଅଛି।

ଏଠି ଆମ ଗାଆଁରେ ରାମ ମନ୍ଦିର ତିଆରି ହେଉଛି ତ ସେ ଦାୟିତ୍ୱରେ ମୋତେ ରଖିଛନ୍ତି। ସେଇଠି ଅଛି। ଗାଆଁ ପିଲାମାନେ ବି ଅଛନ୍ତି। ଏଇ ବ୍ୟସ୍ତତାରେ କଟୁଛି ଜୀବନ- ନରହରିବାବୁ କହିଲେ।

ରସାନନ୍ଦ ପଚାରିଲେ- ମ୍ୟାଡାମ୍ କେମିତି ଅଛନ୍ତି ?

ନରହରି ବାବୁ ତତ୍କ୍ଷଣାତ୍ କହିଲେ- ଯେ ଖୁସିରେ ରହବାକୁ ଚାହିଁବ ରହିବ। ସେ ଯେଉଁଠି ଥାଉ। ତେବେ ଭଲ ଅଛନ୍ତି। ଆଉ ମ୍ୟାଡ଼ାମ୍, ପିଲାମାନେ କେମିତି ଅଛନ୍ତି। ଆପଣ ବି ?

ରସାନନ୍ଦଙ୍କର ଇଚ୍ଛା ହେଉଥିଲା କହିଥାନ୍ତେ- ମୁଁ ଏମିତି ବଂଚିଛି। ଖାଇ ପି। କିନ୍ତୁ କିଛି ନକହି କେବଳ ଏତିକି କହିଲେ। ମୁଁ ଭଲ ଅଛି। ମ୍ୟାଡାମ୍ ବହୁତ ଭଲରେ ଅଛନ୍ତି। ପିଲାମାନେ ମଧ୍ୟ।

ଫୋନ୍ ରଖିଲେ ରସାନନ୍ଦ। କେଜାଣି କାହିଁକି ଆପେ ଆପେ ଗୋଟେ ଦୀର୍ଘଶ୍ୱାସ ବାହାରି ଆସିଲା। କ୍ଳାନ୍ତିର ନୁହେଁ, ଅବଶୋଷର।

■

ରାଜ ଯୋଗ

ଆତ୍ମ ବିଶ୍ୱାସ ଉପରେ ଜଣେ ବ୍ୟକ୍ତି ବଂଚିପାରେ, ମାତ୍ର ମନରେ ବିଶ୍ୱାସ ଜନ୍ମାଉଥିବା ବା ଅଂଧ ଭାବରେ ବିଶ୍ୱାସ କରୁଥିବା କୌଣସି କଥାକୁ ନେଇ ବ୍ୟକ୍ତି କେବେ ବି ତିଷ୍ଠି ପାରେନା । ଆତ୍ମ ପ୍ରତ୍ୟୟ ଉପରେ ବ୍ୟକ୍ତିତ୍ୱ ଗୋଡ଼ମାଡ଼ି ସଳଖି ଠିଆହୁଏ, ମିଛ ପ୍ରତ୍ୟୟରେ ବି ନୁହେଁ । କେବେ ବି ନୁହେଁ । ଆଜି ନହେଲେ ବି କୋଉଦିନ ବି ଧକ୍କା ଖାଇ ପଡ଼ିଯାଇପାରେ । ଭୂତଳଶାୟୀ ହୋଇପାରେ । ଆଜି ଏହି ବାସ୍ତବ କଥାଟିକୁ ବୋଧହୁଏ ନିଜ ଭିତରେ ପଚାରୁଛନ୍ତି ସୁରଭାଇ । ତଉଲୁଛନ୍ତି ପଛଦିନକୁ ଆଜି ସହିତ ।

ଏକ କ୍ଳାନ୍ତ ଅପରାହ୍ନରେ କାଠ ଚଉକିଟିରେ ବସି-ନୈରାଶ୍ୟର ହାଇ ମାରିଲାବେଳେ ହେଦହାତ ଖାଲି ନୁହେଁ ମନ ଟା ବି ଖୁବ୍ ଅବସ । ଭାରି କ୍ଳାନ୍ତ । ଚାଳିଶବର୍ଷ ତଳେ ସେ ଖୁବ୍ ଭଲଥିଲେ । ଶାରିରୀକ ସୁସ୍ଥ ତ ନିଶ୍ଚୟ । ମାନସିକ ସ୍ତରରେ ବି । ଭଲ ଚାକିରି ଖଣ୍ଡେ ବି ଥିଲା । ସୁନ୍ଦର ପରିବାରଟିଏ ବି ଥିଲେ । ସାଧୁସନ୍ଥ, ଠାକୁରମନ୍ଦିର, ଦେବାର୍ଚ୍ଚନା ପ୍ରଭୃତି ଦେବକାର୍ଯ୍ୟରେ ବେଶ୍ କିଛି ସମୟ ବି ଯାଉଥିଲା । ସୁରଭାଇ ଜଣେ ଗୁରୁଙ୍କର ଦୀକ୍ଷିତ ଥିଲେ । ଭାରି ଆଧାତ୍ମିକବାଦୀ, ଈଶ୍ୱର ବିଶ୍ୱାସୀ । ଭାଗ୍ୟବାଦୀ ବି । ଜାତକ, ଭାଗ୍ୟ, ଭବିଷ୍ୟତବାଣୀ, ଏ ସବୁ ଉପରେ ତାଙ୍କର ପ୍ରଗାଢ଼ ବିଶ୍ୱାସ । ଜଣେ ସରଳ, ଅମାୟିକ ମଣିଷ ଭଳି ମଣିଷଟିଏ ସୁରଭାଇ ।

ବାହାଘରର ଆଠଦଶବର୍ଷ ପର୍ଯ୍ୟନ୍ତ ସୁରଭାଇଙ୍କର କିଛି ସନ୍ତାନ ସନ୍ତତୀ ନଥିଲେ । ନଥିଲେ ନୁହେଁ ହେଉ ନଥିଲେ । ତାଙ୍କ ବୋଉ ବହୁ ଦେବାଦେବୀ ପୂଜା-ମାନସିକ କରି ନିରାଶ ହୋଇ ଯାଇଥିଲେ । ଡାକ୍ତରଙ୍କ ପରାମର୍ଶ ବି କରିଥିଲେ । କିନ୍ତୁ କିଛି ଫଳ ହେଉନଥିଲା । ସେଥିରେ ସୁରଭାଇ -ଆଦୌ ଦୁଃଖ ବି କରୁନଥିଲେ । ତାଙ୍କ ବୋଉ ବ୍ୟସ୍ତ ହେଲେ କୁହନ୍ତି- ଏ 'ଏ ଶୁଣ୍ ବୋଉ ! ତୋର ଆମେ ତିନିଟି ପୁଅ । ମୋର

ନହେଉଛି, ମଝିଆ ଟୋକାର ତ ହବ, ସାନ ଟୋକାର ତ ହବ। ସେମାନେ କଣ ସବୁ ମୋର ପୁଅ ନୁହଁନ୍ତି ନା ତୋର ନାତି ନାତୁଣୀ ନୁହଁନ୍ତି। ଖାଲି ଅଯଥା ମନ ଦୁଃଖ କରୁଛୁ।'

ସୁରଭାଇ ବୋଉକୁ ଖାଲି ଏକଥା ମୁହଁରେ କହିନଥିଲେ, ବରଂ ତାଙ୍କ ସାନଭାଇ ନୀର ବାହାଘର ପରେ ପ୍ରଥମ ପୁଅଟିଏ ଘରକୁ ଆସିଥିଲା। ତାଙ୍କ ବୋଉ ଯେତିକି ଖୁସି ହେଇଥାଆନ୍ତୁ କି ନାହିଁ, ସେ ଭାରି ଖୁସି ଆନନ୍ଦରେ ଫାଟି ପଡୁଥିଲେ।

ଧୂମଧାମ୍‌ରେ ଏକୋଇଶିଆ କରିଥିଲେ। ଜାତକ ତାଙ୍କ ନାଁରେ ବି ହେଇଥିଲା। ସୁରଭାଇଙ୍କ ବାପା ଖୁବ୍ କମ୍ ବୟସରେ ମରିଯାଇଥିଲେ। ସେତେବେଳକୁ ସେ ଅବଶ୍ୟ ଚାକିରି କରିଥିଲେ। ତାଙ୍କ ତଳେ ଥିବା ଭାଇ ଭଉଣୀମାନଙ୍କୁ ପାଠପଢ଼ାଇବା ଠାରୁ ଆରମ୍ଭ କରି ସମସ୍ତ ଖର୍ଚ୍ଚ ସେ ହିଁ କରୁଥିଲେ। ସେଥିରେ ଭାରି ଆନନ୍ଦଥିଲା ତାଙ୍କର। ଦୁଃଖ ନଥିଲା। କାରଣ ସେ ଭାବୁଥିଲେ ଏ ପରିବାରର ସମସ୍ତେ ତାଙ୍କର ସନ୍ତାନ ଭଳି। ଘରର ବଡ଼ପୁଅ ହିସାବରେ ଗଭୀର କର୍ତ୍ତବ୍ୟବୋଧ ତାଙ୍କୁ ଯେମିତି ମୋହଗ୍ରସ୍ତ କରିଦେଇଥିଲା।

ସୁରଭାଇଙ୍କ ଭାବନାଟିକେ ଚହଲିଗଲା। ଘର ଭିତରୁ ଡାକିଲେ ଶାନ୍ତିଭାଉଜ। ଏବେ ସେ ବୁଢ଼ୀ ହୋଇଗଲେଣି ଯେମିତି। ବୟସ ଷାଠିଏ ପଞ୍ଚଷଠୀ। ହେଲେ ଲାଗୁଛି ଅଶୀ ଉପରେ। ଅଣ୍ଟା ଧିରେ ନଇଁ ଗଲାଣି। ବାଳ ସବୁ ଧଳା ପଡ଼ିଗଲାଣି। ଘର ଗୋଟାକର କାମ କରନ୍ତି। - ଚା' ପିଇବ ନି କି ? ଆସ। ବାହାରେ ଗରମ ଲାଗୁନି। ଭିତରକୁ ଆସ।

ସୁରଭାଇ କହିଲେ ହଁ ଚାଲ।

ଘର ଭିତରକୁ ଗଲେ ସୁରଭାଇ। ଶାନ୍ତି ଭାଉଜ ଚା' ଥୋଇଲେ। ନିଜେ ଗୋଟେ କପ୍‌ରେ ଧରି କହିଲେ ତୁମେ କ'ଣ ଆଜି ସେ ଟୋକା ପାଖକୁ ଫୋନ୍ କରିଥିଲ ? କଣ କହୁଥିଲା ? ଘରକୁ କେବେ ଆସିବନି କି ? ଏମିତି କେତେକଥା।

ସୁରଭାଇ ନିରବରେ ଖାଲି ଚା' ପିଉଥିଲେ। ଚୁପ୍‌ଚାପ୍।

ଚା'ରେ ମିଠାଟିକେ ଅଧିକ ହେଇଗଲା। ସେ କହିଲେ। ଶାନ୍ତି ଭାଇଜଙ୍କର କଥା ଯେମିତି କିଛି ତାଙ୍କ କାନରେ ବାଜିନି। ବା ଶୁଣି ନାହାନ୍ତି।

ଭାଉଜ ପୁଣି କହିଲେ- 'ମୁଁ ପରା କଣ ତମକୁ ପଚାରୁଛି ? କିଛି କହୁନ ଯେ ? ଫୋନ୍ କରିଥିଲ ? ତୁମେ ତ ଫୋନ୍ କରି ପାରିଥାନ୍ତା। କଲନି ? - ସୁରଭାଇ ଓଲଟା କହିଲେ।

ଏଇକଥାରେ ଶାନ୍ତି ଭାଉଜ-ଚୁପ୍ ହୋଇଗଲେ। ତରତରରେ ଯେମିତି ଚା'ତକ ପି'ଦେଇ ଦୁଇଟି କପ୍ ଧରି ଭିତରକୁ ଯାଉ ଯାଉ କହିଲେ- ମୋ ଫୋନ୍ ଯଦି ଉଠାନ୍ତା-

ବା ମୋ କଥା ଯଦି ଶୁଣନ୍ତା- ତାହେଲେ ତୁମକୁ କାହିଁକି ମୁଁ କହନ୍ତି।

ସୁରଭାଇ ଉଠି ଠିଆ ହେଲେ। ଘର ଆଗ ଅଗଣାରେ ଏପଟ ସେପଟ ହେଲେ। ପାନ ଚୋବାଇଲେ। ସଂଧ୍ୟା ହେଇନାହିଁ, ହବ। ପୃଥିବୀ ପ୍ରସ୍ତୁତ ହେଉଛି ସଂଧ୍ୟାକୁ ଭେଟିବା ପାଇଁ। ସୁରଭାଇ ଯିବେ ଠାକୁର ଘରକୁ। ସେଠି କିଛି ସମୟ କଟିବ। ସେଇ ସମୟତକ କି ଧ୍ୟାନ ବେଳେ ସେ ବନ୍ଦି ହେଇଯାଆନ୍ତି ନିଜ ଭିତରେ। ଛଟପଟ ହୁଅନ୍ତି। ଠାକୁରଘରୁ ବାହାରିଲେ -ସେଇ କଷ୍ଟ। ସେଇ ଅସହାୟତା।

ଶାନ୍ତି ଭାଉଜ ସଂଜ ଦେଇ, ପ୍ରାର୍ଥନା ସାରି ଟି.ଭି. ଦେଖନ୍ତି। କିଛି ଓଡ଼ିଆ ସିରିୟଲ। ମନକୁ ଭୁଲେଇ ଦବାଲାଗି। ସୁରଭାଇ ଠାକୁରଘରୁ ଆସିଲେ-କଣ ଟିକେ ବୁସ୍କୁଟ କି ଚୁଡ଼ା ଭଜା ଦି'ଟା ଖାଆନ୍ତି। ମଝିରେ ସମ୍ବାଦ ଦେଖନ୍ତି। ନଚେତ୍ ପୋର୍ଟିକରେ ଖଟଟିଏ ପଡ଼ିଛି। ପଙ୍ଖା ଦେଇ ତା'ଉପରେ ଗଡ଼ନ୍ତି। ତାଙ୍କ କାନ୍ଥକୁ ଲାଗି ଆରଘରଟି ମଝିଆ ଭାଇର। ସେଠି ଟିକେ ଗହଳି ଚହଳି ଲାଗେ। ତାଙ୍କର ଦୁଇପୁ. ବୋହୂ, ନାତି ଦୁଇଟା। ଅବଶ୍ୟ ସେମାନେ ବାହାରେ ରୁହନ୍ତି। ମଝିରେ ମଝିରେ ଘରକୁ ଆସିଲେ କୋଳାହଳ ହୁଏ।

ତା'ସେପଟ ଘରଟି ସାନଭାଇର। ସେଠି ମଧ୍ୟ ସେୟା। ତାଙ୍କର ଗୋଟିଏ ପୁଅ, ଗୋଟିଏ ଝିଅ। ଝିଅ ବାହା ହେଇଛି। ଅଧ୍ୟାପିକା। ନାତୁଣୀଟିଏ ବି ଅଛି। ପୁଅ ଏବେ ବାହାହେଇଛି। ସେମାନେ ସବୁ କେତେବେଳେ ଏକାଠିହେଲେ ଗହଳି ହୁଏ।

ସୁରଭାଇ ନିଜକୁ ଦେଖନ୍ତି। ସେ କେତେ ଶୂନ୍ୟତାରେ ଅଛନ୍ତି। ଏକଦା ସେମାନଙ୍କୁ ନେଇ ଘର ଯେତେବେଳେ ପୁରି ଯାଉଥିଲା। ସେ ଖୁସି ହେଉଥିଲେ। କିନ୍ତୁ ସମୟର ଗତାନୁଗତିକ ଧାରାରେ ସମସ୍ତେ କେମିତି ଗୋଟେ ଗୋଟେ ଅଲଗା ପୃଥିବୀର ମଣିଷ। ନିଜ ନିଜ ବଳୟ ଚାରିପାଖରେ ଘୂରିବୁଲୁଛନ୍ତି। ଯେମିତି କେହି କାହାରି କକ୍ଷ ପଥକୁ ଯାଇପାରିବେନି।

ଅବଶ୍ୟ ଏମିତି ସେ ଅଲଗା ହେଇ ରହିଯିବାରେ ନିଜେ ମଧ୍ୟ କିଛି ଦାୟୀ। ଶାନ୍ତି ଭାଉଜ ତ ନବେ ଭାଗ ଦାୟୀ। ତା'ର କାରଣ ଗୋଟିଏ ଥିଲା। ବିବାହର ଦଶବର୍ଷ ପରେ ସୁରଭାଇଙ୍କର ପୁଅଟିଏ ହେଇଥିଲା। ତାହା ଗୁରୁଙ୍କ ଆଶୀର୍ବାଦରୁ ହେଉ ବା ଅହେତୁକୀ ଏକ ଅଦୃଶ୍ୟ ଶକ୍ତିବଳରେ ହେଉ। ଏଇଠି ହିଁ ସୁରଭାଇଙ୍କର ଜୀବନର ମୋଡ଼ ବଦଳିଗଲା। ସମସ୍ତେ ତ ଖୁସି ହେଲେ। ସୁରଭାଇଙ୍କ ବୋଉ ଖୁବ୍ ଖୁସି ହେଲେ। ସୁରଭାଇଙ୍କ ପାଇଁ ଥିବା ଅବଶୋଷ ଦୂର ହେଇଗଲା।

ଯେଉଁ ଜ୍ୟୋତିଷ ସେ ପୁଅର ରାଶିଗଣନା କରିଥିଲେ, ସେ କହିଥିଲେ ଏହାର ରାଜଯୋଗ ଅଛି। ଅମାପ ଧନଦୌଲତ, ବିଦ୍ୟାବୁଦ୍ଧିର ମାଲିକ ହବ। ରାଜା ଭଳି ଜୀବନ

କାଟିବ। ଏଇ ଘର ରାଜଉଆସ ହେଇଯିବ। ଏମିତି ଅନେକ ସୌଭାଗ୍ୟର କଥା। ଜ୍ୟୋତିଷମାନଙ୍କର ଏହା ଏକ ଗଣନାର ଧାରା। ଯାହାଥିଲେ ବି ଭାଗ୍ୟରେ ସେମାନେ ଏହା ହିଁ କହିବେ। କିଛି ନୂଆକଥା ନୁହେଁ। ନକହିଲେ ପାଉଣା ତ କମିଯିବ, ତା ସାଂଗକୁ ଖୁସିର ମହଲଟା ବି ଖରାପ ହେଇଯିବ। ଏଥିରେ ବିମୋହିତ ହେବାର କୌଣସି କାରଣ ନାହିଁ। ଅଦୃଶ୍ୟ ଭାଗ୍ୟ କାହାରି ହାତରେ ବି ଜାତକରେ ନଥାଏ। ତାହିଁ ଚିରକାଳ ଅଦୃଶ୍ୟ। ଯାହା ଘଟିବାର ଘଟିବ। ଅଥଚ ସୁରଭାଇ ଏଥିରେ ବିମୁଗ୍ଧ ହୋଇଗଲେ। ଅବଶ ହୋଇଗଲେ। ମୋ ପୁଅ ରାଜା ହେବ, ଏ ଘର ଉଆସ ହେଇଯିବ। ଏମିତି ଅନେକ ସମ୍ଭାବ୍ୟଆଶାରେ ସେ ଖାଲି ରହିଲେନି ଯେ, ସେଇଭଳି ମୂଳରୁ ପୁଅକୁ ଗଢ଼ି ତୋଳିଲେ।

ସୁରଭାଇ ଆଉଗୋଷଟ ଭୁଲ୍ କଲେ। ତା'ହେଲେ ପୁଅର ଜନ୍ମଦିନରେ-ଜଣେ ବନ୍ଧୁଙ୍କୁ ନିମନ୍ତ୍ରଣ କରିଥିଲେ। ଯେହେତୁ ତାର ଏକୋଇଶାରେ ଆଡ଼ମ୍ବର ଭାବରେ କିଛି ହେଇନଥିଲା, ପ୍ରଥମବର୍ଷ ଜନ୍ମଦିନରେ ସୁରଭାଇ ବେଶ୍ ଖର୍ଚ୍ଚ କରିଥିଲେ। ବାହାରେ ତ ରହୁଥିଲେ, ହେଲେ ସବୁ କାମ ଗାଆଁରେ କଲେ। ଗାଆଁ ପ୍ରତି ତାଙ୍କର ଅନେକ ମୋହ। ଶାନ୍ତି ଭାଉଜ ଚାହୁଁନଥିଲେ। ସହରରେ ଏଇ ଖର୍ଚ୍ଚ କରିଥିଲେ ବେଶ୍ କିଛି ଗିଫ୍‌ଟ ମିଳିଥାନ୍ତା। ଖାତିର ବି ବଢ଼ିଥାନ୍ତ ସେ ରହୁଥିବା କଲୋନୀରେ। କିନ୍ତୁ ସୁରଭାଇ ତା' ନଶୁଣି ଗାଆଁରେ ହିଁ କରିଥିଲେ। ଠିଆପାଲା ସାଙ୍ଗକୁ ଗାଆଁବାଲା, ଗଲା ଆଇଲାଙ୍କୁ ଭୁରି ଭୋଜନ ଦେବା ଭଳି ବିରାଟ ଏକ ଆୟୋଜନ କରାଯାଇଥିଲା। ସେଇ ଯେଉଁ ବଂଧୁଜଣକ ଆସିଥିଲେ-ଜନ୍ମଦିନପରେ ସୁରଭାଇ ଭାଉଜ ଓ ପୁଅକୁ ସାଂଗରେ ନେଇ ଜଣେ ମହାତ୍ମା (ତାଙ୍କ ଭାଷାରେ)ଙ୍କ ପାଖକୁ ସେ ନେଇଥିଲେ। ସେ ମହାତ୍ମା ଜଣକ କହିଥିଲେ ଯେ, ଏ ଯେଉଁ ପୁଅ ଜନ୍ମ ହେଇଛି-ସେଇ ହିଁ ତାଙ୍କ ଗୁରୁ। ଯେହେତୁ ସେ ତାଙ୍କ ଗର୍ଭକୁ ଆସିବାର ଥିଲାବୋଲି ସେଥିପାଇଁ ଆଗରୁ ସନ୍ତାନ ହେଉନଥିଲା। ଗୁରୁଙ୍କର ଦେହାନ୍ତ ପରେ ସେ ହିଁ ଆସିଛନ୍ତି। ସେ ଜଣେ ସିଦ୍ଧ ମହାପୁରୁଷ।

ରାଜଯୋଗ ସାଙ୍ଗକୁ ଏଇ ମହାପୁରୁଷ ଯୋଗ ସୁରଭାଇଙ୍କୁ ଆହୁରି ଅବାକ କରିଦେଲା। ସେ ମନଭିତରେ ଏକ ପ୍ରକାର ଧରିନେଲେ ଯେ ତାଙ୍କ ପୁଅ ହେଉଛି ଜଣେ ସୁଦ୍ଧ ପୁରୁଷ। ଯାହା ଭାଗ୍ୟରେ ରାଜଯୋଗ ଲେଖାଅଛି।

ଏକଥା ମନଭିତରେ ରଖିଥିଲେ ଭଲ ହେଇଥାନ୍ତା। ସୁରଭାଇ ତା'ନକରି ସମସ୍ତଙ୍କ ଆଗରେ ପରୋକ୍ଷ ଭାବରେ କହିବାକୁ ଲାଗିଲେ। ନିଜର ପୁତୁରା ଝିଆରୀଙ୍କ ଠାରୁ ସେ ଜଣେ ଅଲଗା ପିଲା- ଏହା ମଧ୍ୟ କାର୍ଯ୍ୟରେ ଦେଖାଇବାକୁ ଲାଗିଲେ। ଯେଉଁଥିପାଇଁ ତାଙ୍କ ପୁଅ ଏମାନଙ୍କ ସହ ଠିକ୍ ମିଶିପାରିଲାନି। ସେ ଯେତେବେଳେ ଯାହା ଚାହିଁଲା, ସୁରଭାଇ ତା ହିଁ ଦେଉଥିଲେ। ତାଙ୍କର ଲକ୍ଷ୍ୟ ସେ ରହିବ ରାଜା ଭଳି।

ବିଚାର କରିବ ସାଧୁଭଳି। ସୁରଭାଇ ତ ମୂଳରୁ ଆମିଷ କି ପିଆଜ ରସୁଣ ଖାଆନ୍ତିନି। ସେଇ ସାତ୍ତ୍ୱିକ ଖାଦ୍ୟ ତାଙ୍କ ପୁଅକୁ ଦିଆଗଲା। ଖାଲି ସାତ୍ତ୍ୱିକ ଭାବ କି ନମ୍ରଭାବରେ ଛୁଆଟିଏ ଗଢ଼ିଥିଲେ ବରଂ ଭଲ ହେଇଥାନ୍ତା। ହେଲେ ତା'ର ଅବଦମିତ ଇଚ୍ଛାକୁ ପୂର୍ଣ୍ଣ କରିବାକୁ ଯାଇ ସୁରଭାଇ ସବୁ ପଇସା ତା'ପିଛା ଖର୍ଚ୍ଚ କରି ଦେଉଥିଲେ। ସେଇ ପୁଅ ଆଜି ବହୁତ ବଡ଼ ହେଇଗଲାଣି। ସୁରଭାଇ ଯେମିତି ବିବ୍ରତ ହେଇପଡ଼ିଲେ। ଆକାଶକୁ ଅନେଇଲେ। ସୂର୍ଯ୍ୟ ବୁଡ଼ିଯିବା ଉପରେ। ଗୋଟିଏ ଦିନ ସରିଗଲା। କିଛି କରିପାରିଲେନି ସେ। ବୋଉ ସେଦିନ ଗୋଟେ କଥା କହିଥିଲା ତାକୁ। "ଏ ପିଲାମାନେ ଯେମିତି ବଢ଼ିଛନ୍ତି ତୋ ପୁଅକୁ ସେମିତି ବଢ଼ାରେ ସୁର। ତୋର ପଇସା ଅଛି ବୋଲି ତାକୁ ଅମଣିଷ କରିଦିଏନା। ଯଦି ସେ ସାଧୁ ହୋଇଥିବ ଆପେ ହବ। କହିବୁଲୁନା କି ତାକୁ ଅଧିକ ସିଆଣିଆ କରନା। ଠକିଯିବୁ"

ବୋଉ କରିଗଲାଣି କୋଉଦିନୁ। ସତରେ ସୁରଭାଇ ଠକିଗଲେ। ଛାଡ଼୍ ସେ କଥା। ସେ ସ୍ୱଗତୋକ୍ତି କଲେ। ସଂଧ୍ୟା ଆସିଲାଣି। ଆଉ କେତେଦିନ ଅବା। ଶାନ୍ତି ଭାଉଜ ପାଟିକଲେ। "ଧୂଆଧୋଇ ହେଇ ଠାକୁର ଘରକୁ ଯିବନି କି? ସଂଜ ହବ ପରା।"

ହଁ-ହଁ, କେବଳ ଏତିକି କହିଲେ ସୁରଭାଇ।

ନିଜ ପୁଅକୁ ସାଧୁ ମହାତ୍ମା ବନିବାର ସ୍ୱପ୍ନ ଦେଖୁଥିବା ସୁରଭାଇ, ଆଜି ଦେଖୁଛନ୍ତି ଭିନ୍ନରୂପରେ। କଣ ସେ ପାଠପଢ଼ିଲା। ଅଜସ୍ର ପଇସା ଖର୍ଚ୍ଚ ହେଇଗଲା ତା ପିଛା। ଏବେ ସେ ବୁଲୁଛି ଗାଆଁରୁ ସହରକୁ। ପୁଣି ସହରରୁ ଆଉ କେଉଁଠିକୁ। ଗୋଟେ ଭାଗାବଣ୍ଡ ଭଳି। ଯେଉଁ ଜାଗାରେ ମଣିଷ ବସିଲେ ଅମଣିଷ ହେଇଯାଆନ୍ତି; ସେଇ ଜାଗାରେ ହିଁ ତାର ବସିବା, ହସିବା ଇତ୍ୟାଦି।

ସୁରଭାଇଙ୍କ କାନରେ ବାଜେ ସବୁକଥା। ତାଙ୍କ ପୁଅ ମଦ ପିଉଛି। ସିଗ୍ରେଟ୍ ପିଉଛି। ଏମିତି ଅନେକ। କିନ୍ତୁ ପଦୁଟିଏ ବି କହିପାରନ୍ତିନି। ହୁଏତ ଯେଉଁଦିନ ଏକଥା ସେ ପ୍ରଥମ ଶୁଣିଥିବେ, ସେହିଦିନଠାରୁ ଯଦି ଆକଟ କରିଥାନ୍ତେ- ତା'ହେଲେ ଏଭଳି ଭୟଙ୍କର ପରିଣତକୁ ସେ ସାମ୍ନା କରିନଥାନ୍ତେ। ତା'ସେ କରିନଥିଲେ। ବରଂ ତାଙ୍କ ମନରେ ଏକ ଧାରଣା ଦୃଢ଼ିଭୂତ ଥିଲା ସାଧୁସନ୍ଥର ବାହ୍ୟକାର୍ଯ୍ୟକୁ ଆଖିଦବା ଠିକ୍ ନୁହେଁ। ଏହା ତାଙ୍କର ନିଜକୁ ଗୁପ୍ତ ରଖିବାର ଏକ ଲୀଳା। ତାଙ୍କ ପୁଅ ହୁଏତ ସେୟା କରୁଥିବ।

ଶାନ୍ତି ଭାଉଜ ମଧ୍ୟ ତଦ୍ରୂପ।

କେହି ଯଦି ପୁଅ ବିଷୟରେ କିଛି ମନ୍ତବ୍ୟ ଦେଲା, ତା'ହେଲେ ସେ ଉତ୍ୟକ୍ତ ହୋଇ ଉଠୁଥିଲେ। ସମସ୍ତେ କୁଆଡ଼େ ମିଛରେ ତାଙ୍କ ପୁଅକୁ ବଦନାମ୍ କରୁଛନ୍ତି। କହୁଥିବା

ଲୋକଟି ଆପେ ଆପେ ନିରବିଯାଏ ଏକଥା ଶୁଣି। କେଡ଼େ ନିର୍ବୋଧ ଏମାନେ। ଗୋଟେ ମିଛ ମରିଚିକା ପଛରେ ଧାଉଁଛନ୍ତି ଦୁଇଟି ମଣିଷ।

ଦିନେ ସୁରଭାଇ ଚାଲି ଚାଲି ଯାଉଛନ୍ତି ମାର୍କେଟ ଆଡ଼େ। ସକାଳେ ଓ ଚାରିଟା ବେଳେ ସେ ଚାଲିଚାଲି ଯାଆନ୍ତି- ଗାଆଁ ଭିତରେ ଥିବା ଏକ ମାର୍କେଟକୁ। କିଛି ଆଣିବାର ଥିଲେ ତ ଆଣନ୍ତି ନହେଲେ ଏମିତି ଯାଇ ବସନ୍ତି ହାଟ ପଡ଼ିଆରେ ବେଂଚ ଉପରେ। ତା'ପରେ ଘରକୁ ଫେରନ୍ତି। ଭାରି ଅବଶୋଷ କରନ୍ତି ସେ। ସମୟଟା କେମିତି ବହିଗଲା। କେତେ ନିସଙ୍ଗ ସେ। ମୂଳରୁ ପୁଅକୁ ବଡ଼ କରିବାର ତରିକା-କେତେ ଭଲ ଥିଲା। ଘରର ଅନ୍ୟପିଲାମାନଙ୍କ ଭଳି ପାଠ ପଢ଼ି ଚାକିରି ଖଣ୍ଡେ କରିଥିଲେ ଭଲ ହେଇଥାନ୍ତା। ବାହାଘର ହେଇଥାନ୍ତା। ବୋହୂଟିଏ ଆସିଥାନ୍ତା। ନାତି କି ନାତୁଣୀ ହେଇଥାନ୍ତା। ହେଲେ ସେ ସବୁ ପାଣିଚିଆ ହେଇଗଲା। ରାଜଯୋଗ ଜାତକରେ ନଥାଏ। ସନ୍ୟାସ ସାଧୁ ଏସବୁ କାହା କଥାରେ ନଥାଏ। ଥାଏ କେବଳ ନିଜର କର୍ମ, କର୍ତ୍ତବ୍ୟ ଓ ରୁଚୁବୋଧରେ।

ସୁରଭାଇ ବୋଧେ ଏକଥା ଭୁଲିଯାଇଥିଲେ। ଗୋଟେ ମୋହରେ ଭ୍ରମରେ। ବଜାର ଆଡ଼କୁ ଚାଲି ଚାଲି ଯାଉଥିବା ବେଳେ ଜଣେ କହିଲା, ମଉସା ! ସ୍ୱାଧୀନ ଆଉ ଚାକିରି କରୁନି କି ? କଣ ପରା ଗୋଟେ କମ୍ପାନୀରେ ଥିଲା ? ମୋ ଫୋନ୍ କାହିଁକି ଉଠଉନି। ଗାଆଁକୁ ଆସିଥିଲି ତ ତା ସହ ଦେଖା ହେଇଥାନ୍ତା। ଆମେ ଏକା ସାଙ୍ଗ। ସୁରଭାଇ କହିଲେ- ହଁ କ'ଣ ବ୍ୟସ୍ତ ଥିବ। ପରେ ଫୋନ୍ କରିବୁ ସେ ଉଠେଇବ। ସୁରଭାଇ ଏକଥା ସିନା ତାକୁ କହିଦେଲେ, କିଛି ସମୟ ପାଇଁ ନିଜକୁ ବୁଝେଇ ଦେଲେ। ହେଲେ କେମିତି ସେ କହିଥାନ୍ତେ- ସେ କାହାରି ଫୋନ୍ ଉଠଉନାହିଁ। ଏବେ ସେ କେଉଁଠି ଅଛି- କେହି କହି ପାରିବେନି।

ସୁରଭାଇ ଦୀର୍ଘଶ୍ୱାସ ମାରିଲେ।

ହେ ! ପ୍ରଭୁ ସେ ଯେଉଁଠି ଥାଉ ଭଲରେ ଥାଉ। ଭଲ ବାଟକୁ ଆସୁ।

■

ଆଶା ସମୁଦ୍ର

ସଂଜୟଙ୍କ ବାପା ମେଡ଼ିକାଲରେ ରହିଲେଣି ପାଖାପାଖି ପନ୍ଦର ଦିନ ହେବ। ଦଶଦିନ ତ ରହିଲେ ଆଇ.ସି.ୟୁ. ରେ ଏବେ ମାତ୍ର ଚାରିପାଞ୍ଚଦିନ ହେଲା ବେଡ୍‌କୁ ଆସିଛନ୍ତି। ତାଙ୍କ ପାଖରେ ରହୁଥିବା ଲୋକ ହେଲେ ଏକା ସଂଜୟ। ବଡ଼ପୁଅ, ସାନପୁଅ ବିଜୟ ରହୁଛନ୍ତି ବାହାରେ। ଦେଶ ବାହାରେ। ଆମେରିକାରେ, ସପରିବାର। ବାପା ବେମାର ପଡ଼ିଛନ୍ତି ଖବର ଯେ ନମିଳିଛି ତା ନୁହେଁ, କାମର ଆଧିକ୍ୟ ହେତୁ ଆସିପାରୁନାହାନ୍ତି ବୋଲି ଜଣେଇଛନ୍ତି। ସଂଜୟ ଗାଆଁ ପାଖ ହାଇସ୍କୁଲର ଜଣେ ସରକାରୀ ଶିକ୍ଷକ। ତାଙ୍କୁ ବି ବୟସ ପଞ୍ଚାବନ ଧଇଲାଣି। ଚାକିରି ଆଉମାତ୍ର ପାଞ୍ଚବର୍ଷ। ସଂଜୟଙ୍କ ପୁଅ ମେକାନିକାଲରେ ଡିଗ୍ରୀଇଂଜିନିୟରିଂ କରି ଏମ୍.ବିଏ. କରୁଛି। ହୁଏତ କେବେ କୌଣସି କମ୍ପାନୀରେ ଚାକିରି ଖଣ୍ଡେ ମିଳିଯାଇପାରେ। ଆପାତତଃ ସେ ବେକାର। ଝିଅ ପ୍ରଭା ବି.ଏ. ପାଶ୍ କରି ଇଂରାଜୀ ସାହିତ୍ୟରେ ପୋଷ୍ଟ ଗ୍ରାଜୁଏଟ୍ କରୁଛି ଉତ୍କଳ ବିଶ୍ୱବିଦ୍ୟାଳୟରେ। ଘରେ ନିଜ ପତ୍ନୀ କଲ୍ୟାଣୀ ଓ ବୁଢ଼ୀମା ଅର୍ଥାତ୍ ସଂଜୟଙ୍କ ବୋଉ। ବାପାଙ୍କୁ ସତାଅଶୀ ବର୍ଷ ହେଲାଣି। ଦେହ ଏମିତି ମଝିରେ ମଝିରେ ଖରାପ ହୁଏ। ଏବେ ଛାତିରେ ଭୀଷଣ ଯନ୍ତ୍ରଣା ହେବାରୁ ତାଙ୍କୁ ମେଡ଼ିକାଲରେ ଭର୍ତ୍ତୀ କରିବାକୁ ପଡ଼ିଲା। ଡାକ୍ତର ବିଭିନ୍ନ ପରୀକ୍ଷା କରି ଦେଖିଲେ ତାଙ୍କ ଫୁସ୍‌ଫୁସ୍‌ରେ କଣ କିଛି ଅସୁବିଧା ଅଛି। ଯେଉଁଥିପାଇଁ ତାଙ୍କୁ କିଛିଦିନ ଆଇ.ସି.ୟୁ.ରେ ରଖିବାକୁ ହେଲା। ବେସରକାରୀ ଡାକ୍ତରଖାନାରେ ଇଏ ତ ଆଜିକାଲି ଗୋଟେ ଚାଲ୍। ରୋଗୀ ଆସି.ସି.ୟୁ.ରେ ରହିବ। ଭେଣ୍ଟିଲେଟର ଲାଗିବ। ପୁଣିଥରେ ପରୀକ୍ଷା କରାଯିବ। ଇତ୍ୟାଦି ଅନେକ ପ୍ରକାରର କଥା। ଆମକୁ ଏସବୁ କରିବାକୁ ତ ବାଧ। ନହେଲେ କାଳେ କଣ ଘଟିପାରେ। ଏସବୁ କରିସାରିଲାପରେ ବରଂ କିଛି ଅଘଟଣ ଘଟୁ, ସେଥିରେ ଦୁଃଖ ନାହିଁ। ଡାକ୍ତରଙ୍କ କଥା ନ

ମାନିଥିଲେ ଦୁଃଖ ହେଇଥାନ୍ତା। ଏହା ଆମର ମାନସିକତା। ଏହି ଦୃଷ୍ଟିରୁ ସଂଜୟ ତାଙ୍କ ବାପାଙ୍କୁ ଏଠି ରଖିଛନ୍ତି। ସ୍କୁଲରୁ ଛୁଟି ଆଣିଛନ୍ତି। ପଇସା ଖର୍ଚ୍ଚ କରୁଛନ୍ତି। ସବୁକିଛି।

ମୁଁ ଏହି ପନ୍ଦରଦିନ ଭିତରେ ତାଙ୍କ ପାଖରେ ଚାରିଦିନ ଖଣ୍ଡ ରହିଛି। ସେ ଏକା ହୋଇ ପଡ଼ିଛି ବୋଲି ତାଙ୍କ ଅନୁରୋଧରେ ମୋତେ ଆସିବାକୁ ପଡ଼ିଥିଲା। ଅନୁରୋଧ କହିଲେ କଥାଟା ଖରାପ ଲାଗୁଛି। ଜଣେ ବଂଧୁ ହିସାବରେ ସେ ମୋତେ କହିଥିଲେ।

ସଂଜୟ ମୋ ବଂଧୁ।

ଏକା ଗାଆଁରେ ଘର। ଏକା ସ୍କୁଲରେ ଚାକିରୀ। ବୃତ୍ତି ଏକା। ରୁଚି ବି ଏକା। ବୟସ ହିସାବରେ ସେ ମୋ ଠାରୁ ବର୍ଷେ କି ଦେଢ଼ବର୍ଷ ବଡ଼ ହେବେ। ଗାଆଁ ହିସାବରେ ସେ ମୋ ଭାଇ ହେବେ। ମୁଁ କିନ୍ତୁ କେବେ ଭାଇ ଡାକେନା। ସେଥିପାଇଁ ସଂଜୟଙ୍କ ବୋଉ ମୋର ପଡ଼ୋଶୀ ସମ୍ପର୍କରେ ଖୁଡ଼ୀ, କହନ୍ତି କିରେ ପଦି! ସଂଜୁ ପରା ତୋ ବଡ଼ଭାଇ, ନାଁ ଧରି କ'ଣ ଡାକୁଛୁ? ମୁଁ ଖାଲି ହସି କହେ, ଆମର ଚଳିବ। ସଂଜୟଙ୍କ ବୋଉ ବି ଧିରେ ଧିରେ ଅକାମୀ ହେବାକୁ ଲାଗିଲେଣି। ସମସ୍ତଙ୍କ ଦାୟିତ୍ୱ ସଂଜୟଙ୍କ ଉପରେ। ସହରକୁ ଆସି ଡାକ୍ତରଖାନାରେ ରହି ରୋଗୀ ଖର୍ଚ୍ଚ ସହ ନିଜ ଖର୍ଚ୍ଚ ଆଜିକାଲି ବଜାରରେ କେତେ ଯେ କଷ୍ଟ ସେହି ଅନୁଭବୀ ଜଣକ ହିଁ ଜାଣେ। ତଥାପି ବାପା ମା' ଆମକୁ ଯେତେବେଳେ ଜନ୍ମ ଦେଇଛନ୍ତି, ସେମାନଙ୍କ ପାଇଁ ଏ ସବୁ କରିବା ତ ଏକାନ୍ତ କର୍ତ୍ତବ୍ୟ। ଏଥିରେ ଆଦୌ ସାମାନ୍ୟତମ ଦ୍ୱିଧା କରିବାର ନାହିଁ। ମୁଁ ଆସି ରହିଲାପରେ ସଂଜୟ ଟିକେ ନିଜକୁ ରିଲାକ୍ସ ଫିଲ୍ କରୁଛନ୍ତି। ସଂଜୟଙ୍କ ବାପା ଯେଉଁ କ୍ୟାବିନ୍‌ରେ ରହୁଛନ୍ତି ସେଥିରେ ଜଣେ ମାତ୍ର ରହିବାର ବ୍ୟବସ୍ଥା ଅଛି। ଦୁଇଜଣ ରହିବାକୁ ମନା। କେବଳ ସେଇ ରୁମ୍ ଗୁଡ଼ିକର ଦାୟିତ୍ୱରେ ଥିବା ଲୋକ ସହ କଥା ହେଇ ରାତିରେ ସେମିତି ମୁଁ ତଳେ ଶୋଇଯାଏ। ଦିନରେ ସେମିତି କିଛି ନିୟମ ନାହିଁ। ମୁଁ ଯେ ସେମିତି କିଛି ସଂଜୟଙ୍କର ଗୁରୁଦାୟିତ୍ୱ ନିଏ, ତା ନୁହେଁ। କେବଳ ତାଙ୍କୁ ଏକ କମ୍ପାନୀ ଦେବାପାଇଁ ରହିବା କଥା।

ସବୁଦିନେ ସକାଳୁ ସଂଜୟ ଓ ମୁଁ ତଳକୁ ଆସି ସାମ୍ନାରେ ଥିବା ଏକ ଚା' ଦୋକାନରୁ ଚା'ପିଉ। ଚା' ଦୋକାନୀ ଜଣକ ବି ଗୋଟେ ରେଷ୍ଟୁରେଣ୍ଟ ଭଳି କରିଦେଇ କିଛି ଚେୟାର ଓ ଟେବୁଲ୍ ପକେଇଛି। କାରଣ ଚା' ସହିତ ସେ ମଧ୍ୟ ସକାଳର ଜଳଖିଆ କରେ। ସଂଧ୍ୟାରେ ଖାଲି ଚା' ଓ ବରାକି ପକୁଡ଼ି ଏମିତି। ଦିନମାନ ତମାମ କିନ୍ତୁ ଚା' ମିଳେ, ତା ସାଙ୍ଗରେ ବିସ୍କୁଟ ବିଭିନ୍ନ ପ୍ରକାରର ବ୍ରେଡ୍, ମିକ୍ସର। ଏମିତି ଅନେକ କଥା। ଏ ସବୁ ଜିନିଷକୁ ଛାଡ଼ିଦେଲା ପରେ- ସେଠାରେ ବାଲ୍‌ଟି, ମଗ୍ ଠାରୁ ଆରମ୍ଭ କରି ବ୍ଲେଡ୍, ରେଜର, ତଉଲିଆ, ସାବୁନ, ଏପରିକି ଝାଡ଼ି ଇତ୍ୟାଦି ମିଳେ। କାରଣ

ପେସେଣ୍ଟଙ୍କୁ ନେଇ ଆସିଥିବା ଲୋକ ଦଶକୋଡ଼ିଏ ଦିନ ବି ରହିଯାଆନ୍ତି। ଏଇ ଯେମିତି ସଂଜୟଙ୍କ ବାପା ରହିବାର ପନ୍ଦରଦିନ ହେଲାଣି ସେମିତି। ତେଣୁ ଏସବୁ ନିତ୍ୟ ବ୍ୟବହାର ଜିନିଷ ଆବଶ୍ୟକ ପଡ଼େ। ଲୋକ ବଜାର ଭିତରକୁ କାହିଁକି ଯିବେ, ଗୋଟିଏ ଜାଗାରୁ ତ ସବୁ ପାଇବେ।

ମୁଁ ଯେଉଁଦିନ ପ୍ରଥମ ଆସିଲି, ଭାବିଲି ମୋତେ କିଛି ଜିନିଷ କିଣିବାର ଅଛି। ଯଥା ଗୋଟେ ଦେହ ଲଗା ସାବୁନ ଓ ରେଜର ବ୍ଲେଡ୍। କାରଣ ମୁଁ ତାହା ସାଙ୍ଗରେ ଆଣିବାକୁ ଭୁଲି ଯାଇଥିଲି। ସେଇ ଦୋକାନକୁ ସେଦିନ ସଂଧ୍ୟାରେ ଚା' ପିଇବାକୁ ଗଲାବେଳେ ଏସବୁ ସେଠାରେ ବିକ୍ରି ହେଉଥିବାର ଦେଖିଲି। ଲୋକମାନେ ବି ନେଉଥିଲେ। ମୋତେ କିଛି ଅସୁବିଧା ହେଲାନି। ଗୋଟେ ଦଶଟଙ୍କିଆ ଇୟୁଜ୍ ଏଣ୍ଡ ଥ୍ରୋ ରେଜର, ସାବୁନ୍ ଖଣ୍ଡେ ସେଠି ମିଳିଗଲା। ସଂଜୟଙ୍କର ତେଲ ଥିଲା ଯେ, ତାହା ଏଇ ସାଧା ନଡ଼ିଆତେଲ। ମୁଁ ଏକପ୍ରକାର ଆଶ୍ୱସ୍ତ ହୋଇଥିଲି ଯେ ମୋତେ ଆଉ ଛୋଟ ଛୋଟ ଜିନିଷ ପାଇଁ ବାହାରକୁ ଯିବାକୁ ହବନି।

ସକାଳୁ ସକାଳୁ ଚା'କପେ ପିଇବା ପାଇଁ ମୋତେ ସେଠାକୁ ହିଁ ଆସିବାକୁ ପଡୁଥିଲା। ଚା' ପି ସେଠାରେ ପଡ଼ିଥିବା ଚେୟାର ଉପରେ ମୁଁ ବସେ କିଛି ସମୟ। ସଂଜୟ ତାଙ୍କ କାମ ସାରି ଆସନ୍ତି ଚା' ପିଅନ୍ତି। କଣ ଦର୍କାର ଥିଲେ ଦାଦାଙ୍କ ପାଇଁ ଅର୍ଥାତ୍ ତାଙ୍କ ବାପାଙ୍କ ପାଇଁ ନିଅନ୍ତି। ସେଇ ଚେୟାରରେ ବସିଥିଲା ବେଳେ ଜଣେ ମଧ୍ୟବୟସ୍କା ମହିଳାଙ୍କୁ ସେଠି ସବୁଦିନ ବସିଥିବାର ଦେଖେ। ପ୍ରକୃତରେ ମଧ୍ୟବୟସ୍କା ଭଳି ଦେଖାଯାଉଥିଲେ ମଧ୍ୟ, ସେ କିନ୍ତୁ ଉର୍ଦ୍ଧ୍ୱ ବୟସ୍କା ହେବେ। ବାଳ କିଛି ଆଗରୁ ପାଚିଗଲାଣି। ତାଙ୍କୁ ଦେଖି ମୁଁ ଭାବେ ଏଠି ବସି ଚା' ପିଉଛନ୍ତି ମାନେ ତାଙ୍କର କେହି ରୋଗୀ ଏହି ଡାକ୍ତରଖାନାରେ ଅଛନ୍ତି। ଆଉ ଗୋଟେ କଥା ବି ଆଶ୍ଚର୍ଯ୍ୟ ଲାଗେ ସେ ପ୍ରାୟ ଘଣ୍ଟେ ଦି'ଘଣ୍ଟା ଧରି ବସନ୍ତି। ସବୁ ଆଡ଼କୁ ଚାହାନ୍ତି। ଚା' ପିଅନ୍ତି, ତାଙ୍କ ପାଖରେ କେହି ଥିଲେ ଚା' ବି ଯାଚନ୍ତି। ଏତେ ସମୟ ଜଣେ ବସୁଛି କାହିଁକି ? ଏଇ ତ ଏକ ଖାସ୍ ବସିବା ଜାଗା ନୁହେଁ, କି ଅବସର କାଟିବା ଜାଗା ନୁହେଁ। ମୁଁ ଟିକେ ଅଡୁଆରେ ପଡୁଥିଲି। ଭାବୁଥିଲି କଣ ମିଳିବ ସେଥିରୁ ମତେ। କିଏ କେତେ ପ୍ରକାର ଏଠାକୁ ଆସୁଛନ୍ତି। କେତେପ୍ରକାର ଚିନ୍ତା, ଭାବନା। ସେଥିରେ ବ୍ୟସ୍ତ ହବାର କିଛି ବି କାରଣ ନାହିଁ। ଏଇ ଥରେ ସକାଳୁ ଚା' ପିଇବାକୁ ଗଲାବେଳେ ସେଇ ମହିଳାଜଣକ ବି ଆସିଛନ୍ତି। ଚା' ଅର୍ଡ଼ର କରିଛନ୍ତି। ଚା' ଦୋକାନରେ ଥିବା ଛୋଟ ପିଲାଟି ନିତ୍ୟ ଗ୍ରାହକ ଭଳି ଚା' ଆଣି ଧରଉଛି ତାଙ୍କୁ। ମୁଁ ଚା' ପାଇଁ ଠିଆ ହୋଇଥିଲା ବେଳେ ସେଇ ଭଦ୍ରମହିଳା ଜଣକ ମୋତେ ଅକସ୍ମାତ ପଚାରିଲେ ଚା' ପିଇବେ ? ମୁଁ କହିଲି- ମୁଁ କହିସାରିଛି।

ସେ ପୁଣି କହିଲେ ଆପଣ ଚା'ରେ ଚିନି ଖାଆନ୍ତି ନା ସାଧା। ଆପଣଙ୍କୁ ସୁଗାର ଅଛି କି ? ମୁଁ କିଛି ଉତ୍ତର ଦେବା ଆଗରୁ ଦୋକାନୀ ଠାରୁ କପେ ଚା' ଆଣି ମୋତେ ଧରେଇଲେ। ମୁଁ ନେବିକି ନାହିଁ ଭାବିବା ପୂର୍ବରୁ ଯୋର ଜବରଦସ୍ତି ଯେମିତି ମୋତେ ଚା' କପଟି ଧରେଇ ଦେଇ କହିଲେ ବସନ୍ତୁ। ମୋର ଟିକେ ସୁଗାର ଅଛି ଅବଶ୍ୟ କମ୍। ହେଲେ ଚା'ରେ ଚିନି ଖାଇବା ମନା। ଆପଣ ଜାଣନ୍ତି- ବହୁ ଆଗରୁ ମୁଁ ଚା'ରେ ଚିନି ଖାଏନି। ତେଣୁ ଡାକ୍ତର ମନା କରିବା ବା ନ କରିବାରେ ମୋତେ କିଛି ଫରକ୍ ପଡ଼େନି।

ଡଗଡଗ ହୋଇ ଜଣେ ଖୁବ୍ ଚିହ୍ନା ଲୋକ ଭଳି ମୋ ଆଗରେ ଏତେ ଗୁଡ଼ିଏ କଥା କହିଯାଉଛନ୍ତି ଅଥଚ ମୁଁ ଉତ୍ତର ଦେଇ ପାରୁନି। ମୁଁ ବାଧ୍ୟ ହୋଇ ସେ ଚା' ପିଇଲି। ଅମିଠା ଚା'। ଚଳିବ। ମୁଁ କେବଳ ଏତିକି ପଚାରିଲି- ଆପଣଙ୍କର କେହି କଣ ପେସେଣ୍ଟ ଏଠି ଅଛନ୍ତି ? ସେ ଚା' କପ ମୁହଁ ପାଖକୁ ନେଇ ପାଟଇରେ ଲଗେଇ ମୁଣ୍ଡକୁ ହଲେଇ ମନା କଲେ। ତା ହେଲେ- ? ଏତକି କଥା ମୋ ପାଟିରୁ ବାହାରିଲା ବେଳକୁ- ସେ ଚା' ଢୋକଟି ତଣ୍ଟି ପାଖକୁ ନେଇସାରି କହିଲେ- ଏଇ ମେନ୍‌ରୋଡ଼୍‌ରେ ଯେଉଁ ନାଲିରଂଗର ଦୋ'ମହଲା ଘରଟି ଦେଖୁଛନ୍ତି ସେଇଟା ମୋ ଘର।

ମୁଁ ଏଠାକୁ ଆସିଥାଏ କେବଳ ଚା' ପିଇବାକୁ ନୁହେଁ, କିଛି ସମୟ ବସି ଲୋକମାନଙ୍କ ସହ କଥା ହୁଏ। ସମୟ କାଟେ। ତା'ପରେ ଯାଏ। ଦିନରେ ଦୁଇଥର ଅର୍ଥାତ୍ ଦୁଇବେଳା ଆସେ। ଏତକ କହି ସେ ଚା' ପିଇବାରେ ଲାଗିଲେ। ମୁଁ ସେତେବେଳକୁ ଚା' ପିଇସାରିଥିଲି। ସେ ମହିଳା ଜଣକ ମୋତେ ବଡ଼ ରହସ୍ୟମୟ ଲାଗୁଥିଲେ। ଯଦି ସେଇ ଦୃଶ୍ୟମାନ ନୀଳରଂଗ ଦୋ'ମହଲା ସଦୃଶ୍ୟ ଘରଟି ତାଙ୍କର ହୋଇଥାଏ, ଘରେ ଚା' ନପି ଘରଲୋକଙ୍କ ସହ ସମୟ ନକାଟି ଏଠାକୁ କାହିଁକି ଆସନ୍ତି। ତାଙ୍କର ମୁଣ୍ଡ ଠିକ୍ ଅଛି ତ ? ନା' କିଛି ଆବ୍‌ନରମାଲିଟି ଅଛି ? ଏକଥା ପଚାରିବା ପାଇଁ ମୋତେ ସଂକୋଚ ଲାଗିଲା। ଅଭଦ୍ରାମି କଥା ହେବ। ମୁଁ ନିରବ ରହିଲି।

ସଂଜୟଙ୍କର ଫୋନ୍ ଆସିଲା।

ମୁଁ ଉଠିଗଲି- ଡାକ୍ତରଖାନା ଭିତରକୁ। ସଂଜୟ କହିଲେ ଏବେ ଚେକ୍‌ଅପ୍‌ରେ ଡାକ୍ତର ମିଶ୍ର ଆସିଥିଲେ। କହିଲେ ଇମପ୍ରିଭୁ କରୁଛି। ଆଉ କିଛି ଦିନ ଅବଜରଭେସନରେ ରଖିବାକୁ ହବ। ଦର୍କାର ହେଲେ ଅପରେସନ ନହୋଇପାରେ। ତା'ଛଡ଼ା ଏ ବୟସରେ ଅସ୍ତ୍ରୋପଚାର ତାଙ୍କ ଦେହରେ ସମ୍ଭବ ନୁହେଁ। ମୁଁ ଭାବୁଛି ତାଙ୍କ କଥା ଅନୁସାରେ ଆଉ ଗୋଟିଏ ସପ୍ତାହ ଅନ୍ତତଃ ରଖିଦେବା ? ନା କଣ ତୁ କହୁଛୁ ପ୍ରବୀର ?

ମୁଁ କେବଳ ଏତିକି କହିଲି। କଥା ତ ଠିକ୍। କିନ୍ତୁ ଆଉ ଗୋଟିଏ ସପ୍ତାହ

ରହିଲେ ପୁଣି ଖର୍ଚ୍ଚ ଲାଗିବ। ଏଠି ତ ସେମାନେ ମନଇଚ୍ଛା ପଇସା ନେଉଛନ୍ତି। ଗୋଟେ ଗୋଟେ ରୋଗୀ ଉପରେ ଯେମିତି ଲଟେରୀ ଲାଗିଛି।

ଛାଡ଼୍ ସେକଥା- କହିଲେ ସଂଜୟ। ପ୍ରାଇଭେଟ୍ ହସ୍‌ପିଟାଲମାନେ ସେମାନେ ଯାହାକହିବେ ସେୟା। ଦେଖିବା କୌଣସି ବାଟରେ ପଇସା ଯୋଗାଡ଼ କରିବା। ମୁଁ କହିଲି ବିଜୟକୁ ଏକଥା ଜଣେଇଲୁନି? ସେ କଣ ଜାଣିନି ଯେ ମୁଁ ଅଧିକ କହିବି। କହିଛି ତ ପଇସା ପଠେଇବ। କାହିଁ ଏପର୍ଯ୍ୟନ୍ତ ପଠେଇନି ଯେତେବେଳେ ମୁଁ ତାକୁ ଆଉ କଣ କହିବି। ମୋର ଗୋଟେ କଥା ରଖିବୁ ପ୍ରବୀର। ତୁ ଆଉ ଦୁଇଦିନ ରହଯା' ସାର୍‌ଙ୍କୁ ଜଣେଇଦେ', କହିବୁ ତ ମୁଁ କହିଦେବି। ସଂଜୟଙ୍କର କଥା ଖୁବ୍ ଭାରି ଭାରି ଲାଗୁଥିଲା। ବିଜୟକୁ ସଂଜୟ ହିଁ ପାଠ ପଢ଼େଇଛନ୍ତି। ଏତେବାଟ ଯାଇଛି କେବଳ ତାଙ୍କର ପାଇଁ। ଅଥଚ ତା'ର ମନୋବୃତ୍ତି ଏପରି ପୁଣି ନିଜ ବାପାଙ୍କ ପାଇଁ? ଏହାଠାରୁ ଆଉ ଦୁଃଖ କଥା କଣ ହେଇପାରେ?

ମୁଁ କହିଲି ତୁ ବ୍ୟସ୍ତ ହ'ନା ସଂଜୟ- ମୁଁ ସାର୍‌ଙ୍କୁ କହି ଆଉ ଦୁଇଦିନ ସି.ଏଲ୍. ନେଇଯିବି।

ସଂଜୟଙ୍କ ସ୍ତ୍ରୀ ମୋ ପାଖକୁ ଗତକାଲି ଫୋନ୍ କରିଥିଲେ ସଂଜୟଙ୍କ ବୋଉ ଭାରି ମନଦୁଃଖ କରୁଛନ୍ତି- ବିଜୁ ପାଇଁ। ତୁମେ କିନ୍ତୁ ତୁମ ବନ୍ଧୁଙ୍କୁ ଏସବୁ କଥା କହିବନି। ସେ ବ୍ୟସ୍ତ ହେବେ। ଯା ହେବାର କଥା ହବ।

ମୁଁ ଏସବୁ କଥା ସଂଜୟଙ୍କୁ କିଛି ନକହି କହିଲି ଠିକ୍ ଅଛି। ମୁଁ ତ ରହିବି- ସାହୁବାବୁଙ୍କୁ ଫୋନ୍ କରି ବୁଝେ ମୋର ଜି.ପି.ଏଫ୍. ସାଂକସନ୍ ଆସିଲାଣି କି ନାହିଁ। ଆସିଲେ ମୁଁ କିଛି ଟଙ୍କା ତୋତେ ଦେଇପାରିବି।

ମୋତେ ଲାଗିଲା ସଂଜୟ ଆଶ୍ୱସ୍ତ ହେଲେ। ପ୍ରସନ୍ନ ହେଲେ।

ସଂଧ୍ୟାକୁ ଚା'ପିଇବାକୁ ଗଲାବେଳେ ଦେଖିଲି ସେ ଭଦ୍ରମହିଳା ଜଣକ କିନ୍ତୁ ଆସିନାହାନ୍ତି। ମୋ ମନରେ ଖାଲି ଆନ୍ଦୋଳିତ ହେଉଥିଲା ତାଙ୍କ କଥା। ପ୍ରକୃତରେ କଣ ଚା' ଟିକେ ପିଇବା ପାଇଁ ଏତେ ବଡ଼ ଘରୁ ରାସ୍ତାଡେଇଁ ଏଠାକୁ ଆସନ୍ତି ନା ଆଉ କ'ଣ? ଯାହେଲେ ବି ତାଙ୍କ ବିଷୟରେ ମୋତେ କିଛି ଜାଣିବାକୁ ହେବ। ଏଇ ଚା' ଦୋକାନୀ ଜଣକ ନିଶ୍ଚୟ ଜାଣିଥିବ। ହେଲେ ମୋର ପଚାରିବା ଠିକ୍ ହେବ କି ନାହିଁ ଜାଣି ପାରୁନି। କାଳେ ସେ କିଛି ଖରାପ ଭାବିପାରେ ଜଣେ ଭଦ୍ରମହିଳାଙ୍କ କଥା ଜାଣିବା ମୋର କଣ ଦର୍କାର ବୋଲି କହିପାରେ। ତାପରେ ମୋ ପାଖରେ ବି କଣ ଉତ୍ତର ଅଛି। ନା- ଏବାଟ ଠିକ୍ ନୁହେଁ- ଏମିତି ଚା'ପିଇବା ଭିତରେ ବରଂ ତାଙ୍କୁ ପଚାରି ଦେଲେ ଭଲ। ପରଦିନ ସକାଳୁ ଅପେକ୍ଷା କଲି।

ମୁଁ ସବୁଦିନେ ସକାଳୁ କିଛି ବାଟ ଚାଲେ। ଏଠାକୁ ଆସି ତିନିଚାରିଦିନ ହେଲାଣି କିଛି କରିପାରୁନି। ଘରୁ ମୋ ମିସେସ୍ ବି ଫୋନ୍ କରିଥିଲେ। ହେଲେ ମୁଁ ଆଉ ତିନିଦିନ ଖଣ୍ଡେ ରହିବି ବୋଲି କହିଲି। ତେଣୁ ଭାବିଲି ନା କାଲି ସକାଳୁ ଟିକେ ଚାଲିବା। ଶୀତ ଯଦିଓ ପଡ଼ିନି, କାକର ପଡ଼ିଲାଣି। ସକାଳ ଥଣ୍ଡା ଲାଗୁଛି। ଦୁର୍ଗାପୂଜା ପର ସମୟ। ନଭେମ୍ବର ଆଦ୍ୟ ସକାଳ। ମୁଁ ଚାଲିଚାଲି ମେନ୍‌ରୋଡ଼ରେ ଯିବାକୁ ବାହାରିଲି। ରାସ୍ତାରେ ବି କିଛି ଲୋକ ମର୍ଣ୍ଣିଂୱାକ୍‌ରେ ଯାଉଥିଲେ। ଗାଡ଼ି ଘୋଡ଼ା ବି ଚାଲିବା ଆରମ୍ଭ କଲାଣି। ମେଡ଼ିକାଲ ଗେଟରୁ ବାହାରି ଗଲାପରେ ଦେଖିଲି ସେ ଭଦ୍ରମହିଳାଙ୍କର ଘର। ଯାହାକୁ ସେ ଚିହ୍ନେଇ ଦଉଥିଲେ। ମିଛ କହିନାହାନ୍ତି ତ ? ସେ ଘରକୁ ଖାଲି ଅନେଇ ଆଗକୁ ଚାଲିଲି। ଘରର କବାଟ ଝରକା ବନ୍ଦଥିଲା। ବୋଧହୁଏ କେହି ଉଠିନଥିବେ। ଛାଡ଼୍ ସେଥିରୁ କଣ ମିଳିବ ମୋତେ। କିଛିବାଟ ଆଗକୁ ଚାଲିଲି। ସହରର ଗହଳି ଧିରେ ଧିରେ ବଢୁଥିଲା। ଅନ୍ତତଃ ଗୋଟିଏ କି.ମି. ପରେ ପୁଣି ଲେଉଟିଲି। ବାହାରେ ଅନ୍ୟ ଚା' ଦୋକାନ ସବୁ ଖୋଲି ଗଲାଣି। ସେଠି ଚା' ନପିଇ- ମୁଁ ଯେଉଁଠି ପିଏ ସେଇଠି ପି'ନେବି ଭାବି ଆସିଲଇ। ଅନ୍ୟ କୋଉଠି ଚା' ପିଇବାରେ କିଛି ଅସୁବିଧା ନଥିଲା ଯେ, ମୋର ଉଦ୍ଦେଶ୍ୟ ଥିଲା ସେଇ ମହିଳାଜଣକ କାଲେ ସେଠାକୁ ଆସିଥିବେ, ଦେଖାହେବ, କଥାବାର୍ତ୍ତା ବି ହେଇପାରେ। ଫେରିଲାବେଳେ ପୁଣି ସେଇ ଘରଟି ଦେଇ ଆସିବାକୁ ହେଲା। ହଠାତ୍ ନଜର ପଡ଼ିଲା ସେଇ ଭଦ୍ରମହିଳା ଜଣକ ସତରେ ସେ ଘର ଭିତରୁ ଗେଟ୍ ଆଡକୁ ଆସୁଛନ୍ତି। ମୁଁ ଅଟକି ଗଲି।

ଆଜ୍ଞା ନମସ୍କାର। ସେ ମୋତେ ଚିହ୍ନିପାରିଲେ। ଡାକିଲେ ଭିତରକୁ। ଗେଟ୍ ଖୋଲି ଗଲି। ବଡ଼ ବାଉଣ୍ଡରୀଟିଏ ହେଇଛି। ଆଗ ଲନ୍‌ଟି ଖାଲି ଘାସ ଭର୍ତ୍ତି। କୋଉଦିନୁ ସଫା ହୋଇନି ବୋଧେ। କିଛି ଫୁଲ ଗଛ ବି ଲାଗିଛି। କିନ୍ତୁ ଭାରି ଅଯତ୍ନରେ ସେମାନେ ବଢୁଛନ୍ତି। ସରସତା ନାହିଁ। ଯତ୍ନ କରିବାର ଆନ୍ତରିକତା ବି ନାହିଁ। ଗୋଟେ ବଡ଼ ପୋର୍ଟିକ ଦେଇ ଘର ଭିତରକୁ ପଶିଲୁ। ଡ୍ରଇଁ ରୁମ୍‌ରେ ଦାମୀ ସୋଫା ବି ପଡ଼ିଛି। କିଛି ପେଣ୍ଟିଂ କାନ୍ଥରେ ଝୁଲୁଛି। ତା ଛଡ଼ା ଏକ ବଡ଼ ତୈଳଚିତ୍ରରେ ଫୁଲହାର ପଡ଼ି ଗୋଟେ ଚେୟାର ଉପରେ ଥୁଆ ହୋଇଛି। ଯାହା ଯାହା ସବୁ ଡ୍ରଇଁରୁମ୍‌ରେ ଅଛି ସେଗୁଡ଼ିକ କିନ୍ତୁ ଲନ୍‌ଭଳି ଅଯତ୍ନ। ମେଂଚା ମେଂଚା ଧୂଳି।

ସୋଫା ଉପରେ ବସିଲି।

ସେ ମହିଳା ଜଣକ ବି ବସିଲେ।

ମୋର ଇଚ୍ଛା ହଉଥିଲା କଣ କେତେ କଥା ପଚାରିବାକୁ। କିନ୍ତୁ ପାରୁନଥିଲି। ତାଙ୍କ ତରଫରୁ କହିଲେ କିଛି କଥା। ଯାହାକୁ ସଂକ୍ଷେପରେ କୁହାଗଲେ ଏୟା ହେବ

ଯେ, ଏ ଘରଟି ତାଙ୍କ ଶ୍ୱଶୁର ଘରର ପୈତୃକ ସମ୍ପତ୍ତି ନୁହେଁ। ସେମାନେ କରିଛନ୍ତି। ତାଙ୍କ ସ୍ୱାମୀ ଧୀରେନ୍ଦ୍ର ବସ୍ତିଆ। ଏଇ ଘରଟି ଉପରେ ସେ ଭଦ୍ରମହିଳା ଜଣକ ଭାରି ଗୁରୁତ୍ୱ ଦେଇ କହୁଥିଲେ। ତାଙ୍କ ସ୍ୱାମୀ ଥିଲେ ଜଣେ ବାଣିଜ୍ୟ ବିଭାଗର ସରକାରୀ ଅଧ୍ୟାପକ। ଗାଆଁରେ ଭଲ ଘରବାଡ଼ି ଅଛି ଜଣେ ଭାଇ ବି ଅଛନ୍ତି। ତାଙ୍କର ପିଲାମାନେ ପାରିଗଲେଣି। ଧୀରେନ୍ଦ୍ର ବାବୁଙ୍କର ଇଚ୍ଛାହେଲା ଗାଆଁ ଘରଟିକୁ ଆଉ ଟିକେ ବଡ଼ କରିଦେବେ ଓ ଶେଷ ଜୀବନ ସେଇଠି ହିଁ କାଟିବେ। କିନ୍ତୁ ତାଙ୍କ ପତ୍ନୀ ଅର୍ଥାତ୍ ଏହି ମହିଳା ଜଣଙ୍କର ଇଚ୍ଛା ଥିଲା ଅଲଗା। ସେ ଚାହୁଁନଥିଲେ ଗାଆଁରେ ରହବା ପାଇଁ ଓ ଏକାଠି ରହିବା ପାଇଁ। ଯାହାଫଳରେ ଉଭୟଙ୍କ ଭିତରେ ବହୁ ସମୟରେ ଯୁକ୍ତିତର୍କ, ମନମାଳିନ୍ୟ ଘଟେ। ପତ୍ନୀଙ୍କର କହିବାର କଥା ଥିଲା ଅବସର ଜୀବନରେ ଗାଆଁରେ ରହିଲେ ଅନେକ ଅସୁବିଧା। ବଡ଼କଥା ହେଲା ବାର୍ଦ୍ଧକ୍ୟ ଜନିତ ରୋଗକୁ ସାମ୍ନା କରିବାରେ ଗାଆଁରେ ସେମିତି କିଛି ସୁବିଧା ନାହିଁ। ସହରରେ ତାହା ସହଜରେ ମିଳିବ। ବଡ଼ ବଡ଼ ଡାକ୍ତରଖାନା ଅଛି। କେତେକଣ ସୁବିଧା।

ଧୀରେନ୍ଦ୍ରବାବୁଙ୍କର କଥା ହେଲା- ଗାଆଁ ତ ଏବେ ଗାଆଁ ହେଇ ନାହିଁ। ସହର ପାଲଟି ଗଲାଣି। କଣ ନାହିଁ ଗାଆଁରେ। ଡାକ୍ତରଖାନା ଅଛି, ଶିକ୍ଷାପାଇଁ ସମସ୍ତ ବ୍ୟବସ୍ଥା ମଧ୍ୟ ଅଛି। ରାସ୍ତାଘାଟ, ପାଣି ସବୁ ସବିଧା। ସହରକୁ ଗଣ୍ଡା ଗଣ୍ଡା ବସ୍ ଚାଲିଛି। ବଡ଼ ସହରକୁ ଯିବା- ଗାଆଁ ଠାରୁ ମାତ୍ର ଦୁଇଘଣ୍ଟାର ବ୍ୟବଧାନ। ଆଉ ତା'ଛଡ଼ା ଏଠି କେତେ କେତେ ଲୋକ ସହରକୁ ଯାଇ ବଡ଼ ରୋଗରୁ ଭଲହେଇ ଆସିଛନ୍ତି। ସହରରେ କଣ ପାଖରେ ଡାକ୍ତରଖାନା ଥାଉ ମରୁନାହାନ୍ତି। ପତ୍ନୀ କିନ୍ତୁ ଏକଥା ଶୁଣିବାକୁ ନାରାଜ। ବହୁ ବାଦ ବିସମ୍ବାଦ ପରେ ଧୀରେନ୍ଦ୍ର ବାବୁ ହିଁ ନିଷ୍ପତ୍ତି ନେଲେ ରାଜଧାନୀରେ ଏକ ଜାଗା କିଣିବେ ତା' ପୁଣି ଗୋଟେ ବଡ଼ ଡାକ୍ତରଖାନା ପାଖାପାଖି। ହଠାତ୍ ଦର୍କାର ହେଲେ ସେ ଡାକ୍ତରଖାନା ତତ୍କ୍ଷଣାତ୍ ଯାଇପାରିବେ। ସେମିତି ଗୋଟେ ଜାଗା ଖୋଜିବାକୁ ଧୀରେନ୍ଦ୍ରବାବୁଙ୍କୁ ବହୁ କଷ୍ଟ ହେଲା। ତେବେ ଜଣେ ବଂଧୁଙ୍କ ସହାୟତାରେ ଏଇ ଜାଗାଟି ହିଁ ମିଳିଲା। ଯାହା ପୁଣି ରାଜଧାନୀର ହାର୍ଟ ଉପରେ। ଅନେକ ଦାମ୍। ଧୀରେନ୍ଦ୍ରବାବୁଙ୍କ ପାଖରେ ଏତେ ଟଙ୍କା ନଥିଲା। କାରଣ ତା ପୂର୍ବରୁ ହିଁ ସେ ଗାଆଁରେ ଘରଟିଏ କରିଛନ୍ତି। ଯଦିଓ ତାହା ଏତେ ରୁଚିସମ୍ପନ୍ନ ନୁହେଁ। ହେଲେ ସାଧାରଣରୁ ଅଧିକ। ସେ ଏକ ପ୍ରକାର ନିରବି ଯାଇଥିଲେ।

ପତ୍ନୀ କିନ୍ତୁ ନରବ ରହିଲେନି।

ସହରରେ ଜଗାଟିଏ କିଣି ଘର କରିବା ହିଁ କରିବା। ଜାଗାଟି କିଣା ସରିଗଲେ ଲୋନ୍‌ରେ ବା ରୋଜଗାର ପଇସାରେ ଘରଟିଏ କରିହେବ। ତାର ଏକମାତ୍ର ବାଟ

ହେଲା ଗାଆଁରେ ଥିବା ତାଙ୍କର ସମସ୍ତ ଭାଗ ବିକ୍ରି କରିଦେବେ। ଗାଆଁରେ ଯେଉଁ କୋଠାଟି ହେଇଛି- ସେ ଅଧେଟା ତାଙ୍କ ଭାଇକୁ ଦେଇ ସେ ତାଙ୍କ ଟଙ୍କା ନେଇ ଆସିବେ। ସେୟା ମଧ୍ୟ ହେଇଥିଲା।

ଏ ଜାଗା କିଣା ହୋଇ ଘରଟିଏ ତିଆରି ହେଲା- ଧୀରେନ୍ଦ୍ରବାବୁଙ୍କ ଅନିଚ୍ଛାସତ୍ତ୍ୱେ। ଏଘର ତିଆରି ହେଲା ବେଳକୁ ଧୀରେନ୍ଦ୍ରବାବୁଙ୍କ ଚାକିରି ମାତ୍ର ଆଉ ଦୁଇବର୍ଷ ଥିଲା। ଲୋନ୍ ମଧ୍ୟ ଅଧିକ ହୋଇଯାଇଥିଲା। ତା'ସାଙ୍ଗକୁ ଝିଅ ବାହାଘର। ପୁଅର ପାଠପଢ଼ା ଇତ୍ୟାଦି। ଅବଶ୍ୟ ସେଗୁଡ଼ିକ ହେବାରେ କିଛି ଅସୁବିଧା ହେଲାନି।

ପୁଅ ଏବେ ଲଣ୍ଡନ ଯାଇଛି। ପ୍ରାୟ ବର୍ଷେ ହେବ। ବୋହୂ ବି ସେୟାଡ଼େ। ଛୋଟ ନାତୁଣୀଟିଏ।

ଏକଥା ସବୁ ଏଣିକି କହିଲାବେଳେ ମୁଁ ଲକ୍ଷ୍ୟକଲି ଭଦ୍ରମହିଳା ଜଣକ ଧିରେ ଧିରେ ଭାରିହୋଇପଡୁଛନ୍ତି ବସୁନ୍ଧରା ଭଳି। ଆଖିରୁ ଲୁହ ଜକେଇ ଆସୁଛି। ସବୁର ଉପରେ ଗୋଟିଏ କିନ୍ତୁ ସତ୍ୟ ତା ହେଲା ଏକ ଅଦୃଷ୍ଟ ଭାଗ୍ୟ। ଯାହା ଦୃଷ୍ଟିର ବହୁ ଦୂରରେ। ଆମେ ଜାଣିପାରୁନା। ମନ ଭିତରେ ଉପୁଜୁଥିବା ଗୋଟିଏ ପରେ ଗୋଟିଏ ଆଶା ଲମ୍ବିଯାଏ ସମୁଦ୍ରଭଳି। ସରେନା। ଥଳ ପାଏନା। ସମାପ୍ତ ହୁଏନା।

ଭଦ୍ରମହିଳାଙ୍କ ଜୀବନରେ ସେୟାହିଁ ହେଇଛି। ରିଟାୟାର୍ଡ଼ ପରେ ଧୀରେନ୍ଦ୍ରବାବୁ ଏହି ଘରେ ଆସି ରହିଛନ୍ତି। ମାତ୍ର ଗୋଟିଏ ବର୍ଷ। ହଠାତ୍ ଦିନେ ରାତିରେ ତାଙ୍କର ହୃଦଘାତ ହେଲା। ଏମିତି ହେଲା ଯେ ରାସ୍ତାପାର ହୋଇ ଏଇ ମେଡ଼ିକାଲକୁ ଆସିବା ବେଳେ ତାଙ୍କର ମୃତ୍ୟୁ ହେଲା। ଗୁଡ଼ାଏ ମାନସିକ ଚାପରେ ଥିଲେ ଧୀରେନ୍ଦ୍ର ବାବୁ। ଯାହାଫଳରେ ଏଇ ଅବସ୍ଥା।

ଏଡ଼େବଡ଼ ଘରେ ଏକା ଏହି ଭଦ୍ରମହିଳା ଜଣକ। ପୁଅ ଲଣ୍ଡନରେ ଆସିବା ମନା କରିଦେଇଛି। ଏକଥା ସବୁ ଶୁଣିଲା ପରେ ଗତଦିନ ସେଇ ମହିଳା ଜଣକ ଚା' ଯାଚିଲା ବେଳେ ଯେତିକି ଖୁସି ଲାଗୁଥିଲେ ଆଜି କାହିଁକି ଭାରି ମହଳଣ ଲାଗିଲେ। ମୁଁ କଥାର ମୋଡ଼ ବଦଳେଇଲି। ସେ ବି କହିଲେ ଆସନ୍ତୁ ଯିବା ଚା' ପିଇବା। ଆମେ ଦୁହେଁ ଫେରିଲୁ ସେଇ ଚା' ଦୋକାନକୁ। ସଂଜୟ ବସିଥିଲେ ଚେୟାରରେ। 'ତୁ କୁଆଡ଼େ ଗଲୁକି- କଣ କେତେବାଟର ଚାଲିଲୁ କି? କଣ ସହର ପରିକ୍ରମା କରୁଥିଲୁ?' - ପଚାରିଲେ ସଂଜୟ।

'ନାଇଁମ-ଏମିତି ତ ଆସୁଛି।- ମୁଁ କହିଲି।

ସେ ମହିଳା ଜଣକ କହିଲେ- ନାଇଁ ଆଜ୍ଞା ମୁଁ ତାଙ୍କୁ ଟିକେ ଅଟକେଇଦେଇଥିଲି। ଏମିତି କଥା ହଉଥିଲୁ। ସରି।'

ସଂଜୟ କହିଲେ- ଆରେ ନାଇଁ ମ୍ୟାଡ଼ାମ୍- ଏଥିରେ ସରି କହିବାର କଣ ଅଛି। ତା ସହିତ ସେମିତି ଜରୁରୀକାମ ନଥିଲା ମ। ତେବେ ବସନ୍ତୁ ଚା' ପିଇବା। ବସିପଡ଼ି ଚା' ପାଇଁ ଅର୍ଡ଼ର କଲେ ସଂଜୟ। ସଂଜୟଙ୍କ ପାଟିରୁ କଥା ଛଡେଇ ଭଦ୍ରମହିଳା ଜଣକ କହିଲେ ମୁଁ ତ କହିସାରିଛି ତିନୋଟି ଚା' ପାଇଁ।

ସେ ଭଦ୍ରମହିଳାଙ୍କ ମୁହଁରେ ହସଥିଲା। କିଛି ସମୟପୂର୍ବରୁ ଦୁଃଖ ଆଉ ଅବଶୋଷର ଗ୍ଲାନି ଯେମିତି ତାଙ୍କ ମୁହଁ ଉପରେ ଭାସୁଥିଲା। ହଠାତ୍ ମିଳେଇ ଯାଇଛି। ନା ଛପି ଯାଇଛି ଭିତରେ। ମୋ ଭାବନା ଭିତରେ ସଂଜୟ କହିଲେ- ମିତା ଫୋନ୍ କରିଥିଲେ (ମୀତା ସଂଜୟଙ୍କ ସ୍ତ୍ରୀ) ବୋଉକୁ ବିଜୁ କଣ କହିଛି। ବୋଉ ଖାଲି କାନ୍ଦୁଛି। ସେ କୁଅଡ଼େ ଆଉ ଆମେରିକାରୁ ଆସିବନି। କଣ କରାଯିବ। ପିଲାଲୋକ କଣ କହିଦେଇଥିବ। ବୋଉ କାହିଁକି ସେ କଥା ଭାବୁଛି। ଠିକ୍ ଅଛି ମୁଁ ଖୁଡ଼ୀଙ୍କୁ ବୁଝେଇ ଦେବି।

ଆମକଥା ସବ ଶୁଣୁଥିଲେ ସେ ଭଦ୍ରମହିଳା ଜଣକ। ବୋଧହୁଏ ବୁଝିପାରିଲେ। ଏତିକି କହିଲେ- 'ମା' ମନପରା। କେତେ ଆଶାରେ ସେ ବଂଚେ। ସେ କଣ ଜାଣେ ଆଶା କରିବାରେ ଖାଲି ଦୁଃଖ ମିଳେ ବୋଲି।

କିଛି ସମୟ ନିରବତା ପରେ ଆମେ ଦୁହେଁ ଫେରିଲୁ କ୍ୟାବିନ୍‌କୁ। ମୁଁ ଯେତିକି ଦିନ ସେଠି ରହିଛି ଦେଖେ ସେଇ ଭଦ୍ରମହିଳା ଜଣକ ସେମିତି ସକାଳେ ସଂଜେ ଆସନ୍ତି। ଖାଲି ଚା' ପିଇବା ପାଇଁ କି ଆଉ କଣ ପାଇଁ ସେ ଜାଣନ୍ତି।

■

ଛାଇ ଲେଉଟା ବେଳ

ଗାଆଁର ମଧ୍ୟ ଭାଗରେ ଥିବା ଛୋଟିଆ ବଜାରଟା ରାତି ଆଠଟା ବାଜିଲେ ଆସ୍ତେ ଆସ୍ତେ ଘୁମେଇ ପଡ଼େ। ପ୍ରାୟ ରାତି ଦଶଟା ବେଳକୁ ପୁରା ନିଦରେ ଶୋଇଯାଇଥାଏ ଏ ବଜାରଟି। କେବଳ ଖେଳ ପଡ଼ିଆରେ ଆଡ୍ଡା ଜମେଇ ମଦନିଶାରେ ମଶଗୁଲ ହେଉଥିବା ପିଲାଙ୍କର ଅର୍ଥହୀନ ଓ ସଂଗତହୀନ ପାଟି ଶୁଭୁଥାଏ ମଝିରେ ମଝିରେ। ସପ୍ତାହର ଦୁଇଦିନ ହାଟ ବାରିରେ ଏହି ସମୟବେଳକୁ ବାହାର ବେପାରୀଙ୍କର ଲେଉଟାଣି ଯାତ୍ରାର କିଛି ଶବ୍ଦରେ କୋଳାହଳ ଲାଗେ। ନହେଲେ ନାହିଁ। ବର୍ଷାଦିନେ ତ ରାତି ଆଠଟା ପର୍ଯ୍ୟନ୍ତ ବି ଯାଏନା।

ବଜାର କଡ଼ ମୋଡ଼େ। ଅଳସ ଭାଙ୍ଗେ ଭୋର ଚାରିଟାରେ। ତା'ପୁଣି ପାଣ୍ଡୁ ନନାର ଚା'ଦୋକାନ କୋଇଲା ଆଂଚର ଗନ୍ଧରେ। ସାଢ଼େ ଚାରିଟା ପାଞ୍ଚଟା ବେଳକୁ ପାଣ୍ଡୁନନାର ଗୋଟାଏ ଭାରି ଇଡ୍‌ଲି ଆଉ ଆଳୁଦମ୍ ହେଇ ସାରିଥାଏ। ବଡ଼ ସସ୍‌ପେନ୍‌ରେ ଚା' ଫୁଟୁଥାଏ ଟକ୍‌ମକ୍ ହୋଇ। ପାଣ୍ଡୁ ନନା ଏତେ ଶୀଘ୍ର ଏସବୁ କରିବାର ଗୋଟାଏ ବିଶେଷ କାରଣ ଅଛି। ତା'ହେଲା ଭୋର୍ ଛ'ଟା ବେଳକୁ ଭୁବେନଶ୍ୱରକୁ ଗୋଟେ ବସ୍ ଯାଏ। ଯେଉଁ ଲୋକମାନେ ଅପେକ୍ଷା କରିଥାନ୍ତି ସେମାନଙ୍କର ସକାଳ ଚା'ଟା ପାଣ୍ଡୁନନା ଦୋକାନରୁ ଚଳିଯାଏ। ଆଉ କିଛି ଲୋକ ବଂଧୁ ଘରକୁ ଯାଉଥିଲେ ସେଠୁ ମିଠା ମଧ କିଣନ୍ତି। ପାଣ୍ଡୁନନାର ମିଠା ସବୁଠାରୁ ଭଲ। ତା'ମିଠାରେ ଏତେ ସୁଜି କି ମଇଦା ଛାଟ ନଥାଏ।

ସକାଳୁ ସକାଳୁ ଭଲ ଦି' ପଇସା ସେ ରୋଜଗାର କରେ।

ଦିନ ଆଠଟା ବେଳକୁ ଆଉ କୋଉ ଦୋକାନ ଖୋଲୁ କି ନଖୋଲୁ ପାଣ୍ଡୁନନା ଦୋକାନରେ କିନ୍ତୁ ଗହଳି ଲାଗିଯାଇଥାଏ। ଗାଆଁ ସାର୍‌ମାନଙ୍କର ମାଡ଼ ସେଇଠି। ଅନ୍ୟ ଚା' ଦୋକାନ ଖୋଲି ଥିଲେ ବି ସେଠି ଏତେ ଭିଡ଼ ହବାର ଗୋଟେ କାରଣ ଅଛି।

ତା'ହେଲେ ଚା' ତ ନିଶ୍ଚୟ ଭଲ ପାଣ୍ଡୁନନାର କଥା ଓ ବ୍ୟବହାର ଭାରି ଭଲ।

ଦୋକାନ ଭାରି ପରିଷ୍କାର। ପରିଚ୍ଛନ୍ନ। ପାଣ୍ଡୁନନା ନିଜେ ବି ଜଣେ ପରିଚ୍ଛନ୍ନ ମଣିଷ। ଉଭୟ ଭିତରେ ଓ ବାହାରେ। କୋଇଲା ଆଂଚରେ ଟକ୍‌ମକ୍ ହୋଇ ଫୁଟୁଥିବା ଚା'ସସ୍‌ପେନ୍‌ର ବାମ୍ଫରେ ପାଣ୍ଡୁନନାର ଗୋରାମୁହଁଟା ଲାଲ ଦେଖାଯାଏ। ଗୋଟିଏ ପରେ ଗୋଟିଏ ଚା'ଗ୍ଲାସକୁ ଗରାଖିଙ୍କ ହାତକୁ ବଢ଼େଇ ଦେଲା ବେଳେ ତା' ଛୋଟିଆ ଦୋକାନ ଘରର ବେଂଚ ଉପରେ ବସିଥିବା ଲୋକଙ୍କ ଶବ୍ଦରେ ବାୟୁମଣ୍ଡଳ ଗୁଂଜରିତ ହେଉଥାଏ ପଞ୍ଚାୟତ ଠାରୁ ଆରମ୍ଭ କରି ପାର୍ଲାମେଣ୍ଟ ପର୍ଯ୍ୟନ୍ତ ସବୁଠାରେ ଘଟୁଥିବା ରାଜନୀତିର ଚମତ୍କାର ଘଟଣା। ବେଳେବେଳେ କଥା କଟାକଟିରେ ଚା'କପ୍‌ରେ ଝଡ଼ ବି ଉଠେ। ପାଣ୍ଡୁ ନନାର କିନ୍ତୁ ଏ ସବୁଥିରେ କାନ ନଥାଏ। ସେ ତା'କାମରେ ବ୍ୟସ୍ତ। ଦିନେ ଦିନେ ବି ପାଣ୍ଡୁନନାର ରାତି କ୍ଷୀର ସରି ଯାଇଥିଲେ ନାଲି ଚା' କରେ। ପାଣ୍ଡୁନନାର ହାତ ଟା ଭାରି ଭଲ। ନାଲି ଚା'ରେ ଅଦା ଗୋଲମରିଚ ପକେଇ ଟିକେ କାଗିଜି ଲେମ୍ବୁ ଚିପୁଡ଼ି ଦିଏ। କ୍ଷୀର ଚା'ଠାରୁ ବି ତାର ସ୍ୱାଦ ଅଲଗା।

ସବୁଦିନେ କ୍ଷୀର ଆସି ପହଂଚିଲା ବେଳକୁ ସକାଳ ଆଠ କି ସାଢ଼େ ଆଠ। ଗୁଆଲା ଶୁକ ମହାକୁଡ଼ କ୍ଷୀର ଆଣି ପହଂଚେ। କ୍ଷୀର ହାଣ୍ଡିକୁ ଭଲ କରି ଧୋଇ ଟିକେ ଆଞ୍ଚରେ ବସାଏ। ସେଥିରେ ଲାଗିଥିବା ବାସି ଅଂଶଟା ପୋଡ଼ିଗଲେ ଆଉ କ୍ଷୀର କଟିବାର ସମ୍ଭାବନା ନଥାଏ। ଶୁକ ମହାକୁଡ଼ ହାଣ୍ଡିରେ କ୍ଷୀର ଅଜାଡ଼ି ଭାରେ କି ଦି'ଭାରେ ପାଣି ଟିଉବ୍‌ୱେଲରୁ ଆଣି ଦେଇଯାଏ। ତା'ପରେ ଗୁଲୁଗୁଲା, ଚା' ଖାଇ ପୁଣି କ୍ଷୀର ନେଇ ଆଉ କୋଉ ଦୋକାନକୁ ଯାଏ। ପୁଣି ସଂଜବେଳକୁ ଛେନା ଆଣି ପହଂଚାଏ। ଛେନା କପଡ଼ାରେ ବାନ୍ଧି ପାଣି ଗଡ଼ିଯିବା ଲାଗି ଗୋଟେ ଓଜନିଆ ଜିନିଷ ରଖେ। ତାକୁ ସେ ଅଧିକ କ୍ଷୀର ଆଉ ଛେନା ଦିଏ। ଶୁକ ମହାକୁଡ଼ର ଦର୍କାର ହେଲେ ପାଣ୍ଡୁନନାଠାରୁ ଅନେକ ସମୟରେ ପଇସାପତ୍ର ନିଏ।

ଶୁକ ମହାକୁଡ଼ ଭାରି ସରଳ ଲୋକ। ବହୁତ ଦିନ ହେଲାଣି ତା ସ୍ତ୍ରୀ ମରିଯାଇଛି। ଗୋଟିଏ ବୋଲି ପୁଅ। ଝିଅ ନାହିଁ। ଶୁକ ତା' ବାପ ଅମଳରୁ ଏଇ କ୍ଷୀର, ଛେନା ବେପାର କରିଆସୁଛି। ଶୁକକୁ ବୟସ ଷାଠିଏ ପଞ୍ଚଷଠୀ ରୁ କମ୍ ହେବନି। ସେଇଥିରେ ସେ କାହିଁ କେତେବାଟ ସାଇକେଲ ଚଲେଇ ଛେନା ପାଇଁ ଯାଏ। ଲମ୍ବା ଡେଙ୍ଗା ଲୋକଟା। ଅବଶ୍ୟ ଟିକେ ଅଧିକ ପରିଶ୍ରମୀ ପଡୁଥିବାରୁ ଦେହର ତେଜ ମହଳଣ ପଡ଼ିଗଲାଣି।

କୋଉ କାଳରୁ ଏଇ ବେପାର କରି ପୁଅ ଟିକୁ ଭଲମନ୍ଦ କରି ପାଠପାଢ଼େଇ ବି.ଏ. ଖଣ୍ଡେ ପାଶ୍ କରାଇଦେଲା। ବି.ଏ. ପାଶ୍ କରାଇ ଦେଲାପରେ ଗାଆଁରେ କିଛିଦିନ

ଚେଙ୍ଗଡ଼ା ହେଇ ବୁଲିଲା। ବାର ଟୋକାଙ୍କ ସହ ମିଶି ଏକପ୍ରକାର ବାତରା ହେଇଗଲା। ଶୁକ ମହାକୁଡ଼ ସେଇ ଗାଆଁର ଗୋଟେ ଲୋକକୁ ଧରାଧରି କରି କିଛି ଟଙ୍କା ପଇସା ଖର୍ଚ୍ଚ କରି ଗୋଟେ କମ୍ପାନୀରେ ସୁପରଭାଇଜର ଭାବରେ ରଖିଦେଇଛି। ପ୍ରଥମ କମ୍ ଦରମା ପାଉଥିଲା ଯାହେଉ ସେ ଉଦାମ କରି କିଛି ଟଙ୍କା ଅଧିକ ପାଇଲାଣି। ଶୁକ ତ କେବେ ବିଶ୍ୱାସ କରିନଥିଲା ତା ଚେଙ୍ଗଡ଼ା ପୁଅଟା କୌଣସି ପ୍ରକାର କୁଳରେ ଲାଗିବ ବୋଲି। ସେ ଚାକିରି କରିବାର କିଛିବର୍ଷ ମଝିରେ ମଝିରେ ପଇସାପତ୍ର ବାପାପାଖକୁ ପଠାଏ। ଏଇ ଦି'ବର୍ଷ ତଳେ ତାର ବାହାଘର କରିଦେଲା ପାଖ ଗାଆଁରେ। ଝିଅଟି ତ ଦେଖିବାକୁ ଭଲ ନିଶ୍ଚୟ। ବାପା ବୋଉ ବି ମନ୍ଦ ନୁହନ୍ତି। ବାହାଘର ପାଇଁ ଯାହା ଖର୍ଚ୍ଚ ଲାଗିଲା ଶୁକ ତାର ବେପାର କରିଥିବା ଟଙ୍କା ହିଁ ଦେଇଥିଲା। ଯୌତୁକ କହିଲେ କିଛି ନୁହେଁ। ସେ ଯାହା ଅଳ୍ପ ଦେଇଥିଲେ ସେ ସମୁଦ୍ରକୁ ଶଙ୍ଖେ ପାଣି ଭଳିଆ। ତଥାପି ଶୁକ ମହାକୁଡ଼ ମନରେ କୌଣସି ଦୁଃଖ ନଥିଲା। ସେ ଚାହୁଁଥିଲା କେବଳ ଭଲଝିଅ ଆଉ ବଂଧୁଟିଏ ଦର୍କାର। ବୋହୂଟି ତା'ଘରକୁ ଆସିଲା ପରେ ଭାରି ଭଲ ଥିଲା। ଶୁକ ମହାକୁଡ଼ ଭାବିଥିଲା, ସେ ଯାହା ଚାହୁଁଥିଲା ସେଭଳିଆ ଝିଅଟି ତାକୁ ମିଳି ଯାଇଛି। ପୁଅର ତ ବେଶି ଛୁଟି ମିଳେନା। ସେଥିରେ ସେ ସୁବିଧା ଦେଖି ଘରକୁ ଆସେ। ବାପାଙ୍କ ଖବର ବୁଝେ। ଶୁକର ସ୍ତ୍ରୀ ମରିଗଲା ପରେ ତାଙ୍କ ଘରେ ଆଉ ମାଣବସା ହେଉନଥିଲା କି କିଛି ପୁନେଇଁ ପରବ ହୁଏନି। ବୋହୂଟି ଆସିଲାପରେ ସୁଖ ଫେରିଲା। ସେ ଯାହା ମନେ ମନେ ଭାବୁଥିଲା ତାହା ଯେମିତି ପୂର୍ଣ୍ଣ ହେବାରେ ଲାଗିଛି। ଦିନମାନର ଏତେ ପରିଶ୍ରମ ଶୁକ ଭୁଲି ଯାଉଥିଲା ସଂଜ ବେଳକୁ।

ତା'ପୁଅ ବୋହୂ ତାକୁ କେତେଥର ବି କହିଛନ୍ତି ବାପା ତମେ ଏ କଷ୍ଟ କାମ ଛାଡ଼ିଦିଅ। ଏଣିକି ବୟସ ବଢୁଛି କେବଳ ଘରେ ବସି ବିଶ୍ରାମ ନିଅ। ଆମକୁ ଯେତିକି ପଇସା ମିଳୁଛି ସେଥିରେ ଚଳିବା କିଛି ଅସୁବିଧା ହେବନାହିଁ। ଶୁକ ଏକଥା ଶୁଣେ। ମନେ ମନେ ଭାବେ ଯାହେଉ ଅନ୍ତତ ତାର ଏତେଦିନର କଷ୍ଟ ଲାଘବ ହେଇଯାଇଛି। "ଶୁଣ୍ ବାବା ଏ ତ ମୋର ବହୁତଦିନର ଅଭ୍ୟାସ। ସହଜରେ କଣ ମୁଁ ଛାଡ଼ି ପାରୁବି। ତାଛଡ଼ା ନ ପାରିଲା ଭଳି ଏପର୍ଯ୍ୟନ୍ତ ମୁଁ ଅନୁଭବ କରିନି। ଯେଉଁଦିନ ଦେଖିବି ଆଉ ଏକାମ ପାରୁନି ଛାଏଁ ଛାଏଁ ବନ୍ଦ କରିଦେଇ ଘରେ ବସି ବିଶ୍ରାମ ନେବିନି। ଏବେ ଏସବୁ ଛାଡ଼ିଦେଇ ଘରେ ବସି କଣ କରିବି।" - ଏତକ କଥା ଶୁକ ତା ପୁଅକୁ ବୁଝେଇଲା ଢଙ୍ଗରେ କହିଲା।

ବୋହୂ କହିଲା- ଘରେ ବସି ଆଉ କଣ କରନ୍ତ ? ବଜାର କୁ ଯିବ, ବୁଲିବ, ବସିବ। ଆଉ କି କାମ ଯେ ?

ଶୁକ ହସି ଦେଲା- ତୃପ୍ତିର। ଆନନ୍ଦର।

ପୁଣି କହିଲା ଶୁଣ୍ ମା ! ଖାଲି ବୁଲିବା କରିବାକୁ ମତେ ଭଲ ଲାଗେନା। ବରଂ ଗୋଟେ ନାତି ଖେଳଣା ମିଳିଗଲେ ମୁଁ କେବଳ ତା'ସାଙ୍ଗରେ ବସି ଖେଳିବି। ଦିନ କି ରାତି କିଛି ଜଣା ପଡ଼ିବନି। ଏକଥା ଶୁଣି ବୋହୂ ଅଳ୍ପ ହସି ଲାଜେଇ ଘର ଭିତରକୁ ଚାଲିଗଲା। ଏ ସମୟରେ ଶୁକ ହାତକୁ ଯେମିତି ସ୍ୱର୍ଗ ସୁଖ ଖସି ପଡ଼ିଲା। ଭୋରୁ ପାଞ୍ଚଟାରୁ ଘରୁ ବାହାରି ସଂଧ୍ୟାକୁ ଫେରିବା ବେଳକୁ ଯେଉଁ କ୍ଳାନ୍ତି ଅବସାଦ ସେ ଏକଦା ଅନୁଭବ କରୁଥିଲା, ତାହା ଯେମିତି ମିଳେଇ ଗଲା। ଭାରି ହାଲ୍କା ଲାଗିଲା ତା ଦେହ। ମନ।

ଆଜି ଶୁକ ମହାକୁଡ଼ ଭାବୁଛି ଏଇ ଗୋଟିଏ ବର୍ଷ ଭିତରେ ଏତେ ସୁଖର ଲହଡ଼ି କେମିତି ଶୂନ୍ୟରେ ମିଳେଇ ଗଲା ଯେ ? ସେ ପୁଣି ପାଲଟି ଗଲା ନିସଙ୍ଗ। ଏକା ଏକା। ଗୋଟେ ବ୍ୟର୍ଥ ପୁରୁଷ।

ବୋହୂ ଅଷ୍ଟମଙ୍ଗଳାକୁ ଯାହା ଥରେ ବାପ ଘରକୁ ଯାଇଥିଲା। ଗୋଟିଏ ବର୍ଷ ଭିତରେ ଆଉ ଯାଇନି। କେତେଥର ସମୁଦି, ସମୁଦୁଣୀ କହିଲେଣି। ଶୁକ କହିଲେ ବି ବୋହୂ ଯିବାକୁ ରାଜିନୁହେଁ। କାରଣ ସେ କହେ ବାପାଙ୍କୁ ଏକା ଛାଡ଼ି ଯାଇ ପାରିବିନି।' ଥରେ ସମୁଦି ଏତେ ବ୍ୟସ୍ତ କଲେ ଯେ, ତାଙ୍କ ଘରକୁ ବି ଚାଲିଆସିଲେ। ଏକା ଜିଦ୍ ଝିଅକୁ ସାଙ୍ଗରେ ନେବେ। କୋଉ ଝିଅ ବର୍ଷେ ହେଲା ବାପଘରକୁ ଯାଏନା। ସେ ପରୋକ୍ଷରେ ଶୁକ ମହାକୁଡ଼କୁ ହିଁ ଦାୟୀ କଲେ। ତାଙ୍କର ଧାରଣା ବୋଧେ ଶଶୁରବୁଢ଼ା ପଠାଇବାକୁ ନାରାଜ। ସେଥିପାଇଁ ଜିଦ୍ ଧରିଲେ ଝିଅକୁ ଯା ହେଲେ ସାଙ୍ଗରେ ନେବେ। ଶୁକ ବୋହୂକୁ ବୁଝେଇ ସୁଝେଇ ବାପାସାଂଗରେ ପଠେଇ ଦେଲା। ବୋଧହୁଏ ସେ ଦିନଟା ଶୁକ ମହାକୁଡ଼ର ଆନନ୍ଦର ଶେଷଦିନ ଥିଲା। ସେ କଣ ଜାଣିଥିଲା ଏମିତି ନିରୀହ ମଣିଷଟା ହଠାତ୍ ଦୋଷୀ ପାଲଟି ଯାଇ ଦଣ୍ଡ ପାଇବ ବୋଲି ? ବୋହୂ ପ୍ରାୟ ପାଖାପାଖି ମାସେ ପରେ ଘରକୁ ଫେରିଲା। ବାପ ଘରୁ ଫେରିଲା ପରେ ଘର କାମ କରିବା ସହିତ ଶୁକର ଖବର ବୁଝୁଥିଲା ଯେ, ହେଲେ ଆଗଭଳି ନଥିଲା। କେବଳ କରିବାକୁ ହବ ବୋଲି କରୁଥିଲା।

ସେଦିନ ପୁଅ ଘରକୁ ଆସିଥାଏ। ଦି'ଦିନ ଖଣ୍ଡ ପରେ, ବୋହୂ କହିଲା; "ବାପା ! ମୁଁ ତାଙ୍କ ସାଂଗରେ ଏଥର ଯିବି। ସେ ସିନା କହୁ ନାହାନ୍ତି, ହେଲେ ଖାଇବା ପିଇବା ପାଇଁ ଭାରି ହଇରାଣ ହଉଚନ୍ତି। ସବୁଦିନେ ହୋଟେଲରେ ଖାଇବା ଦ୍ୱାରା ତାଙ୍କ ଦେହ ଖରାପ ହଉଚି।"

ଶୁକ ଏକଥା ଶୁଣି ଭାବିଲା, ଯେଉଁ ବୋହୂ ବାପ ଘରକୁ ଯିବାକୁ ରାଜି ହଉନଥିଲା

ଆଜି ହଠାତ୍ କଣ ଏତେବାଟ ଯିବାକୁ ବାହାରିଛି ? ଶୁକ ମନା କରି ପାରିଲାନି। ପୁଅକୁ ବାହା କରେଇଛି। ସେମାନେ ସୁଖରେ ରହିଲେ ସେ ସୁଖି। ତାଙ୍କ ସୁଖରେ ସେ କାହିଁକି ବାଧା ଦେବ। ତେଣୁ ଶୁକ ମୁହୂର୍ତ୍ତେ ବିଳମ୍ବ ନକରି କହିଲା ଏ ତ ବହୁତ ଖୁସିର କଥା ବୋହୂ। ମୁଁ ତ ଚାହୁଁଥିଲି ସେୟା। ଯା' କିଛି ଦିନ ରହି ପୁଣି ଫେରି ଆସିବୁ। ସଂଜକୁ ପୁଅ ଆସି କହିଲା 'ଶୁଣ ବାପା ସେ ଯଦି ମୋ ସାଙ୍ଗରେ ଯିବ ତାହେଲେ ତମେ ମଧ ଯିବ। ତମେ କେମିତି ଏକା ଚଳିବ ଯେ ? ହାତରେ ରୋଷେଇ କରି ଖାଇବା ତ ତମେ ବର୍ଷେ ହେଲା ଛାଡ଼ି ଦେଲଣି। ଅସୁବିଧା ନିଶ୍ଚୟ ହେବ। ତେଣୁ ଘରେ ତାଲା ପକେଇ ମଙ୍ଗୁଦାଦାଙ୍କୁ ଦେଇ ମୋ ସାଙ୍ଗରେ ଯିବାକୁ ହବ।

ଶୁକ ମଳିଚିଆ ହସଟିଏ ହସିଲା। କହିଲା ଶୁଣ୍, ତୁ ବୋହୂକୁ ନେଇ ଆଗ ଯା', ତା'ପରେ ମୁଁ ସୁବିଧା ହେଲେ ଯାଇ ବୁଲି ଆସିବି।

ପୁଅବୋହୂ ଗାଆଁ ଛାଡ଼ିଥିଲେ।

ଶୁକ ପାଣୁ ନନା ଦୋକାନ ପାଖକୁ ଭୋରୁ ସେମାନଙ୍କ ସାଙ୍ଗରେ ଆସିଥିଲା। ତଟକା ଛେନାଗଜା କିଲେ କିଣି ସେମାନଙ୍କୁ ଦେଲା। ବସ୍ ଚାଲିଗଲା ଶୁକ ଆଖିର ବହୁଦୂରକୁ। କେଜାଣି କାହିଁକି ଦି'ଟୋପା ଲୁହ ଅଜାଣତରେ ତା'ଆଖିରୁ ବୋହି ପଡ଼ିଲା। ତାଙ୍କୁ ବିଦାୟ ଦେଇ ନୁହେଁ, ପଛ କଥାକୁ ମନେପକାଇ। ତରତରରେ ଗାଲ ଉପରୁ ଲୁହ ବିନ୍ଦୁକୁ ପୋଛି ଦେଲା ଶୁକ। କାଳେ ସେମାନଙ୍କର ଅମଙ୍ଗଳ ହେବ। ହାତ ଯୋଡ଼ି ଠାକୁରାଣୀଙ୍କୁ ଦଣ୍ଡବତ କଲା। ସେମାନଙ୍କର ମଙ୍ଗଳ ହେଉ। ସେମାନେ ଭଲରେ ଥାଆନ୍ତୁ।

ମଝିରେ ମଝିରେ ପାଣିନନା ପଚାରେ ଶୁକକୁ ପୁଅବୋହୂ ଫୋନ୍ ଆଉ କୋଉଠିକି କରୁଛନ୍ତି କି ? କାହିଁ ମୋ ପାଖକୁ ତ ଆଉ କରୁନାହାନ୍ତି। ଯାହା ପ୍ରଥମ ପ୍ରଥମ ଯିବାରେ କେଇ ଦିନ କରିଥିଲା। ଏତକ କହୁ କହୁ ଗୁଲୁଗୁଲା ଘୁଘୁନି ଶୁକ ହାତକୁ ବଢ଼ାଏ ପାଣୁନନା। ଶୁକ ପାଖରେ ଫୋନ୍ ନାହିଁ। ତେଣୁ ସେ କହିଲା ଯାହା କଥାହବ ପାଣୁନନା ଫୋନ୍‌ରେ। ପାଣୁନନା ଏବେ ଯାହା କହୁଛି ତା ସତ। ଆଉ କେହି ଫୋନ୍ କରି ନାହାନ୍ତି।

"ହଁ ପାଣୁନନା, ପୁଅର ଯେଉଁ ସାଙ୍ଗ ନାହିଁ? ରାଜୀବ ସେ ତା ପାଖକୁ ବେଳେବେଳେ ଖବର ଦେଇଦିଏ।" ପାଣୁନନା ଜାଣେ ଶୁକ ମିଛ କହୁଛି। ତେଣୁ ସେ ଖାଲି ସାନ୍ତ୍ୱନାରେ ହଉ କହେ।

ସେମାନେ ଯିବାର ପ୍ରାୟ ଛ'ମାସ ପରେ ପୁଅ ଆସିଥିଲା ଗାଆଁକୁ। ପ୍ରଥମ ପହଚିଥିଲା ତା' ଶ୍ୱଶୁର ଘରେ। ପରଦିନ ସକାଳୁ ଆସିଲା ଶୁକ ପାଖକୁ। ଶୁକ ପୁଅ ଦେଖି ଭାରି ଖୁସି ହେଲା। ହେଲେ ଭାଂଗିଗଲା ତା ମନ, ସେ ଆଗ ତା ବାପ ପାଖକୁ

ନଆସି ଶଶୁର ପାଖକୁ ଗଲା। ହଉ ହଉ ଆସିଥିଲୁ କାହିଁକି- ଶୁକ ସ୍ୱାଭାବିକ ସ୍ୱରରେ ପଚାରିଲା।

ପୁଅ କହିଲା- 'ନାଇଁମ ବାପା ମୋର କଣ ଏବେ ଆସିବାର ଥିଲା, ତରମ ଗୋଟେ ଖେଳଣା ଆସିବ ତ ସେଥିପାଇଁ ଶାଶୁଙ୍କୁ ନବାକୁ ଆସିଛି।'

ଏତେ ଶୋଚନାରେ ବି ଶୁକ ଛାତି ଭିତର କେମିତି ଉଲୁସି ଉଠିଲା। ଭାରି ଖୁସି ହେଲା। ହଉ ହଉ ଠାକୁର ତାକୁ ଭଲରେ ଆଣନ୍ତୁ। ଶାଶୁଙ୍କୁ ନବାକୁ ଆସିଛୁ ଭଲ କଲୁ। ବୋହୂଟା ନହେଲେ ହଇରାଣ ହେବ। ତୋ ମା'ସିନା ଥିଲେ ଯାଇଥାନ୍ତା।- ଏକ ଅବ୍ୟକ୍ତ କୋହରେ ଶୁକ ସ୍ୱର ବନ୍ଦ ହେଇଗଲା।

ଗୋଟିଏ ମାସପରେ ଶୁକ ଭାବିଲା ଆରେ ତା' ଶାଶୁଥିଲେ ସାଦ ଖୁଆଇଥାନ୍ତା। ତେବେ କିଛି କଥା ନାହିଁ। ମୁଁ ଅଛି ନା। ମୋତେ ସାଦ ନେଇ ଯିବାକୁ ହବ।

ଶୁକ ସଂଜ ପହରେ ପାଣ୍ଡୁନନାକୁ ଛେନା ଦେଲାବେଳେ କହିଲା- 'ବୁଝିଲ ନନା ଚାରିପାଞ୍ଚଦିନ ପାଇଁ ମୁଁ ରହିବିନି। ପୁଅ ପାଖକୁ ଟିକେ ଯିବି। କାହିଁକି ଯିବି ଜାଣିଚ ? ମୋର ନାତି ଖେଳଣା ଆସିବ। ସାଦ ନେଇ ଯିବିନି ? ତମେ ବ୍ୟସ୍ତ ହବନି। ଏଇ କେଇଦିନ ମଂଗୁଳି ଚଳେଇବ। ସେ ରାଜି ଅଛି। ହଁ କାଲି ସକାଳେ ବସ୍‌ରେ ଗଲାବେଳେ ଲବଙ୍ଗୀ, ଗଜା, ମିଠା, କାକରା, ଏମିତି କିଛି ଦବ। ମୁଁ ଆସିଲେ ପଇସାରୁ କାଟିଦେବିନି ? ପାଣ୍ଡୁନନା ସମ୍ମତିର ମୁଣ୍ଡ ଟୁଙ୍ଗାରିଲା।

ଶୁକ ଗଲା ପୁଅ ପାଖକୁ। ବସ୍‌ରେ ଚଢ଼ି। ଏ ସବୁ ମିଠା ତା ସାଙ୍ଗରେ ନେଲା। ତା'ଇଚ୍ଛା ନିଜେ ବୋହୂକୁ ଖୋଇଦବ। ଯାହା ତା' ଶାଶୁ କରିଥାନ୍ତା। ବେଶୀଦିନ ତ ରିହପାରିବିନି। ପୁଣି ଖେଳଣା ଆସିଲେ ଖେଳିବାକୁ ଯିବ। କେବଳ ଖୁସି ଆଉ ଖୁସିରେ ପେଟ ଭରି ଯାଉଥାଏ ଶୁକର।

ଶୁକ ଯେଉଁଦିନ ଗଲା; ଠିକ୍ ତା'ପରଦିନ ପାଣ୍ଡୁନନା ଦୋକାନକୁ ଆସିଲା। ପାଣ୍ଡୁନନା ଦେଖି ଆଶ୍ଚର୍ଯ୍ୟ ହେଲା। ଶୁକ ପରା ପାଞ୍ଚଦିନ ପରେ ଆସିଥାନ୍ତା। ନା ଅଧାବାଟରୁ ଫେରି ଆସିଲା। ହାତରେ ତ ସେଇ ବ୍ୟାଗ୍। ତାହେଲେ ଯାଇନି ବୋଧେ।

ପାଣ୍ଡୁନନା ପଚାରିଲା- ତୁ ଗଲୁନି କିରେ ଶୁକ ?

ଶୁକ ଖାଲି ହଁ ସୂଚନାରେ ମୁଣ୍ଡ ହଲେଇଲା।

ଆଉ ତାହେଲେ ପଳେଇ ଆସିଲୁ କଣ ? ତୋ' ପୁଅ କଣ ଆମ ପାଇଁ ଦେଇଚି କିରେ ? ମୁଁ ପରା ଜାଣେ ତୁ ତୋ' କାମ ଛାଡ଼ି ରହି ପାରିବୁନି।

ପାଣ୍ଡୁନନା ଏତେ କଥା କହିଲା ସିନା-ଶୁକ କିଛି କହିଲାନି।

କେବଳ ବ୍ୟାଗ୍ ଖୋଲି ତଳେ ଅଜାଡ଼ି ଦେଲା।

ପାଣ୍ଡୁନନା ଦେଖିଲା - ଆରେ ଏ ତ ଏଠୁ ଯାହା ନେଇଥିଲା ସେୟା ? ତା'ମାନେ ସେମାନେ କଣ ରଖିଲେନି ।

ପାଣ୍ଡୁନନା ପଚାରିଲା-ଏ କଣ ଶୁକ ? କଣ ଫେରେଇ ଆଣିଲୁ ? ସେମାନେ ରଖିଲେନି କି ?

'ଶୁକ କହିଲା- ଏ ଗୁଡ଼ା ଖାଇଲେ ବୋହୂର ଦେହ ଖରାପ ହେବ । ଛୁଆର ଅସୁବିଧା ହେବ ।' ଏଇକଥା ପଦକ କହିଲାବେଳେ ଶୁକ ଆଖିରୁ ଲୁହ ଜକେଇ ଆସୁଥିବାର ପାଣ୍ଡୁନନା ଦେଖିଲା ।

ଗୋଟେ ନାଟକର ଶେଷ ଦୃଶ୍ୟ

ନାଟକର ଶେଷଦୃଶ୍ୟ ନଦେଖିଲା ପର୍ଯ୍ୟନ୍ତ ମୁଁ କୁଆଡ଼େ ବି ଯିବି ନାହିଁ। କାହାଣୀଟି ଯେତେବେଳେ ଏତେବାଟ ଆଗେଇ ଆସିଲାଣି, ତାର ଶେଷ ପରିଣତି ନ ଜାଣିଲେ ଗୋଟେ ଅବଶୋଷ ରହିଯିବ। ତମେ ବରଂ ଯାଅ, ମୁଁ ନାଟକ ସରିଲେ ଯିବି।

ସୁନନ୍ଦା ସଂଜୟଙ୍କ ଉପରେ ଟିକେ ଚିଡ଼ିଗଲେ।

ନାଟକର କ୍ଲାଇମାକ୍ସ ରୁ ତ ଜଣାପଡ଼ିଲାଣି- ନାଟକର ଗତି କଣ ହେବ। ପୁଣି ଅପେକ୍ଷା କାହିଁକି ? ଶୀଘ୍ରଗଲେ ମତେ ପୁଣି ସକାଳୁ ଟୁର୍‌ରେ ଯିବାର ଅଛି ନା। ସେଥିପାଇଁ କହୁଥିଲି ଏବେ ଯିବା। ସଂଜୟ କହିଲେ।

ତା ହେଲେ ଠିକ୍ ଅଛି ତମେ ଯାଅ। ମୁଁ ପଛରେ ଯିବି। ନାଟକ କଣ ରାତି ପାହିଯାଉଛି ଯେ ତମେ ସକାଳୁ ଯାଇପାରିବନି। ବାରଟା ଭିତରେ ସରିଯିବ। ଏମିତି ତ ସବୁଦିନେ ଖାଇପି' ଶୋଇଲା ବେଳକୁ ରାତି ବାରଟା ହେଉଛି। ଏଥିରେ ଏତେ ବ୍ୟସ୍ତ। ଏମିତି ଲୋକ ସାଙ୍ଗରେ ଯମା ଆସିବା କଥା ନୁହେଁ।

ସଂଜୟ ଏଥର ନିରବ ରହିଲେ।

ଏ ନାଟକର କୌଣସି ଦୃଶ୍ୟକୁ ସେ ଯେମିତି ଉପଭୋଗ କରି ପାରୁନାହାନ୍ତି। ଏ ନାଟକଟିକୁ ଯିଏ ଲେଖିଛନ୍ତି ଓ ଯେଉଁ ସଂସ୍ଥା ପରିବେଷଣ କରୁଛି ସେମାନଙ୍କ ସହ ସଂଜୟଙ୍କର ବଂଧୁତା। ସେମାନେ ଦୁଇଟି ଦେଇଥିଲେ ଓ ଅନୁରୋଧ କରିଥିଲେ ଯିବା ଲାଗି। ବିଶେଷ କରି ଏ ନାଟକର ଲେଖକ ଓ ନିର୍ଦ୍ଦେଶକ ଅରୂପ ବାନାର୍ଜୀ ଖୁବ୍ ବାଧ୍ୟ କରିଥିଲେ। ତାର କାରଣ ସଂଜୟ ତାଙ୍କର ଜଣେ ମୁଗ୍ଧ ପ୍ରଶଂସକ। ତାଙ୍କ ମୁହଁରୁ ଯଦି ନାଟକର କାହାଣୀଟି ଭଲ ହୋଇଛି ବୋଲି ଶୁଣନ୍ତି, ସେ ଖୁବ୍ ଖୁସି ହେବେ। ସେଥିପାଇଁ ସଂଜୟ ନାଟକ ଦେଖିବାକୁ ଆସିଥିଲେ। ଅନେକ ଦିନ ତଳେ ଅରୂପ ବାବୁଙ୍କର ଗୋଟେ

ନାଟକ 'ଶତାବ୍ଦୀର ମୋହଭଂଗ' ସେ ଦେଖିଥିଲେ। ଖୁବ୍ ଭଲ ଲାଗିଥିଲା ଓ ସେ ଲେଖାଟି ରାଜ୍ୟସ୍ତରୀୟ ନାଟ୍ୟଉତ୍ସବରେ ଶ୍ରେଷ୍ଠ ଲେଖାଭାବେ ବିବେଚିତ ହୋଇଥିଲା ମଧ୍ୟ। ସେ ନାଟକରେ ଏକ ଅଲଗା ଢଂଗ ଥିଲା। ଡିଲେମା ତ ଥିଲା ନିଶ୍ଚୟ ପାଠକୀୟ ଉତ୍କଣ୍ଠା ଟି ବେଶି ଥିଲା। ଏ ନାଟକରେ ଯେ ନାହିଁ ତା'ବି ନୁହେଁ। ଖୁବ୍ ଡିଲେମା ଅଛି। ସସ୍‌ପେନ୍‌ସ ମଧ୍ୟ ଅଛି। ସେଥିପାଇଁ ତ ସୁନନ୍ଦା ଯାଇପାରୁ ନାହାନ୍ତି।

ସଂଜୟ ନାଟକଟିକୁ ଦେଖି ବିବ୍ରତ ହୋଇପଡୁଥିଲେ। ହେ- ଏ କୋଉ ନୂଆ କଥା ଯେ? ଏବେ ତ ସବୁ ଜାଗାରେ ଏହା ହିଁ ଘଟୁଛି। ଜଣେ ପରିଚିତ ବୟସର ବାପାଟିଏ କେମିତି ଛଟପଟ ହେଉଛି। ରୁଦ୍ଧି ହୋଇଯାଉଛି ସମୟ ଭିତରେ କଣ ନୂଆ କଥା ?

ଇତିହାସର ପୃଷ୍ଠାରେ ତ ପୁଣି ଅଜାତଶତ୍ରୁର ପିତା ବିମ୍ବିସାର କେଉଁ ଏକ ରୁଦ୍ଧ ବନ୍ଦୀଶାଳାରେ ବାହୁକାମୁଡ଼ି ମରି ଯାଇଥିଲେ। ଟୋପାଏ ପାଣି ପାଇଁ। ଏପରି ତ ଘଟଣା ଘଟୁଛି କୋଉ କାଳରୁ। ସଂଜୟ କାହା ଉପରେ ବିରକ୍ତ ହେଉଥିଲେ। ସେ ଜାଣିନାହାନ୍ତି। ନାଟକର ଅରୂପ ବାନାର୍ଜୀଙ୍କ ଉପରେ ? ନା ସୁନନ୍ଦାଙ୍କ ଉପରେ ? ନା ନିଜ ଉପରେ ?

ପ୍ରେକ୍ଷାଳୟରେ ଦର୍ଶକମାନେ ବେଶ୍ ମୁଗ୍ଧ। ନିରବରେ ଯେମିତି ମିଶି ଯାଇଛନ୍ତି କାହାଣୀ ସହିତ। ସୁନନ୍ଦା ସିନା କହୁଛନ୍ତି ତୁମେ ପଳେଇ ଯାଅ, ହେଲେ ସେ କଣ ଜାଣି ପାରୁଛନ୍ତି ସମୟଟା କେତେ ଭୟଙ୍କର। ରାତି ବାରଟାରେ ଏକାଯିବା କେବେ ବି ସମ୍ଭବ ନୁହେଁ। ମହାତ୍ମା ଗାନ୍ଧୀ କୁଆଡ଼େ କହିଥିଲେ ଯେଉଁଦିନ ମଧ୍ୟରାତ୍ରୀରେ ଏକାକୀ ନାରୀ ରାଜରାସ୍ତାରେ ନିର୍ଭରେ ଯାଇପାରିବ ସେଦିନ ହିଁ ଆସିବ ରାମରାଜ୍ୟ। ଏ ପର୍ଯ୍ୟନ୍ତ ତ ତାହା ହୋଇନି କି ହବାର ମଧ୍ୟ ନାହିଁ। ତା'ହେଲେ ସୁନନ୍ଦା ଯିବେ କେମିତି ? ଯାହେଲେ ବି ଅପେକ୍ଷା କରିବାକୁ ପଡ଼ିବ।

ସଂଜୟ ସେମିତି ବସିଲେ।

ମଂଚ ଆଡ଼କୁ ଚାହିଁଥିଲେ। ଚରିତ୍ରମାନେ କଣ କରୁଛନ୍ତି କି କଣ କହୁଛନ୍ତି ସେଆଡ଼କୁ ନିଘା ନାହିଁ। ଖାଲି ଏମିତି ଅନେଇଛନ୍ତି।

ଗାଆଁ କଥା ଭାରି ମନେ ପଡୁଛି ସଂଜୟଙ୍କର। ବହୁତ ବହୁତ। ବାହାଘର ବର୍ଷେ ଧରିବ। ମ୍ୟାରେଜ ଆନିଭରସରି କରିବେ ବୋଲି ସେମାନେ ଯୋଜନା କରିସାରିଲେଣି। ସୁନନ୍ଦା ତ କେତେ ପ୍ରକାର ଆୟୋଜନ କରିଛନ୍ତି। କେମିତି ହବ ? କେଉଁଠି ହବ ? କେଉଁମାନେ ଆସିବେ ଇତ୍ୟାଦି ଅନେକ କଥା। ଭୋଜିଭାତ, ସାଜସଜା ସେଥିରେ ବି ଅଛି। ସଂଜୟ ସବୁଥିରେ ରାଜି, କାହିଁ କେଜାଣି ସେ ବି ଜାଣି ନାହାନ୍ତି। ସୁନନ୍ଦା ଗୋଟିଏ ଜାଗାରେ ତାଙ୍କୁ ପିନ୍ କରନ୍ତି ତୁମେ ଜଣେ ଓଡ଼ିଶା ସରକାରଙ୍କର ଭଲ

ପଦବୀଧାରୀ ଅଫିସର। ସବୁକଥା ସେ ଅନୁସାରେ ହବା ଦର୍କାର। କାରଣ ସେମାନେ ଅନ୍ୟମାନଙ୍କର ବିଭିନ୍ନ ଉତ୍ସବରେ ଯାଉଛନ୍ତି। ସେଭଳି ଷ୍ଟାଟସ୍ ମେଣ୍ଟନ୍ କରିବାକୁ ହେବ।

ସୁନନ୍ଦା କଲେଜର ଅଧ୍ୟାପିକା।

କଲେଜର ସେ ବହୁ ସମ୍ମାନର ଅଧିକାରିଣୀ।

ତାଙ୍କର ସିନିୟରମାନେ ମଧ୍ୟ ତାଙ୍କୁ ଯଥେଷ୍ଟ ସମ୍ମାନ କରନ୍ତି। ଏପରିକି ପ୍ରିନ୍‌ସପାଲ ମଧ୍ୟ। ତାର କାରଣ ଗୋଟିଏ। ଭଲ ଅଧ୍ୟାପିକା ପାଇଁ ନୁହେଁ। କର୍ତ୍ତବ୍ୟପରାୟଣତା ପାଇଁ ନୁହେଁ ବା ନୁହେଁ ଏକ ଆଦର୍ଶ ନୀତିବାଦୀ ବୋଲି। କେବଳ ସେ ହେଉଛନ୍ତି ଶିକ୍ଷାସଚିବ ସଂଜୟ ମାଲହୋତ୍ରାଙ୍କ ସ୍ତ୍ରୀ। ସୁନନ୍ଦା ମାଲହୋତ୍ରା। ତେଣୁଉ ତାଙ୍କର ଇଚ୍ଛା ସବୁ ସେଭଳି ହବା ଦର୍କାର ଓ ସଂଜୟ ତାକୁ ମାନିବାକୁ ବାଧ୍ୟ।

ସଂଜୟ କିନ୍ତୁ ଏ ଦିଗରୁ ଯଥେଷ୍ଟ ଭିନ୍ନ। ସୁନନ୍ଦାଙ୍କର ଠିକ୍ ବିପରୀତ। ଏ ସବୁଥିରେ ଇଚ୍ଛା ନଥିଲେ ବି ତାକୁ କରିବାକୁ ହୁଏ। ନାଟକ ଦେଖିବାର ତାଙ୍କର ଖାସ୍ ସଉକ ନଥିଲେ ବି ରୁଚି ଯେ ନାହିଁ ଏକଥା ମଧ୍ୟ କହିହବନି। ଯେତେବେଳେ ତାଙ୍କୁ ସମ୍ମାନ ଦୃଷ୍ଟିରୁ କିଛି ବନ୍ଧୁ ଦୁଇଟି ଟିକେଟ୍ ଦେଇଥିଲେ ସେଥିପାଇଁ ଆସିଥିଲେ। ସୁନନ୍ଦା ତ ରାଜି ନଥିଲେ। 'କଣ ତୁମର ତଳ କର୍ମଚାରୀମାନେ ତାଙ୍କ ନାଟ୍ୟସଂସ୍ଥାରେ ଗୋଟେ ନାଟକ କରୁଛନ୍ତି ତାକୁ ଆମେ ଦେଖିବାକୁ ଯିବା। ଭଲ ଲାଗିବନି। ଯଦି ଆମର କେହି ଷ୍ଟାଫ୍ ଆସିଥିବେ, ଆମେ ଶସ୍ତା ହୋଇଯିବା- ସୁନନ୍ଦାଙ୍କର ଯୁକ୍ତି ଥିଲା। ତଥାପି ସଂଜୟଙ୍କ କଥା ରଖି ସେ ନାଟକ ଦେଖିବାକୁ ଆସିଥିଲେ। ନାଟକ ଟି କଣ ଏମିତି ଲାଗିଲା ଯେ ଯିବାକୁ ମନ କରୁନାହାନ୍ତି। ଆସିଲାବେଳେ କିନ୍ତୁ ସେ କହିଥିଲେ 'କହୁଛ ଯଦି ଯିବା ! ବୋର୍ ହେବା ପୂର୍ବରୁ ଶୀଘ୍ର ପଳେଇ ଆସିବା।'

ସଂଜୟ ହଁ ଭରିଥିଲେ।

ଏଇ ହଉଛନ୍ତି ସେଇ ସୁନନ୍ଦା। ସୁନନ୍ଦା ମାଲହୋତ୍ରା। ଅଧ୍ୟାପିକା। ସଂଜୟ ମାଲହୋତ୍ରା ଆଇ.ଏ.ଏସ୍. ଅଫିସରଙ୍କର ସ୍ତ୍ରୀ।

ବିବାହ ପରେ ବୋଧେ ଆଠଦିନ ଘରେ ରହିଥିଲେ। ସଂଜୟ ଆସିଲେ ତ ସେ ଆସିଲେ ତାଙ୍କର କିନ୍ତୁ ଛୁଟି ଅଧିକାଥିଲା। ମାତ୍ର ସେ ରହିବାକୁ ରାଜି ହେଲେନି। ସଂଜୟଙ୍କ ସହ ଭୁବନେଶ୍ୱର ପଳେଇ ଆସିଥିଲେ। ତା'ପରେ ବି ଟ୍ରାନ୍‌ସଫର ହୋଇ ସୁନନ୍ଦା ଭୁବନେଶ୍ୱରରେ ଏକ ସରକାରୀ କଲେଜରେ ଜଏନ୍ କରିଥିଲେ।

ସେ ଦିନୁ ସଂଜୟ ଆଉ ଗାଆଁକୁ ଯାଇନାହାନ୍ତି।

ବାପାବୋଉଙ୍କୁ ଦେଖିବାର ଭାରି ଇଚ୍ଛା ହଉଛି ଆଜି।

ନାଟକଟିକୁ ଦେଖି ସହି ପାରୁନାହାନ୍ତି କାହିଁକି ? କେତେବେଳେ ସରିବ

କେଜାଣି ? ସୁନନ୍ଦା ଖାଲି କହୁଛନ୍ତି ଶେଷଦୃଶ୍ୟ ସରୁ ଯିବା । ଆରେ ବାବୁ ଶେଷଦୃଶ୍ୟର ଘଟଣା କଣ ହେବ ଏବେ ତ ତାହା ଜଳ ଜଳ ଦିଶୁଛି । ହୁଏତ ସେହି ଅସହାୟ ବୃଦ୍ଧଟି ଘର ଛାଡ଼ି ଦେଇପାରେ ବା ତା' ପୁଅକୁ ଗ୍ରହଣ ନକରିପାରେ । ନା ଆଉ କଣ ହେବ ।

ସଂଜୟ ଅସ୍ଥିର ହୋଇଉଠିଲେ । ସିଟ୍ ଛାଡ଼ି ପଦାକୁ ଆସିଲେ । ଟିକେ ବୁଲି ଆସିଲେ ଭଲ ଲାଗିବ । ବିସ୍ମୟ ଆଉ ଅଧଘଣ୍ଟେ କି କୋଡ଼ିଏ ମିନିଟ୍ ଖୁବ୍ କମ୍‌ରେ ଯିବ ।

ସଂଜୟ ପଦାକୁ ଆସି ସେମିତି ଠିଆହେଲେ ।

ଅକସ୍ମାତ୍ ଦେଖାହେଲା ନାଟକର ଅରୂପବାନାର୍ଜୀ । ସାର୍ ଆପଣ କଣ ପଦାରେ ? କଣ ନାଟକ ଭଲ ଲାଗୁନି ? କେଉଁଟା ଭଲ ଲାଗୁନି ? କାହାଣୀ ନା ନିର୍ଦ୍ଦେଶନା ? ନା ଚରିତ୍ରମାନଙ୍କର ପରିବେଶଣ ଶୈଳୀ ? କେଉଁଟା ? ସଂଜୟ କହିଲେ- ଆରେ ଆରେ ବାନାର୍ଜୀବାବୁ କଂଗ୍ରାଚୁଲେସନସ୍ । ଚମତ୍କାର ନାଟକ । ଭାରି ମନଛୁଆଁ । କାହାଣୀ ନିର୍ଦ୍ଦେଶନା ଉଭୟ ଅତି ଉଚ୍ଚମାନର । ଅଭିନେତାମାନଙ୍କର ଅଭିନୟ ମଧ୍ୟ ଭଲ । ବାନାର୍ଜୀବାବୁ ଖୁସି ହେଲେ । ହେଲେ ସେ ବୁଝି ପାରିଲେନି ଯେ ନାଟକଟି ଯଦି ଏତେ ଭଲ ଲାଗୁଛି, ତା'ହେଲେ ସଂଜୟ ସାର୍ ହଲ ଛାଡ଼ି ପଳେଇ ଆସିଲେ କାହିଁକି ? ତେବେ ଠିକ୍ ଅଛି ଏମିତି ବି ହୋଇପାରେ କର୍ମବ୍ୟସ୍ତ ମଣିଷ ଅନ୍ତତଃ ଦୁଇଘଣ୍ଟା ଏଠି ଦବା ଅଡୁଆ ଲାଗିପାରୁଥାଏ । ତାହେଲେ ଆପଣ ଏଠି ?- ବାନାର୍ଜୀ ବାବୁଙ୍କ ପ୍ରଶ୍ନ ।

ଏମିତି ଟିକେ ବୁଲି ଆସିଲି । ମିସେସ୍ ତ ପୁରା ମଜି ଯାଇଛନ୍ତି । ମୁଁ ପୁଣି ଏବେ ଦେଖିବାକୁ ଯିବି । ସଂଜୟଙ୍କ ସ୍ୱଗତୋକ୍ତି- ବାନାର୍ଜୀବାବୁଙ୍କ ମନକୁ ପାଇଲା କି ନାହିଁ କେଜାଣି । ଖୁବ୍ ବ୍ୟସ୍ତତା ଭିତରେ କହିଲେ ମୁଁ ଆସୁଛି ସାର୍ । ଆପଣ ଆସନ୍ତୁ ଅନ୍ତତଃ ନାଟକର ଶେଷଦୃଶ୍ୟ ଟି ଦେଖିଯାଆନ୍ତୁ । ଭଲ ଲାଗିବ ।

କଣ ଅଛି ଶେଷଦୃଶ୍ୟରେ ।

ସଂଜୟ ବି କିଛି ବୁଝିପାରୁନଥିଲେ ।

ଜଣେ ସାଧାରଣ ଶିକ୍ଷକଟିଏ-କେତେ କଷ୍ଟରେ ନିଜର ପିଲାମାନଙ୍କୁ ମଣିଷ କରିଛନ୍ତି । ସବୁ କଷ୍ଟକୁ ନିଜର କରି ଖୁସିବାଣ୍ଟିବାରେ କେତେ ଯେ ଆଗୁଆ-କିଏ ବୁଝିବ । ସେଦିନର ସେଇ ମଣିଷଟି ଯେତେବେଳେ ମଣିଷ କରିଥିବା ପିଲାଙ୍କୁ ଆଉ ପାଖରେ ପାଉନି, କେତେ ଅସହାୟ ସେ ? ଯେଉଁ ବିଛଣାରେ ଶୋଇ ସ୍ୱପ୍ନ ଦେଖିଥିବା ସେ ଗାଉଁଲି ମଣିଷଟି, ଅଜଣାତରେ ବିଭୋର ହୋଇପଡ଼େ, ସେଇ ବିଛଣାରେ ଶୋଇ ସେ ଯଦି ବିଳାପ କରେ ? କଣ ହେବ ତାହେଲେ ? କଣ ହେବ ଶେଷ ପରିଣତି ।

ବିଚରା ବୁଢ଼ାଟି ତାହାର କୋଟରଗତ ଆଖିରୁ ଲୁହ ନିଜର ମଇଳା ଲୁଗାକାନିରେ

ପୋଛୁଥିବ ସିନା ଆଉ କେହି ପାଖରେ ନଥିବେ। ନା ପୁଅ ନା ଝିଅ କେହିନୁହେଁ।

ଦେଖ ସୁନନ୍ଦା ମୋର ଗୋଟେ ଅର୍ଜେଣ୍ଟ କଲ୍ ଆସିଲାଣି। ଏଜୁକେଶନ୍ ମିନିଷ୍ଟରଙ୍କ ପାଖକୁ କିଛି ଡାଟା ମେଲ୍ କରିବାକୁ ହେବ। ମୋ ଷ୍ଟେନୋ ବ୍ୟସ୍ତ ହଉଛନ୍ତି। ତୁମେ ଆସ ଯିବା। ସଂଜୟ କହିଲେ।

ଆଚ୍ଛା କଥା। ମଣିଷ ଜୀବନର କଣ କିଛି ସଉକ ନାହିଁ। କାଲି ଅଫିସ୍ କାମ। ତୁମେ ଚୁପଚାପ୍ ବସ। କାହାକୁ କିଛି ଉତ୍ତର ଦିଅନା। ଆଉ ଦଶମିନିଟରେ ସରିଯିବ ଆମେ ଯିବା। ଗଲେ ତମେ ରାତିସାରା ଯାହା କରିବାର କଥା କରିବ। ଏଇ ଏକା ଦେଶକୁ ମୁଣ୍ଡେଇଛନ୍ତି। ସୁନନ୍ଦା ଗରଗର ହୋଇ କହିଲେ।

ସଂଜୟ ଚୁପ୍ ହୋଇଗଲେ।

ଠିକ୍ ଅଛି କଣ ହେଉଛି ହେଉ। ତାହା ଦେଖିବାର ଅଛି। ସ୍କୁଲରେ ପାଠ ପଢ଼ିଲାବେଳେ ଥରେ ଗାଆଁରେ ହେଉଥିବା ଥିଏଟର ଦେଖିବାକୁ ଯାଇଥିଲେ ସଂଜୟ। ତଳେ ପଡ଼ିଥିବା ଦରି ଉପରେ ବସି- ଅପଲକ ନେତ୍ରରେ ଚାହିଁରହିଥିଲେ ମଂଚକୁ। ତା'ଭିତରେ ହସୁଥିଲେ-କାନ୍ଦୁଥିଲେ ବି। ଏବେ ବି ମନେ ଅଛି ସେ ନାଟକର ଦୃଶ୍ୟସବୁ। ବୋଧହୁଏ ଆଉ କେବେ ଥିଏଟର କି ଯାତ୍ରା କେବେ ଦେଖିନାହାନ୍ତି। ଅବଶ୍ୟ ସିନେମା ଦେଖିଛନ୍ତି। ଆଜି ଦ୍ୱିତୀୟବାର ହିଁ ଏ ନାଟକ ଦେଖୁଛନ୍ତି। ଗାଆଁରେ ଦେଖିଲାବେଳେ ଡ୍ରାମା ସରୁ ସରୁ ରାତି ପାହି ଯାଉଥିଲା। ସକାଳୁ ପାଠ ନପଢ଼ି ଶୋଇଲେ ବାପାଙ୍କର ମାଡ଼। ସାରଙ୍କର ସ୍କୁଲରେ ମାଡ଼। ଭୁଲି ହଉନି ସେ କଥା। ବାପା ସେଦିନ କହିଥିଲେ ଦେଖ୍ ସଂଜି! ଡ୍ରାମା ଦେଖି କଣ ଶିଖିଲୁ? ସଂଜୟ ତୁରନ୍ତ କହିଥିଲେ- କଲେକ୍ଟର ସାହେବ ଗାଆଁକୁ ଆସିଲେ ଗାଆଁଲୋକ ଯେମିତି ଭାରି ସମ୍ମାନ କରୁଥିଲେ। ମୁଁ ସେମିତି ହେବି।

ବାପା ପିଠି ଥାପୁଡ଼େଇ ଖାଲି ହେବି କହିଲେ କଣ ହେବ? ସେମିତି ପାଠ ପଢ଼ିଲେ ହବ ନା? ନାଟକରେ ଯାହାକୁ ତୁ କଲେକ୍ଟର ପୋଷାକରେ ଦେଖିଥିଲୁ ସେ ହଉଛି ସାଧାରଣ ଲୋକଟିଏ। ତୁ ଯଦି ସାଧାରଣ ଲୋକରୁ ଅସାଧାରଣ ହୋଇ ଯିବୁନା? ତାହେଲେ ନାଟକ ଦେଖିବା ସାର୍ଥକ ହେବ। ନାଟରକରେ ଯାହା ଦେଖୁ ତା' ବି ବେଳେବେଳେ ସତ ହୋଇଯାଏ।

ବାପାଙ୍କର ଏଇ କଥା ମନେ ପଡ଼ିଲା ବେଳେ ଚିହିଁକି ଉଠିଲେ ସଂଜୟ। ଏବେ ସେ କଣ କରୁଛନ୍ତି? କଲେକ୍ଟର ନ ହେଲେ ବି ସେଇ ପାହ୍ୟାର ଚାକିରିରେ ଅଛନ୍ତି ସେ। ହେଲେ ବାପା ଖୁସି ଅଛନ୍ତି କି ନାହିଁ ସେ କଥା ସଂଜୟ କଣ ବୁଝିଛନ୍ତି? ବୋଧେ ନୁହେଁ। ବର୍ଷେ ହେଲାଣି ଥରେଟିଏ ମଧ୍ୟ ଗାଆଁକୁ ଯାଇପାରୁନାହାନ୍ତି।

ଗାଆଁମାଟିର ମୋହ ଅଛି କି ନାହିଁ ସେ ତ ଅଲଗା କଥା,ଲ ହେଲେ ଯିଏ ଜନ୍ମଦେଇ ମଣିଷ କରିଛନ୍ତି, ତାଙ୍କ ପ୍ରତି ମୋହ ତ ରହିବା କଥା। ଯାହା ବୋଧେ ସେ କରିପାରିନାହାନ୍ତି। କେଉଁ ମୋହର ସେ ବଶବର୍ତ୍ତୀ ?

ଏଇ ଚାକିରି ମୋହର କିଙ୍କର ନା ପତ୍ନୀ ମୋହର ଦାସ। ସଂଜୟଙ୍କ ଆଖିଆଗରେ ଏହି ପ୍ରଶ୍ନଟି ଠିଆ ହୋଇଥିଲା ଏକ ଅଶରୀର ଆତ୍ମାଭଳି। ତାକୁ ଏଡ଼େଇ ଦେଇ ଯେତେ ନିଜକୁ ଛପେଇବାକୁ ଚେଷ୍ଟା କଲେବି, ସେ ପ୍ରଶ୍ନ ତାଙ୍କୁ ଛାଡ଼ି ପାରୁନି। ଘୁରି ବୁଲୁଛି ଚାରିପଟ। ଅସହାୟ ହୋଇପଡୁଛନ୍ତି ସଂଜୟ।

ସଂଜୟ ଦେଖିଲେ ସୁନନ୍ଦା ଏକ ଲୟରେ ମଂଚଆଡ଼କୁ ଚାହିଁରହିଛନ୍ତି। ସମଗ୍ର ପ୍ରେକ୍ଷାଳୟଟି ଶୂନ୍‌ଶାନ୍‌। ଚୁପ୍‌ଚାପ୍‌ ହୋଇ ଦର୍ଶକ ଉପଭୋଗ କରୁଛନ୍ତି ନାଟକଟିକୁ। ସମସ୍ତେ ଯେତେବେଳେ ବସିଛନ୍ତି ଏକ ତନ୍ମୟତାରେ। ସେ କାହିଁକି ପାରୁନାହାନ୍ତି ଏକ ଦୁର୍ବଳ ମାନସିକତାରେ ସେ ରୁଥିରାକ୍ତ ନୁହଁନ୍ତି ତ ?

ମଂଚର ଲାଇଟ୍‌ କଟ୍‌ ହେଲା। ବୋଧହୁଏ ନାଟକର ଶେଷ ଦୃଶ୍ୟଟି ଆସିବ।

ସଂଜୟ ବି ନିରବି ଗଲେ। ଆତ୍ମବିଳାପରୁ ଓହରିଯାଇ ଚାହିଁଲେ ମଂଚଆଡ଼େ। କ୍ଷୀଣ ଏକ ଆଲୋକରେ ମଂଚଟି ଆଲୋକିତ ହେଲା। ବିଲୁଆ କୁକୁର ଭୁକିବାର ଶବ୍ଦ। ବୋଧହୁଏ ରାତ୍ରିର ଏକ ଦୃଶ୍ୟ। 'ରାମ ନାମ ସତ୍ୟ ହେ'- 'ରାମ ନାମ ସତ୍ୟ ହେ'- ର ଧ୍ୱନି ଆସ୍ତେ ଆସ୍ତେ ମିଳେଇ ଯାଉଛି ମଂଚ ପଛପଟରୁ। ଦର୍ଶକମାନେ ସ୍ତବ୍ଧ।

ସେଇ ଝାପ୍‌ସା ଅଂଧାର ଭିତରେ ସାଇକ୍ଲୋମାରେ ଦେଖାଯାଉଛି ନିଆଁର ଧାସ। ସରିଯାଉଛି ନାଟକଟି ଏଇଠୁ। ସମଗ୍ର ପ୍ରେକ୍ଷାଳୟ ଆଲୋକିତ।

ସଂଜୟ ଅନ୍ୟମାନଙ୍କ ସହ ଉଠି ଠିଆ ହେଲେ ଯିବା ପାଇଁ। ସୁନନ୍ଦା ଠିଆହେଲେ କହିଲେ- 'ଚାଲ ଯିବା। ସଂଜୟ ଲକ୍ଷ୍ୟ କଲେ ସୁନନ୍ଦାଙ୍କ ମୁହଁ ଉଦାସ ଆଉ ଗମ୍ଭୀର ଦେଖାଯାଉଛି। କଣ ପଚାରିବେ ପଚାରିବେ ହେଉଛନ୍ତି- ଅଥଚ ପାରୁନାହାନ୍ତି। ପାର୍କିଂରୁ ଗାଡ଼ିବାହାର କରି ସାରିଲେଣି ଡ୍ରାଇଭର। ଉଭୟ ଗାଡ଼ି ପାଖକୁ ଆସିଲାବେଳେ ଦେଖାହେଲେ ବାନାର୍ଜୀବାବୁ, "ସାର୍‌ ନାଟକଟି କେମିତି ଲାଗିଲାଏ ?ଲେଖା, ନିର୍ଦ୍ଦେଶନା ମଂଚ ସଂଯୋଜନା ସବୁ ଠିକ୍‌ ଅଛି ନା ?"- ପଚାରିଲେ ସେ।

ବାନାର୍ଜୀ ବାବୁଙ୍କ କଥାର କିଛି ଉତ୍ତର ଦେବା ପୂର୍ବରୁ ସଂଜୟ କହିଲେ ସୁନନ୍ଦାଙ୍କୁ- " ଏ ହେଉଛନ୍ତି ଅରୂପ ବାନାର୍ଜୀ। ନାଟ୍ୟ ସ୍ରଷ୍ଟା ଓ ନିର୍ଦ୍ଦେଶକ। ବାନାର୍ଜୀ ବାବୁ ଆଗ ନମସ୍କାର କଲେ। 'ନମସ୍କାର ମ୍ୟାଡ଼ାମ୍‌'। ନାଟକ ଆପଣଙ୍କୁ ଭଲ ଲାଗିଲା ?

ସୁନନ୍ଦା କହିଲେ 'ବହୁତ ଭଲ। ଧନ୍ୟବାଦ ଆପଣଙ୍କୁ'।

ବାନାର୍ଜୀବାବୁ କୃତଜ୍ଞତାରେ ତରଳି ଯାଉଥିଲେ ଯେମିତି ।

ସଂଜୟ ଘରକୁ ଫେରିଲେ । ଚୁପ୍‌ଚାପ୍ । ଗାଡ଼ିରେ ସୁନନ୍ଦାଙ୍କୁ ପଚାରୁଥିଲେ ନାଟକ ବିଷୟରେ । ରିୟଲି ହାଟ୍‌ଟଚ୍ । ନୁହେଁ ? ସୁନନ୍ଦା କାହିଁକି କିଛି କହିପାରୁନାହାନ୍ତି । କଣ ହେଲା ତାଙ୍କର ? ତାଙ୍କ ବାପା-ମା' ତ ଖୁବ୍ ଭଲରେ ଅଛନ୍ତି । ବିବାହ ପରେ ସେ ନିଜେ ଯାଇ ଦୁଇତିନି ଥର ବୁଲି ଆସିଲେଣି । ପୁଣି ଅସୁବିଧା କଣ ?

ବାଥ୍‌ରୁମ୍‌ରୁ ଫେରି-

ଡାଇନିଙ୍ଗ୍ ଟେବୁଲ୍‌ରେ ବସିଲେ ସଂଜୟ । ସୁନନ୍ଦା ଖାଇବାକୁ ବାଢ଼ିଲେ । ତାଙ୍କର ଅଭ୍ୟାସ ପୁଝାରୀ ରୋଷେଇକଲେ ମଧ୍ୟ ସେ ନିଜେ ସଂଜୟଙ୍କୁ ଖାଇବାକୁ ଦିଅନ୍ତି । ସଂଜୟ କହିଲେ 'ଆସ ବସ' ।

ସୁନନ୍ଦା ବସିଲେ ଚୁପ୍ ହୋଇ । ଖାଇବାକୁ ଲାଗିଲେ । ମଝିରେ ପଚାରିଲେ- 'ତୁମର କ'ଣ ଅଫିସରେ ଜରୁରୀ କାମ ଅଛି ? ଛୁଟି ନେଇପାରିବନି ? କାହିଁକି ? କୁଆଡ଼େ ଯିବାର ଅଛିକି ? କାଲି ତ ଛୁଟି ନେଇହବନି, ବରଂ ଆଉ ଦୁଇତିନି ଦିନ ପରେ ରବିବାରକୁ ମିଶାଇ ଗୋଟିଏ ଦିନ ଛୁଟି ନେଇହେବ । କୁହତ କାରଣ କଣ ?- ସଂଜୟ ପଚାରିଲେ ।

ଗାଆଁକୁ ଯାଇଥାନ୍ତେ । ବାପା ବୋଉଙ୍କୁ ଦେଖିଆସିଥାନ୍ତେ । ସାଂଗରେ ନେଇ ଆସିଲେ କିଛିଦିନ ରହିଯାଆନ୍ତେ । ସୁନନ୍ଦା କହିଲେ ଯେମିତି ଏକ କରୁଣସ୍ୱରରେ ।

ତୁମ ଗାଆଁକୁ ?- ସଂଜୟଙ୍କ କଥା ଟାଣ ଲାଗୁଥିଲା ।

ନାଇଁ ନାଇଁ ତୁମ ଗାଆଁକୁ- ଚଟ୍ କରି କହିଲେ ସୁନନ୍ଦା ।

ସଂଜୟ ଭାବୁଥିଲେ- ବାହାଘର ବର୍ଷେ ଧରିଲାଣି- ଗାଆଁକୁ ବାହାରିଲାବେଳେ ସୁନନ୍ଦା କେବେ ମନବଳାନ୍ତିନି କି- ମୁହଁରେ କର୍ତ୍ତବ୍ୟ ଦୃଷ୍ଟିରୁ ବି କୁହନ୍ତିନି । ଆଜି କଣ ଏମିତି ବଦଳିଗଲେ ? ନାଟକଟିକୁ ଦେଖି ନୁହେଁ ତ ? ସଂଜୟ ତ ସେହିକଥା ହିଁ ଚାହୁଁଥିଲେ ଉଭୟଙ୍କ ଚିନ୍ତାଧାରା ଯେମିତି ଏକ ହୋଇଗଲା ।

ମନେ ମନେ ଭାରି ଖୁସି ହେଲେ ସଂଜୟ ।

କେବଳ ଏତିକି କହିଲେ ମୁଁ ଅଫିସ୍ ଯାଇ ଚେଷ୍ଟା କରୁଛି ଖୁବ୍ ଶୀଘ୍ର ଗାଆଁକୁ ଯିବା ପାଇଁ । ସଂଜୟ ଲକ୍ଷ୍ୟ କଲେ ସୁନନ୍ଦାଙ୍କ ମହୁଁରୁ ଭାବ ଯେମିତି ଧିରେ ଧିରେ ପ୍ରସନ୍ନ ହୋଇ ଯାଉଛି ।

■

ବାଟ ଖୋଜା

ସେତେବେଳକୁ ସଂଜ ହୋଇନଥାଏ। ଅଚାନକ ଖରାଦିନିଆ ବର୍ଷାଟା ଘୋଟି ଆସିଲା। ବିଜୁଳି ଘଡ଼ଘଡ଼ି ସହିତ ଝୁଙ୍କା ପବନରେ କିଛି ସମୟ ପାଇଁ ସ୍ତବ୍ଧ କରିଦେଲା ସେ ସମୟକୁ ଏବଂ ସଂଜ ହେବାର ଗୋଟେ ଭ୍ରମ ସୃଷ୍ଟି କଲା। ସେ ସମୟରେ ମୁଁ ସବୁଦିନ ସାଇକେଲ ନେଇ ଏମିତି ବୁଲିବାକୁ ଯାଏ। ହଠାତ୍ ବର୍ଷା ଆସିବାର ସୂଚନା ପାଇଁ ଫେରିଆସିଲି ଅଧାବାଟରୁ। କିନ୍ତୁ ବାଟରେ ଅକସ୍ମାତ ଆରମ୍ଭ ହୋଇଗଲା ବର୍ଷାପବନ। ପଶ୍ଚିମ ଦିଗରେ ଆକାଶରେ ଝୁଲିପଡ଼ିଥିବା ଖଣ୍ଡେ କଳାବାଦଲ, କିଛି ସମୟ ଭିତରେ ଯେମିତି ସାରା ଆକାଶକୁ ଗ୍ରାସ କରିଗଲା। ଛାଇଗଲା ଅନ୍ଧାର ଓ ଶାନ୍ତିଶିଷ୍ଟ ସୁଧାରବାଳକ ବୋଲିଠିଆ ହୋଇଥିବା ଗଛମାନେ ଦୋହଲି ଗଲେ ଉତ୍ତରା ପବନରେ। ଘୋଟିଯାଇଥିବା କଳାବାଦଲ ଭିତରୁ ଝରିଆସିଲା ପବନ ସହ ଦୋଳି ଖେଳି ଖେଳି ବର୍ଷା ଓ ସୁନାର ଲତା ତିଆରି କରି ଝଲସି ଯାଉଥିଲା ବିଜୁଳି। ଆଗକୁ ଯିବାର ବାଟ ମୋର ବନ୍ଦ ହୋଇଗଲା। ଗାଆଁ ମୁଣ୍ଡରେ ଥିବା ଏକ ଅବ୍ୟବହୃତ କୋଠାଘରର କାନ୍ଥକୁ ସାଇକେଲ୍ ଟି ଡେରିଦେଇ ସେ ବାରଣ୍ଡାକୁ ଉଠିଗଲି। ସେ ଘରେ ତାଲା ପଡ଼ିଥିଲା। କାରଣ ସେ ଘରର ମାଲିକ ରହୁଥିଲେ ବିଦେଶରେ। ବର୍ଷେ କି ଦି'ବର୍ଷରେ ଥରେ ଗାଆଁକୁ ଆସନ୍ତି। ଘର ମରାମତି କରନ୍ତି। ରଂଗ ଦିଅନ୍ତି। କେଇଦିନ ରହି ପୁଣି ଚାଲି ଯାଆନ୍ତି। ଅବଶ୍ୟ ବାରଣ୍ଡାଟି ବଡ଼ ପ୍ରସସ୍ଥ ଥିଲା। ଖାଲି ଏକା ମୁଁ ନୁହେଁ ଆଉ କେଇଜଣ ଯୁବକ ଓ ବୟସ୍କ ଲୋକ ମଧ୍ୟ ସେଠି ଆଶ୍ରୟ ନେଇଥିଲେ। ଅବଶ୍ୟ ଦେହରେ ପାଣିଛିଟିକା ପଡୁଥିଲା। ଓଦା କରିଦଉଥିଲା ଗୋଡ଼ ଓ ପାଦକୁ। ଭୟଙ୍କର ଘଡ଼ଘଡ଼ିର ଶବ୍ଦରେ ଯଦିଓ ମନରେ ଭୟ ସୃଷ୍ଟି ହେଉଥିଲା, ତଥାପି ନିରୋଳା ରାସ୍ତାରେ ଯିବା ଅପେକ୍ଷା କିଛିଟା ଆସ୍ୱସ୍ତିକର ଜାଗାରେ ରହିବାର ସାନ୍ତ୍ୱନା ମିଳୁଥିଲା। ପ୍ରାୟ ପାଖାପାଖି ଘଣ୍ଟାଏ ଧରି ପ୍ରକୃତିର ଏ ପ୍ରକାର ରୂପ ଦେଖିବାକୁ ମିଳିଥିଲା। ଘଡ଼ଘଡ଼ି କମିଲା ବର୍ଷା ବି ଛାଡ଼ି ଯାଇଥିଲା। ଯାହା ଖାଲି ଥଣ୍ଡା ପବନ

ବହୁଥିଲା ଓ ଆକାଶ ଥିଲା ମେଘୁଆ। ଯୁବକମାନେ ଯେ'ଯାହା ଗାଡ଼ିଧରି ଫଟ୍ ଫାଟ୍ ଚାଲିଗଲେ। ରହିଗଲୁ ଆମେ ଦୁଇଜଣ ବୟସ୍କ ଲୋକ। ଯେଉଁମାନଙ୍କୁ ଅତି ସଂଭ୍ରମ ଭାଷାରେ କୁହାଯାଉଛି ବରିଷ୍ଠ ନାଗରିକ। ମୁଁ ଜାଣେ ଏଇ ଯେଉଁ ଆମଭଳି ବରିଷ୍ଠ ନାଗରିକମାନଙ୍କର କିଛି ମୂଲ୍ୟ ନାହିଁ ଏ ସମାଜରେ। ଭାଷଣରେ କଥାରେ ସେମାନେ ଆଗଧାଡ଼ିର ହେଲେ ଘରଠାରୁ ବାହାର ପର୍ଯ୍ୟନ୍ତ ସେମାନେ ପଛଧାଡ଼ିର ଲୋକ। ତେବେ ସେ ଯାହାହେଉ, ଆମେ ଯେଉଁ ବରିଷ୍ଠ ନାଗରିକ ଦୁଇଜଣ ଠିଆ ହେଇଥିଲୁ, ଅପେକ୍ଷା କରିଥିଲୁ ଆଉଟିକେ ଆକାଶ ଫର୍ଚ୍ଚା ହେଉ ଯିବା, କାଳେ ବାଟରେ ପୁଣି ଦଲକାଏ ବର୍ଷା ହେଇପାରେ।

ମୁଁ ବାରମ୍ବାର ଚାହୁଁଥିଲି ଆକାଶକୁ। ଆଶା ସଂଚାରୁଥିଲି ନା ଆଉ ବର୍ଷା ହେବନି। ଏଥର ଯାଇହବ। ସାଇକେଲରେ ଗଲେ ପାଖାପାଖି ଗୋଟିଏ କି ଦେଢ଼ କି.ମି. ଯିବାକୁ ହବ। ସମୟ ନେବ। ବର୍ଷାକୁ ଭଲା ଓଦା ହେଲେ ଥଣ୍ଡା ଧରିବ। ଜର ବି ହେଇପାରେ। ବର୍ତ୍ତମାନ ସମୟରେ ଜର ଥଣ୍ଡାକୁ ଯେଉଁ ଭୟ ତେଣୁ ଅନେକ ଆଶା ଓ ଆଶଙ୍କାରେ ବାହାରିଲି ଯିବାଲାଗି। ରାସ୍ତାରେ ଲୋକମାନେ ବି ବେଶ୍ ଆରାମରେ ଯାଉଛନ୍ତି। ମୁଁ ବାହାରିଲା ବେଳେ ଆଉଜଣେ ଯିଏ ଠିଆ ହେଇଥିଲେ ତାଙ୍କୁ ପଚାରିବି ଭାବିଲି। ଆମେ ତ ଉଭୟ ନିରବ। କେହି କିଛି କାହାକୁ କହୁନୁ। ଯାହା ମନ ସହ କଥାବାର୍ତ୍ତା। ସେ ବାବୁ ଜଣକ ବି ମନ ସହ କଥା ହଉଥିବେ ମୋ ଭଳି। ତଥାପି ତଳକୁ ଓହ୍ଲେଇବା ପୂର୍ବରୁ କହିଲି, ଏବେ ଆସନ୍ତୁ ଯିବା। ଆଉ ବୋଧେ ବର୍ଷା ହେବନି। ଇଏ କଣ ବର୍ଷାଦିନ ହେଇଛି ଯେ ଲାଗି ରହିବ ? ଛାଡ଼ି ଗଲାଣି।

ମୋ କଥା ଶୁଣିପାରିଲେ କି ନାହିଁ କେଜାଣି- ସେ କିଛି ଉତ୍ତର ନଦେଇ ନିରବ ରହିଲେ ପୂର୍ବଭଳି। ଏ ବାବୁଙ୍କୁ ଭଲ କରି ଶୁଭେନା କି କଣ ? ତାଙ୍କ ବୟସ ଆନୁମାନିକ ସତୁରି ଉପରେ ହେବ। ବାର୍ଦ୍ଧକ୍ୟରେ କି ରୋଗରେ ରଦ୍ଧି ହେଇ ଯାଇଛନ୍ତି। ହୁଏତ ଶୁଭୁ ନଥାଇପାରେ। ପୁଣି ପଚାରିଲି ଆଜ୍ଞା ଏଥର ଯିବା ? ବର୍ଷା ତ ଛାଡ଼ି ଗଲାଣି। ଏଥର ସେ ମୋ କଥା ଶୁଣି ପାରିଲେ। ହଁ ଯିବାଯେ, ବାସ୍ ସେତିକି। ଆଉ କିଛି ରହିଯାଉଛି ଯେମିତି ତାଙ୍କ କଥାରେ। ଅନେକ ଅସ୍ପଷ୍ଟ।

ମୁଁ ପୁଣି ପଚାରିଲି- ଆସନ୍ତୁ ସାଂଗ ହେଇ ଚାଲି ଚାଲି ଯିବା। ଦିନ ତ ଅଳ୍ପ ଅଛି। ସୂର୍ଯ୍ୟ ବୁଡ଼ିଗଲେ ମେଘୁଆ ପାଗକୁ ବେଶି ଅନ୍ଧାରିଆ ଲାଗିବ।

ସେ ବ୍ୟକ୍ତିଜଣକ ମୋ କଥାର ସେମିତି କିଛି ପ୍ରତ୍ୟୁତ୍ତର ନଦେଇ ଘରର ବାରଣ୍ଡା ତଳକୁ ରାସ୍ତାକୁ ଓହ୍ଲାଇଲେ। ପୁଣି ଠିଆ ହେଇ ଆଗକୁ ଅନେଇଲେ ହଁ ଆସନ୍ତୁ ଯିବା ମୁଁ କହିଲି ଓ ସାଇକେଲ ଗଡ଼େଇବାକୁ ଆରମ୍ଭ କଲି।

ମୁଁ ବାଟ ପାଇବିନି- ସେ କହିଲେ।

ମାନେ ? ଅତି ଆଶ୍ଚର୍ଯ୍ୟ ଢଙ୍ଗରେ ମୁଁ ପଚାରିଲି।

ହଁ-ବହୁଦିନ ହେଲା ବାଟ ଖୋଜୁଛି ଯେ ବାଟ ପାଉନି। ପୁଣି ସେ କଥାର ଲମ୍ୱେଇ କହିଲେ। ଏଥର ମୁଁ ମନେ ମନେ ଭାବିଲି- ଲୋକଟି ବୋଧେ ପାଗଳ। କାହିଁ ସେମିତି ତ ଲାଗୁନାହାନ୍ତି। ବେଶ୍ ଭଦ୍ର ଚେହେରା। ସରୁଧୋତି ସାଙ୍ଗକୁ ଅଧାହାତ ପଞ୍ଜାବୀଟିଏ ପିନ୍ଧିଛନ୍ତି। ପାଦରେ ସରୁଚପଲ। ବାଳ ପାଚିଗଲାଣି। ବୟସ ଏଇ ଧରିନିଆଯାଉ ଛଅଷଠୀ କି ଆଉ ବର୍ଷେ ଦି'ବର୍ଷ ଅଧିକ ହେବ। ମତେ ତ ତେଅଷଠୀ ଧରିଲାଣି। ଚାକିରିରୁ ଅବସର ନେଲିଣି ଦୁଇବର୍ଷ ଉପରେ। ମୋ ଠାରୁ ସ୍ୱାସ୍ଥ୍ୟ ବରଂ ତାଙ୍କର ଭଲ। ତେବେ ନିଶ୍ଚିତ କିଛି ମାନସିକ ଚାପ ରହିଛି। ଯାହା ମତେ ସେ କହିପାରୁନାହାନ୍ତି। ଭାବିଲି ସେ ଯାଆନ୍ତୁ କି ନ ଯାଆନ୍ତୁ- ମୁଁ ଚାଲିଯିବି। ସଂଧ୍ୟାରେ ପୁଣି ମୋର କେତେ କାମ। ଠାକୁରଙ୍କ ସେବା ସାଙ୍ଗକୁ ସଂଧ୍ୟା ପ୍ରାର୍ଥନା ଇତ୍ୟାଦି। କିନ୍ତୁ ମନ ମୋର ଆଗେଇଲାନି। ଏ ବାବୁ ଜଣକୁ ଯଦି ସଂଧ୍ୟା କାଳି ଅଂଧାରରେ ଦେଖାଯାଉନଥି ତାହେଲେ ତ ଅସୁବିଧା। ଅନେକ ଲୋକଙ୍କୁ କାଳିଅଂଧାରରେ କିଛି ଦେଖାଯାଏନା। ଯାହାକୁ ସାଧାରଣତଃ ଅଂଧାରକଣା ବୋଲି କହୁ। ଏ ବାବୁଙ୍କର ସେୟା ହେଇନାହିଁ ତ ? ମୋତେ ତ ବ୍ୟସ୍ତ ଲାଗିଲା। ମୁହଁ ଖୋଲି ବି ତାଙ୍କୁ କିଛି କହିପାରୁନି। କାଳେ ସେ ଖରାପ ଭାବିବେ। ତାଙ୍କର ଯଦି ଆଉ କଣ ଅସୁବିଧା ହେଇଥିବ, ଏ କଥାଟା ହୁଏତ ତାଙ୍କ ମନରେ ଦୁଃଖ ଦେଇପାରେ।

ଏକ ପ୍ରକାର ଦୃଢ଼ କଥାରେ ମୁଁ ନିଶ୍ଚିତ ହେବା ପୂର୍ବରୁ କିଛି ଅଲଗା ଢ଼ଂଗରେ କହିବାକୁ ପଡ଼ିବ। ଏୟା ସ୍ଥିର କରି କହିଲି "ଆପଣ କିଛି ଖରାପ ଭାବିବେନି ଆପଣଙ୍କ ଆଖିରେ ପରଳ ହେଇଛି କି ?

ସେ ମୋ ମୁହଁକୁ ଅନେଇଲେ।

ବଡ଼ ଉଦାସ ଢ଼ଙ୍ଗରେ କହିଲେ ହଁ।

ତା'ହେଲେ ତ ଏଥିରେ କିଛି ଭାବିବାର ନାହିଁ। ଆରାମ ରେ ଅପରେସନ କରି ବାହାର କରି ହେବ। ଅବଶ୍ୟ କିଛି ପଇସା ଖର୍ଚ୍ଚ ହେବ- ମୁଁ କହିଲି।

ଅପରେସନ ହେଇପାରିବନି- ସେ କହିଲେ।

ଟିକେ ରହିଲେ, ଆଉ କଣ ମୁଁ କାଳେ ପଚାରିବି। ତା'ପୂର୍ବରୁ କହିଲେ- ଆପଣ ପଚାରି ପାରନ୍ତି , ପରଳ କାହିଁକି ଅପରେସନ କରିହବନି। ଅନେକ ତ ହେଉଛି। ଏମିତି ଆଉ କଣ।

ଆସନ୍ତୁ ଯିବା। ସେ ମୋତେ ଡାକିଲେ। ଚାଲିବା ଆରମ୍ଭ କଲେ ବି ବିନା

ଅସୁବିଧାରେ। ଏବେ କହୁଥିଲେ ବାଟ ପାଉନାହାନ୍ତି। ଅଥଚ ବାଟ ମିଳିଗଲା ଭଳି ଯାଇପାରୁଛନ୍ତି। ଏ ଲୋକ ଜଣକ ମୋ ଆଗରେ ବେଳକୁ ବେଳ ହୋଇ ଉଠୁଥିଲେ ଯେମିତି ରହସ୍ୟମୟ।

ଆପଣ କେତେ ବାଟ ଯିବେ?- ସେ ପଚାରିଲେ।

ଆଗକୁ- ଆଉ ଅଳ୍ପବାଟ। ମୋ ଉତ୍ତର ସହିତ ତାଙ୍କର ଯେମିତି କିଛି ମତଲବ ନଥିଲା। ସେ କହିଲେ- ଗୋଟେ ଗପ। ଖୁବ୍ ଆସ୍ତେ ଆସ୍ତେ। ମୋ ସାଇକେଲ ସିଟ୍ ଉପରେ ତାଙ୍କ ବାଆଁ ହାତ। ଆମେ ଯାଉଛୁ ସମାନ୍ତରାଳ ଭାବେ। ଝଡ଼ପବନରେ ରାସ୍ତାରେ ଯେଉଁ ଡାଳପତ୍ର ପଡ଼ିଛି ତାକୁ ଆଡ଼େଇ ଦେଇ ଆମର ଗତି। ମୋତେ ଲାଗିଲାନି ଯେ ତାଙ୍କ ଆଖିରେ ପରଳ ମାଡ଼ିଛି। ମିଛି କହିଲେ ସେ। ସେ କିନ୍ତୁ ଗପ କରିବା ଆରମ୍ଭ କରିଦେଲେଣି। ଲୋକଟି ଚାଲିଛଇ। ଆମ ଭଳି। ଯାଉଁ ଯାଉଁ ବାଟରେ ଜଙ୍ଗଲ ରାସ୍ତା। ଆରମ୍ଭ ହେଲା ଏମିତି ଝଡ଼ପବନ। ଆଗକୁ ବାଟ ଖୋଜିଲା। ଯାଉ ଯାଉ ପଡ଼ିଗଲା ଗୋଟେ ଅବ୍ୟବହୃତ କୂଅ ଭିତରେ। କିନ୍ତୁ କୂଅର ତଳକୁ ପଡ଼ିବା ପୂର୍ବରୁ ସେ ଧରିପକେଇଲା କୂଅ ଉପରକୁ ଝୁଲିପଡ଼ିଥିବା ଏକ ସରୁ ଡାଳକୁ। ସେ ଲୋକଟି ଚିନ୍ତା କଲା ଡାଳଟା ଯଦି ହଠାତ୍ ଭାଂଗିଯିବ- ତା'ହେଲେ କୂଅ ଭିତରକୁ ଖସି ଯାଇପାରେ। ତଳକୁ ଅନେଇ ଗଭୀରତା ମାପିଲା। ଡରିଗଲା। ଛାତି ଦମ୍‌ଦମ୍ ହେଲା। ବଡ଼ ସାପଟାଏ ଫଣା ଟେକିଛି ତା' ତଳେ। ଯଦି ତଳକୁ ଖସିପଡ଼ିବ- ସାପ ଚୋଟ ମାରିଦେଇ ପାରେ। ବିଷଧର ସାପ ନିଶ୍ଚୟ। ଏଥର ଆଉ ନିସ୍ତାର ନାହିଁ। ଚାରିଆଡ଼େ ଖାଲି ଅଂଧାର। ବାଟ ଖୋଜୁଛି ଯିବା ଲାଗି। କିଛି ଦେଖାଯାଉନି। ବାଟ କୁଆଡ଼େ। କେମିତି ଯେ ଯିବ, ବଡ଼ ଡାଳଖଣ୍ଡର ଆଶ୍ରୟ ଖୋଜିଲା। କୌଣସି ପ୍ରକାର ମୋଟା ଡାଳକୁ ଯଦି ଧରି ପକାନ୍ତା ତାହେଲେ ଅନ୍ତତଃ ଗୋଟେ ବାଟ ମିଳନ୍ତା। ଉପରକୁ ଅନେଇଲା। କାହିଁ ମୋଟା ଡାଳ ଦେଖା ତ ଯାଉନି। ଉପରକୁ ଚାହିଁବା ଭିତରେ ହଠାତ୍ ଓ ଓଠ ଉପରେ କଣ ଟୋପେ ପଡ଼ିଗଲା। ଦିହ ଶିହରୀ ଉଠିଲା। ଉପରୁ କିଛି ବିଷାକ୍ତ ଦ୍ରବ୍ୟ ପଡ଼ିନି ତ? କୌଣସି ଭୟଙ୍କର ଯନ୍ତୁ ଯୁନ୍ତାଙ୍କର ନୁହେଁ ତ? ଉପରକୁ ହାଁ କରି ଖୋଜୁ ଖୋଜୁ ପୁଣି ବୁଂଦେ ପଡ଼ିଲା। ଏଥର ସିଦା ପାଟି ଭିତରେ। ପାଟିରୁ ବାହାର କରିବାର ଉପାୟ ବି ନାହିଁ। ଛେପ ପକାଇବାକୁ ଗଲାବେଳେ ତାକୁ ସେ ଦ୍ରବ୍ୟଟି ଖୁବ୍ ମିଠା ଲାଗିଲା।

ଆରେ- ଏ ତ ମିଠା ଲାଗୁଛି। ଭାରି ମିଠା। ମହୁଭଳି। ସତକୁ ସତ ସେ ଯେଉଁ ଡାଳ ଧରିଛି, ସେଥିରେ ଗୋଟେ ବଡ଼ ମହୁଫେଣା ଲାଗିଛି ଓ ସେଥିରୁ ମହୁ ଝରୁଛି। ଏଥର ଲୋଭରେ ଲୋକଟି ପୁଣି ପାଟି ଦେଖାଇଲା। ଟପ୍ ଟପ୍ ପଡୁଛି ମହୁ, ବସୁନ୍ଧରା ଠେକିରୁ ପାଣି ପଡ଼ିଲା ଭଳି। ବଡ଼ ଆରାମରେ ଜିଭ ବୁଲଉଛି। ଲୋକଟି

ନିରବଚ୍ଛିନ୍ନ ଭାବରେ କହିଚାଲିଛି ଗପ । ମୁଁ ଶୁଣୁଛି ମନ୍ତ୍ରମୁଗ୍ଧ ହୋଇ । ମୋ ଘର ପାଖେଇ ଆସୁଛି । ମୁଁ ପଚାରିଲି – ଆପଣ ଆଉ କେତେ ବାଟ ଯିବେ ? ଆମଘର ତ ଏଇ କିଛି ବାଟ ପରେ ପଡ଼ିଯିବ । ମୋ କଥାର ଯେମିତି ଉତ୍ତର ନଦେଇ ସେ କହିଲେ – 'ଲୋକଟି ମହୁ ଚାଟିବାରେ ଲାଗିଲା । କି ବିଚିତ୍ର ଲୋକଟି କହିଲେ ? ବଡ଼ ଡାଳ ଖୋଜିବା ଭୁଲିଯାଇ ବାଟ ଖୋଜିବାର ଇଚ୍ଛାକୁ ମାରିଦେଇ ଅମସ୍ଣାତ୍ ତଳେ ପଡ଼ିଗଲେ ସାପ ଦଂଶନ କରିଦେଇପାରେ ଏକଥା ଭୁଲିଯାଇ ସେ ମହୁ ଚାଟୁଛି ।

ଖୁବ୍ ଯୋଜରେ ହସି ଉଠିଲେ ସେ ଭଦ୍ରବ୍ୟକ୍ତି । ମୁଁ ଆଶ୍ଚର୍ଯ୍ୟ ହେଲି । ଏ କଥାରେ କଣ ଅଛି ? ଏ ତ ଗୋଟାଏ ଗପ ମାତ୍ର । ଲୋକଟି ଏହି ସାମାନ୍ୟ ଗପରେ ଏତେ ମଜ୍ଜି ଯାଇଛନ୍ତି ? ଏତେ ତନ୍ମୟତା ? ପୁରି ନିରବି ଗଲେ ସେ ।

ମୁଁ ପଚାରିଲି- ତା'ପରେ କଣ ହେଲା ?

ମୋ ସାଇକେଲ ସିଟ୍ ଉପରୁ କେତେବେଳୁ ହାତ କାଢ଼ିନେଇ ସାରିଥିଲେ । ତାଙ୍କ ଚାଲିବାର ଗତି ମୋତେ କାହିଁକି ମଂଥର ଲାଗୁଥିଲା । ମୁଁ ପୁଣି କହିଲି କଥା କଣ ସରିଗଲା ।

ସେ କହିଲେ- କଥା ସରିବ କଣ ? ଆରମ୍ଭ ହେଲା । ମହୁର ସ୍ୱାଦ କେତେଦିନ ଭଲ ଲାଗିଥାନ୍ତା ? ଏଣିକି ସେ ବାଟ ଖୋଜିଲା । କିନ୍ତୁ ସେ କିଛି ଦେଖିପାରୁନି । ତା'ଆଖି ଉପରେ ମାଡ଼ି ଯାଇଛି ମିଠା ମହୁର ପରଳ । ତଥାପି ସେ ବାଟ ଖୋଜୁଛି ।

ଆଉ ଆଠ ଦଶ ଫର୍ଲଙ୍ଗ ପରେ ମୋ ଘର ପଡ଼ିବ । ମୁଁ ରହିଯିବି । ଆପଣଙ୍କ ଘର ଆଉ କେତେବାଟ ? ହଁ ମୋ ବସାଘର ଟା ଆଗରେ । ମୁଁ ଚାଲିଯିବି । ଆପଣ ଯାଆନ୍ତୁ । ମୋ ଘର ଦୁଆର ମୁହଁ ପାଖରେ ପହଁଚିଲା ପରେ ତାଙ୍କୁ ଡାକିଲି ଆମ ଘରକୁ । ସେ କିନ୍ତୁ ମନା କଲେ । ଏତିକି କହିଲେ ଠିକ୍ ଅଛି, ଆଉକେବେ ଆସିବି । ସେ ପଛକୁ ନଅନେଇ ଆଗକୁ ଚାଲିଗଲେ ।

ମୁଁ ଘର ଭିତରକୁ ଗଲି । ଗୋଡ଼ହାତ ଧୋଇ ସଂଧ୍ୟା ପ୍ରାର୍ଥନା କାମ ସାରି ସୋଫା ଉପରେ ବସି ଚା' ପିଇଲା ବେଳେ ସ୍ତ୍ରୀ ପଚାରିଲେ- ବର୍ଷା ପବନରେ କୋଉଠି ଥିଲ ଯେ ? କିଛି ଅସୁବିଧା ହେଇନାହିଁ ତ ? ସ୍ତ୍ରୀଙ୍କ କଥାରେ କିଛି ଆବେଗଥିଲା ନିଶ୍ଚୟ । ହେଲେ ମୋତେ ସେ ସବୁ କିଛି ଯେମିତି ଛୁଇଁ ପାରୁନଥିଲା । କେବଳ କହିଲି ନା, ସେମିତି କିଛି ଅସୁବିଧା ହେଇନି । ମୋ ମନରେ କିନ୍ତୁ କିଛି ଦ୍ୱନ୍ଦ୍ୱ ଓ ତର୍ଜମାର ଶବ୍ଦ ସବୁ ଧକ୍କା ଖାଉଥିଲେ । ସେଇ ଭଦ୍ରଲୋକ ଜଣକ କଥାର ବାରମ୍ବାର ପୁନରାବୃତ୍ତି କରୁଥିଲି । ମୋତେ ଲାଗୁଥିଲା ତାଙ୍କ ଆଖିରେ ବୋଧେ ମହୁଚାଟିବାର ଆଉ ପରଳ ନଥିଲା । ସେ ବାଟ ଖୋଜୁନାହାନ୍ତି ମୁଁ ବରଂ ବାଟ ହଜେଇ ଦେଇଛି । ଜୀବନର ଛୋଟର ଛୋଟ

ଡାଳଟିକୁ ଧରି-ସଂସାର କୂଅରେ ଝୁଲିପଡ଼ି-ମୃତ୍ୟୁକୁ ମୋ ସାମ୍ନାରେ ଦେଖୁଥିଲେ ମଧ ଭୁଲି ଯାଇଛି। କାରଣ ଏବେ ବି ମୋ ସଂସାରର ସୁଖର ମିଛ ମହୁ ମୋ ଜିଭ ଆଗରେ ପଡୁଛି। ବାଟ କେମିତି ବା ଖୋଜନ୍ତି। ମୋତେ ତ କିଛି ଦେଖାଯାଉନି। ମୋର କିନ୍ତୁ ବାଟ ଖୋଜିବାର କଥା।

ମୁଁ ମନେ ମନେ ଭାବୁଥିଲି-ପୁଣିଥରେ ସେ ବାବୁଜଣକ ଦେଖା ହୁଅନ୍ତେ କି ତାଙ୍କୁ କୁହନ୍ତି- ଆସ ସାଂଗ ହୋଇ ସତବାଟ ଟିଏ ଖୋଜବା। ଯେଉଁ ବାଟ ଲମ୍ବି ଯାଇଛି ସଂସାରର ଉର୍ଦ୍ଧ୍ୱରେ। ଅଥବା ଯେଉଁ ବାଟ ଏହି ଅଦୃଶ୍ୟ କୂଅର ଉପରକୁ ପଡ଼ିଛି। ସେହି ବାଟରେ ଯିବା।

■

ଶେଷ ଶବ୍ଦର ଉଚ୍ଚାରଣ

ଆଷାଢ଼ ଶ୍ରାବଣର ମେଘଭର୍ତ୍ତି ଆକାଶରେ ଜହ୍ନ କୁଆଡ଼େ ରାତିରେ ନିରବରେ କାନ୍ଦେ କିଏ ସେ ଜହ୍ନର କାନ୍ଦଣା ଦେଖିଛି ନା ଶୁଣିଛି। କେବଳ କବିଟିଏ ତା' କଲମରେ ଏକଥା କହିପାରେ। ମେଘ ପୁଣି କେତେବେଳେ ଦୂତ ହୁଏ ଯେ ପ୍ରିୟା ପାଖକୁ ବାର୍ତ୍ତାଦିଏ। ପ୍ରେମିକଟିଏ ମେଘ ଦେହରେ ଲେଖିଦିଏ ମନତଳର ଅକୁହା ଶବ୍ଦ ସବୁକୁ। କାଳେ ସେ ଶବ୍ଦ ସବୁ ବୁଝିହୁଏନା। ବୁଝେ ସେଇ ଜଣକ ତା'ର ପ୍ରେମିକା। ବିରହରେ କାନ୍ଦେ। ବର୍ଷାଜଳ ଖସିପଡ଼େ ପୃଥିବୀର ମାଟି ଉପରେ ଟପ୍‌ଟପ୍ ହୋଇ। ସଂଗୀତ ସୃଷ୍ଟି ହୁଏ।

ହେ- ସବୁ ବେକାର କଥା।

ନରେଶ ନିଜେ ନିଜେ କହିଲେ।

କବିଗୁଡ଼ା ଚିରକାଳ ପାଗଳ। ଉନ୍ମତ୍ତ।

କାହିଁ ସେ ତ କେବେ ଏକଥାକୁ ଭାବିନାହାନ୍ତି। କବିତାରେ ରୂପଦେଇ ନାହାନ୍ତି। ବୋଧହୁଏ ସେ ପାଗଳ ହୋଇନାହାନ୍ତି।

ଏଇ ସେଦିନ-

ରଙ୍କ ସାଆନ୍ତ କହିଲେ- କିହୋ ଶ୍ରାବଣ ମାସରେ ବର୍ଷା ବନ୍ଦ ହୁଏନା। ଧାରାଶ୍ରାବଣ, ଆଷାଢ଼ମାସଟା ଖାଲିତ ତତଲାରେ ଗଲା ଏବର୍ଷ। ଯେମିତି ବୈଶାଖ୍ୟ ଜ୍ୟେଷ୍ଠ ମାସ। ଗୁଳୁଗୁଳି ଗରମରେ ଘରୁ ବାହାରି ହେଲାନି। ଫାଟି ପଡ଼ିଲା ପୃଥିବୀ। ଏବେ ଯଦି ପିଲାଟି ବର୍ଷାଋତୁର ବର୍ଣ୍ଣନା ଲେଖିବ ରଚନାଖାତାରେ କଣ ଲେଖିବ ସେ ? କେମିତି ଅସହ୍ୟ ଗମରରେ ଛଟପଟ ହେଉଛି ମଣିଷ ନା ଜଳିଯାଉଛି ଗଛଲତାର ପତ୍ର। ଶୁଖିଝରି ପଡୁଛି ଫୁଲ। ଚକୋର ଛଟପଟ ହୋଇ ଅନେଇଛି ଆକାଶକୁ।

ମାଟି ପିଣ୍ଡାର କାନ୍ଥକୁ ରଙ୍କ ସାଆନ୍ତେ ଗାମୁଛାରେ କୁହଲେଇ, ପବନ ଖାଉଥିଲେ କି ମଶା ଉଡ଼ଉଥିଲେ।

ନରେଶ ଠିଆ ହେଲେ ଦଣ୍ଡେ।

ଯେବେ ବି ସେ ଗାଆଁକୁ ଆସନ୍ତି-ରଙ୍କ ସାଆନ୍ତଙ୍କ ଘରକୁ ନିଶ୍ଚୟ ଆସିବେ। ଅଧଘଣ୍ଟା ଘଣ୍ଟାଏ ବସିବେ। ସେମିତି ମାଟି ପିଣ୍ଡା ଉପରେ। ସର ମା' ଚଟ ଟିଏ ଆଣିଦବ। କହିବ ତଳେ ବସନା ରେ ନରି। ତୋ ପ୍ୟାଣ୍ଟ୍ ମଳିଆ ହେଇଯିବ।

ନରେଶ ଟିକେ ହସି ଚଟଟି ଟାଣି ନେଇ ବସିବ।

ରଙ୍କ ସାଆନ୍ତଙ୍କ ଘରକୁ ଆସିବାର ନରେଶଙ୍କର ଦୁଇଟି କାରଣ ଥିଲା। ପ୍ରଥମଟି ହେଲା ସାଆନ୍ତଙ୍କ ପୁଅ ଅର୍ଥାତ୍ ପର୍ଶୁଦାଦାଙ୍କ ପାଖରେ ସେ ପାଠପଢ଼ିଛନ୍ତି ପିଲାଦିନେ। ପର୍ଶୁଦାଦା ଜଣେ ଟିଉସନ୍ ଟିଚର। ବହୁତ ପିଲା ତାଙ୍କ ପାଖରେ ପଢ଼ନ୍ତି। ଅବଶ୍ୟ ପ୍ରଥମରୁ ଷଷ୍ଠ ସପ୍ତମ ଶ୍ରେଣୀ ପିଲାମାନେ। ସେ ବେଶୀ ପାଠ ପଢ଼ି ନାହାନ୍ତି। ମାଟ୍ରିକ ପରେ ପ୍ରାଇଭେଟ୍‌ରେ ଆଇ.ଏ. ପାଶ୍ କରିଥିଲେ। ସେଇଥିରେ ସେ କୁଟୁମ୍ବ ପୋଷନ୍ତି। ତାଙ୍କର ପିଲାମାନେ କହିଲେ ଗୋଟିଏ ମାତ୍ର ଝିଅ। ଶକୁନ୍ତଳା। ଖୁଡ଼ୀ ପୁଅଟିଏ ପାଇଁ ଅନେକ ଦିଅଁ ଦେବତା, ପୂଜା ମାନସିକ କରିଥିଲେ। କିନ୍ତୁ କିଛି ଲାଭ ସେ ପାଇନାହାନ୍ତି। ପର୍ଶୁଦାଦା କୁହନ୍ତି, ତୁମେ କାହିଁକି ବ୍ୟସ୍ତ ହେଉଛ। ପୁଅ କଣ ଅଧିକ କରିବେ, ବରଂ କେବେ ବି ତୁମର ଦୁଃଖର କାରଣ ହେଇପାରନ୍ତି। ଝିଅଟିଏ ଚାହିଁଲେ ବାପାମା'ଙ୍କର କିଛି କରିପାରେ। ମାତ୍ର ଆଜିକାଲି ସମୟରେ ଯାହା ଆମେ ଦେଖୁଛୁ ପୁଅମାନଙ୍କ ପାଇଁ ବାପା ମା' ମାନେ ଖୁବ୍ ଚିନ୍ତିତ। ସରଖୁଡ଼ୀ କହନ୍ତି- କାହିଁ ନରେଶ ତ ତାଙ୍କ ବାପାଙ୍କର ଦୁଃଖର କାରଣ ହେଇନି।

ପର୍ଶୁଦାଦା କଥା ଛଡ଼େଇ ନେଲେ ଖୁଡ଼ୀଙ୍କ ପାଟିରୁ। ଆଉ ଏକ ନରମ ଓ ବ୍ୟଥାସ୍ୱରରେ କହିଲେ- ତା'ଭଳିଆ ପୁଅ ମିଳିବା ଖୁବ୍ କମ୍। ତା'ସହିତ କାହିଁକି କାହାକୁ ତୁଳନା କରୁଛ।

ନରେଶ ମନେ ମନେ ଭାବନ୍ତି ସତରେ କଣ ସେ ଏତେ ଭଲ ? ନା ଏମିତି ଗୋଟେ ମନ୍ତବ୍ୟ ଦେଲେ। ତେବେ ସେ ଯାହାହେଉ ଯେହେତୁ ସେ ତାଙ୍କ ପାଖରେ ଆଦ୍ୟବିଦ୍ୟା ଆରମ୍ଭ କରିଛନ୍ତି, ସେ ଦୃଷ୍ଟିରୁ ସେ ତାଙ୍କ ଆଦ୍ୟଗୁରୁ। ତାଙ୍କୁ ଦେଖା କରିବାକୁ ନିହାତି ଆସିବା ଦର୍କାର ଏଇ ନ୍ୟାୟରେ ସେ ଆସନ୍ତି। ରଙ୍କ ସାଆନ୍ତଙ୍କ ସହ ଗପ କରିନ୍ତି, ଦୁଃଖ ସୁଖର କଥା ଶୁଣନ୍ତି। ତାଙ୍କୁ ନେଇ କବିତା ବି ଲେଖନ୍ତି। ଆଉ ଅନ୍ୟକାରଣଟି ହେଲା- ଶକୁନ୍ତଳା ପାଇଁ। ଶକୁନ୍ତଳା ଏବେ ଗାଆଁରେ ରହୁନି। ଗୋଟିଏ ମହିଳା ହଷ୍ଟେଲରେ ରହି ପାଠପଢ଼ିବା ସହ ପାର୍ଟଟାଇମ୍ କାମ କରୁଛି।

ନରେଶଙ୍କୁ ଯଦି କିଏ ପଚାରେ- ଶକୁନ୍ତଳା ପାଇଁ ତୁମେ କାହିଁକି ଆସ ? ସେ ନିଶ୍ଚୟ କରିବେ, ପିଲାଦିନେ ଶକୁନ୍ତଳା ତାଙ୍କ ସହ ପାଠ ପଢୁଥିଲା। ଆଉ ପାଠ ପଢ଼ଉଥିଲେ

ନିଜେ ପର୍ଶୁଦାଦା । ସପ୍ତମ ଅଷ୍ଟମ ପର୍ଯ୍ୟନ୍ତ ସାଂଗହେଇ ସ୍କୁଲରେ ମଧ୍ୟ ପାଠ ପଢ଼ିଛନ୍ତି । ସେହିଦିନୁ ଏକପ୍ରକାର ସମ୍ପର୍କ । ସମ୍ପର୍କରେ ସେମିତି କିଛି ଆବିଳତା ବି ନାହିଁ । ଏପର୍ଯ୍ୟନ୍ତ ବି । ସେଇକଥା । ରଙ୍କସାଆନ୍ତଙ୍କ ଠାରୁ ଆରମ୍ଭ କରି ଖୁଡ଼ୀଙ୍କ ପର୍ଯ୍ୟନ୍ତ ସମସ୍ତେ ନରେଶଙ୍କୁ ହିଁ ଭଲପାଆନ୍ତି । ସେଇ ଭଲ ପାଇବାର ସେତୁ ଉପରେ ଠିଆହେଇ ନରେଶ ଏପର୍ଯ୍ୟନ୍ତ ଚାରିଦିଗକୁ ଚାହୁଁଛନ୍ତି । ଚାରିଆଡ଼େ ତ ଖାଲି ପାଣି । ସନ୍ଦେହ ଓ ଅବିଶ୍ୱାସର ଜୁଆର ।

ଲୋକମାନେ କଣ ଏକଥାକୁ ମାନିନେବେ ।

କେତେ କଥା । କେତେ ଟୁପୁରୁ ଟାପର । ଫୁସ୍‌ଫୁସ୍ । ଦେଖାଶିଖା ।

ନରେଶ ପରା ଏତେବଡ଼ ହେଲେଣି । ଚାକିରି କଲେଣି । କଣ କିଛି ବୁଝିପାରୁନାହାନ୍ତି । ସବୁ ଜାଣିଛନ୍ତି । ହେଲେ କେମିତି କାହିଁକି । କେଉଁ ଦିଗକୁ ଏକ ଅଜଣା ମଧୁରତାର ପବନରେ ନରେଶ ସେଥିପାଇଁ ତ କବିତା ଲେଖନ୍ତି । ଶ୍ରାବଣର କଥା । ବସନ୍ତରେ କେମିତି ଫୁଲ ଫୁଟେ । ମଳୟ ବହେ । କୋଇଲିଗାଏ । ଆଜି କିନ୍ତୁ ଶ୍ରାବଣରେ ବର୍ଷା ନାହିଁ । ଖାଲି ଶୂନ୍ୟତା । ଉତପ୍ତବାଲୁକା । ଗୋଡ଼ ତାତି ଯାଉଛି ।

ଠିକ୍ କହୁଛନ୍ତି ରଙ୍କ ସାଆନ୍ତେ । ସବୁ ସତ ।

ନରେଶ ତାଙ୍କ କଥା ଶୁଣୁଶୁଣଉ ଏତେବାଟ ଚାଲିଗଲେଣି । ଭାବନାରେ ।

ସର ମା'ନିତିଦିନିଆ କଥା ଭଳି କହିଲେ ଆରେ ଠିଆଟା କଣ ହେଇଛୁ । ନେ ଚଟ ନେ ସେଇ ପିଣ୍ଡାରେ ବସ ।

କଥା ମଝିରେ ରଙ୍କ ସାଆନ୍ତେ କହିଲେ- "ଆରେ ନରି ! ତୋର ପରା ଏ ସରପଞ୍ଚ ସହ ଭଲ ସମ୍ପର୍କ । ତୋ ସାଙ୍ଗ ପରି ? ହଉ ସେ ଯା ହଉ, ବ୍ଲକକୁ ଯାଉଥିବୁ କେତେବେଳେ । ବିଡ଼ିଓ କି କୋଉ ଅଫିସର ସହ ଚିହ୍ନା ଅଛିକି ?" ନିରେଶ ପଚାରିଲେ- କାହିଁକି ?

ନାଇଁ କଥା କଣ କି? ସରକାରୀ ଘର ଖଣ୍ଡେ ମିଳିବା ପାଇଁ କେତେଥର କହିଲିଣି । ଦରଖାସ୍ତ ବି ନେଇଥିଲେ । କାହିଁ କିଛି ତ ହଉନି । ଆଗରୁ ଯେଉଁ ଆମ ସରପଞ୍ଚ ନଥିଲା ବଳିଆ ସେ କହିଲା- ସାଆନ୍ତେ ତମର ଘର ଆସିଛି । ସତକି ମିଛ କେଜାଣି । ସେକଥା କୁଆଡ଼େ ଗଲା । ସେ ତ ହାରିଗଲା । ଏ ଯେଉଁ ଟୋକାଟା ନିଧିଆ ପୁଅ ପାଇଛି, ସେ ବି ଶୁଣୁନି । ତୁ କିଛି କରିପାରିବୁ କି ? ଆମ ପର୍ଶୁଆ, ତୋର ସାର୍ ମ ! ତାର ଏଥିକି ନିଘା ନାହିଁ । ସେଇ ପିଲା ଭଲ ତ ସେ ଭଲ । ସେକେତେ ପଇସା ପାଉଛି ? ନଖଟିଲେ ଆମେ ପାଞ୍ଚଛଅ ପ୍ରାଣୀ ଚଳିବୁ କେମିତି ? ତେବେ ସେ ଫାଳଟା ଟିଣ ପକେଇ ଦେଇଛି । ବର୍ଷାଦିନେ ଟିକେ ରକ୍ଷା । ବୁଝିବୁ ତ ଟିକେ । ଯଦି ଘର ଖଣ୍ଡେ ହେଇ ପାରିଲା ? ବର୍ଣ୍ଣନା କଲାଭଳି କହିଲେ ସାଆନ୍ତ । ନରେଶ ସବୁ ଶୁଣିଲେ ।

ସେ ଯେ କିଛି କରିପାରିବେନି। ବା ତାଙ୍କ ହାତରେ କିଛି ନାହିଁ। ଏକଥା ସେ କହି ପାରିଲେନି। କାରଣ କେବଳ ନାହିଁ ନାହିଁ ଭିତରେ ତାଙ୍କର ଜୀବନ। କେତେ ଦୁଃଖମୟ। କେତେ କାତରତାରେ ବଂଚିଛନ୍ତି ଏମାନେ। ଶକୁନ୍ତଳାକୁ ପାଠପଢ଼ାଇବାରେ ସମର୍ଥ ହେଲେନି ବୋଲି ସେ ପାର୍ଟଟାଇମ୍ କାମ କରୁଛି। ସେ ମହିଳା ହଷ୍ଟେଲକୁ ଯାଇ ନରେଶ କେବେ ଶକୁନ୍ତଳାକୁ ଦେଖା କରି ନାହାନ୍ତି।

ବହୁତ ଇଚ୍ଛା ହୁଏ।

ମନ ମାରିଦିଅନ୍ତି।

ବେଶି ଆଉ ସେ ଗାଆଁକୁ ଆସେନା। ଆଗରୁ ଗାଆଁରେ ଦେଖା ହଉଥିଲା। ପାଖାପାଖି ବର୍ଷେ ଉପରେ ସେ ଦେଖିନାହାନ୍ତି।

କେମିତିଆ ସମ୍ପର୍କ ଏ। ପ୍ରେମ ନାହିଁ। କିନ୍ତୁ ନରେଶ ଉଦାସ ହେଇପଡ଼ନ୍ତି କାହିଁକି ?

କବିତାରେ ଶବ୍ଦରେ, ଅନୁଭବରେ କେବଳ ପ୍ରେମ, ଭଲପାଇବା। ଶ୍ରାବଣ ଆସେ, ବର୍ଷାଝରେ। ପବନ ସିର୍ ସିର୍ ବହେ। ଶବ୍ଦ ସବୁ ଥରି ଉଠନ୍ତି। କେମିତି କେଜାଣି ନରେଶ ବିଭୋର ହୁଅନ୍ତି। କାଗଜ ଉପରେ ଶକୁନ୍ତଳାର ମୁହଁ ଝଲସି ଉଠେ।

ଆଉଥରେ ଖୁଡ଼ୀ କହୁଥିଲେ ବୁଝିଲ ନରି- ତୁମେ ବାହାରେ ରହୁଛ। ତୁମ କମ୍ପାନୀରେ ହେଉ କି ଆଉ କୋଉଠି ହେଉ ଗୋଟିଏ ଭଲପିଲା ଦେଖନ୍ତନି। ଝିଅଟାକୁ ଉଠେଇ ଦିଅନ୍ତି। ବେଶି ବଡ଼ଲୋକ ଆମର ଦର୍କାର ନାହିଁ ମ। ଆମକୁ ସୁହାଇଲା ଭଳି ହେଲେ ହେଲା। ସେଇ ତ ଗୋଟିଏ, ଯେଉଁ ଜମି ମାଣେ ଅଛି ତାକୁ ବିକି ଦବୁ।

ନରେଶ ଚୁପ୍ ହେଇଗଲେ।

ସେ ଏକଥା କେବେ ବି କରିପାରିବେନି।

ରଙ୍କ ସାଆନ୍ତଙ୍କ ପକ୍କା ଘର ଖଣ୍ଡେ ଭଳି ଭାରି ଦୁର୍ବୋଧ।

ଏ ବାବଦ ନରେଶ ଖୁବ୍ ଅସହାୟ। ମାଣେଜମି ଯେଉଁଥିରେ ଚାଷ କରିବାର ସ୍ୱପ୍ନ ଦେଖନ୍ତି ରଙ୍କ ସାଆନ୍ତ। କୋଉ କାଳରୁ। ଏବର୍ଷ ବର୍ଷା ହଉନି ବୋଲି ଦୁଃଖ କରନ୍ତି। ଇନ୍ଦ୍ର ଦେବତାଙ୍କୁ ନିନ୍ଦା କରନ୍ତି। ଅଥଚ ତାକୁ ବିକ୍ରି କରି ଝିଅର ଖୁସି ଦେଖିବାକୁ ତତ୍ପର ମା'ଟିଏ।

ନରେଶ ଯେମିତି ଅସହାୟ ହେଇ ପଡୁଥିଲେ। କହିଦେବେକି କିଛି ଜମି ବିକିବା ଆବଶ୍ୟକ ନାହିଁ ଖୁଡ଼ୀ। ଶକୁନ୍ତଳା ବାହାଘର ହେଇଯିବ। କିଛି ଅସୁବିଧା ହେବନି। ସେ କିନ୍ତୁ ଖୁବ୍ ଭଲରେ ରହିବ। ରଙ୍କ ସାଆନ୍ତଙ୍କ ବିଲରେ ଶ୍ରାବଣର ବର୍ଷା ଝରିବ। ବେଉସଣ ହେବ।

ନିରବ ଶ୍ରୋତାଟିଏ ସାଜି- ଫେରିଥିଲେ ନରେଶ।

ବୋଧହୁଏ ଖୁଡ଼ୀ ଜାଣି ନାହାନ୍ତି ନରେଶଙ୍କ ଭାବନାରେ କେମିତି ଗୋଟେ

ବାଇଚଢ଼େଇର ବସା ଦୋହଲୁଛି। ଯେଉଁଠି ଦୁଇଟି ଆତ୍ମା ଝୁଲୁଛନ୍ତି। ଦୋଳି ଖେଳୁଛନ୍ତି ପବନରେ।

ଭାରି କାହିଁକି ମନେପଡୁଛି ଶକୁନ୍ତଳା। ସେ କଣ କେବେ ନରେଶଙ୍କ କଥା ଭାବୁଥିବ। କବିତା ଲେଖୁଥିବ। ପୁଣି ଚିରିପକଉଥିବ। ନା। ସେ ତା ପାଠପଢ଼ାରେ ବ୍ୟସ୍ତ ଥିବ। ଭବିଷ୍ୟତରେ ଭଲ ଚାକିରିଟିଏ କରିବ। ସେ ସ୍ୱପ୍ନରେ ବିଭୋର ଥିବ। ଏକଥା ଭାବିବାକୁ ବେଳ କାହିଁ ଯେ।

ନରେଶ ଏକ ନୈରାଶ୍ୟବୋଧରେ ଛଟପଟ ହେଲେ।

ଦୁର୍ଗାପୂଜା ଛୁଟିରେ ଗାଆଁକୁ ଆସିଥାନ୍ତି ନରେଶ। କମ୍ପାନୀ ଚାକିରି। ଛୁଟି କଣ? ଖଟିଲେ ପଇସା। ସେ ତ ସେମିତି କିଛି ବଡ଼ ପୋଷ୍ଟରେ ନାହାନ୍ତି ଯେ, କଣ କିଛି ସୁବିଧା ମିଳିବ। ତଥାପି ଗାଆଁ, ବାପା, ବୋଉ, ଭାଇଭଉଣୀ ଏମାନଙ୍କ ପ୍ରତି କର୍ତ୍ତବ୍ୟ ତ ଅଛି। ଆସିବାକୁ ହବ।

ସକାଳୁ ଗାଆଁ ଭିତରକୁ ଗଲାବେଳେ ଶକୁନ୍ତଳାଙ୍କ ଘରଆଡ଼େ ନରେଶ ଅଟକିଲେ କିଛି ସମୟ ପାଇଁ।

ରଙ୍କ ସାଆନ୍ତେ କଣ ଆଜି ପିଣ୍ଡାରେ ବସିନାହାନ୍ତି। ବାଣୀକଟା ଅଧା ପଡ଼ିଛି। ବୋଧହୁଏ ଘରଭିତରକୁ ଯାଇଥିବେ। ଚାଳରେ ଝୁଲୁଛି ଝୋଟ। ଟାକୁଆ ତଳେ ଥୁଆ ହୋଇଛି। ଚାଞ୍ଚରା ସେମିତି ପଡ଼ିଛି। ସାଆନ୍ତ ଗଲେ କୁଆଡ଼େ। ସେଠି ଅଟକିବାର ଏକମାତ୍ର ମାଧ୍ୟମ ତ ସିଏ। ନରେଶ ଠିଆହେଇ ଆଡ଼େ ସାଡ଼େ ଚାହିଁଲା ବେଳେ, ଘର ଭିତରୁ ଖୁବ୍ ତରତରରେ ବାହାରି ଆସୁଥିଲେ ଖୁଡ଼ୀ।

- ତମେ କୋଉଦିନ ଆସିଲ କି ନରି- ପଚାରିଲେ ଖୁଡ଼ୀ।

ପୂଜା ଗୋଟିଏ ଦିନ ଗଲାଣି- ଆଜି କଣ ଆସୁଛ ?- ପୁଣି ପ୍ରଶ୍ନ।

ସହଜ ଉତ୍ତର ଟିଏ ଦେଲେ ନରେଶ। କାଲି ଅଫିସରେ କାମ ଥିଲା କାମସାରି ରାତିରେ ଆସି ପହଂଚିଲି। ସାଆନ୍ତେ ନାହାନ୍ତି କି ?

ହଁ ହଁ, ଏଇଠି ତ ବାଣୀ କାଟୁଥିଲେ କୁଆଡ଼େ ଯାଇଥିବେ- କହିଲେ ଖୁଡ଼ୀ।

ତୁମେ ଆଜି ଘକରୁ ଆସିବ। ଝିଅ ଆସୁଛି। ଦେଖାହବ। ଖୁଡ଼ୀ କହୁ କହୁ ଚାଲିଗଲେ ବାରିଆଡ଼େ।

ଶକୁନ୍ତଳା ଆସୁଛି।

ନରେଶ କେମିତି ଭିତରେ ଭିତରେ ଚହଲି ଗଲେ।

କେତେଦିନ ପରେ ତା'ସହ ଦେଖା ହବ।

ଦି'କ୍ଲାସ ତଳେ ସେ। ସାଙ୍ଗ ହେଇ ପାଠ ପଢୁଥିଲେ ସିନା, ବୟସରେ ବି ସାନ। ଭାବନାର ଢେଉ ସବୁ ଲହଡ଼ୀ ଭାଙ୍ଗୁଥିଲା ନରେଶଙ୍କ ଭାବ ସମୁଦ୍ରରେ।

ସେଇଠୁ ହିଁ ସେ ଫେରିଲେ ଘରକୁ ।

ବାଟରେ ଦେଖା ହେଲେ ରଙ୍କ ସାଆନ୍ତ । ନାରୁ ମିଶ୍ରଙ୍କ ପିଣ୍ଡାରେ ବସିଥିଲେ । ନମସ୍କାର ହେଲେ ନରେଶ ।

କିରେ ଆମ ଘରଆଡ଼େ ଯାଇନୁକିରେ ? - ସାଆନ୍ତ ପଚାରିଲେ ।

ନରେଶ କିଛି କହିଲେନି । ଛାଏଁ ଛାଏଁ ସେ କହିଲେ- ତୁ ଜାଣିଛୁ ତ ଆଜି ପରା ଆମ ଟୋକୀ ଆସୁଛି । ଏଇ ଆସିଥିଲି ମିଶ୍ରଙ୍କ ଘରକୁ ଘୋର ଦହି ଟିକେ ନବାକୁ । ତା'ବୋଉ ଦହି କାଂଜି କରିବ । ଆମବେଳେ ତୋରାଣୀ କାଂଜି ହଉଥିଲା । ପ୍ରଥମାଷ୍ଟମୀକୁ ଯୋଉ କାଂଜି ଗୋଳା ଓଷା ହୁଏ । ସେ କାଂଜି କିନ୍ତୁ ଭାରି ସୁଆଦିଆ । ସେ କଥା ସବୁ ଛାଡ଼ । ଆଷାଢ଼ ଶ୍ରାବଣରେ ଯୋଉଠି ବର୍ଷା ନାହିଁ । ବିଲ ରୁଆ ହଉନି । ସେଠି ପୁଣି କଣ ହବ ? ଦେଶରେ ଯେମିତି ଅରାଜକତା, ଭଗବାନ ବି ସେମିତି ଦାଉ ସାଧୁଛନ୍ତି । କଳିକାଳ ଶେଷ ହେବାବେଳ ।

ନରେଶ କିଛି ବି କହିଲେନି । ଖାଲି ଚୁପ୍‌ଚାପ୍ ଆଗକୁ ଚାଲିଲେ । ଘରକୁ ନଗଲେ ବୋଉ ବ୍ୟସ୍ତ ହେଇପଡ଼ିବ । ଘରେ ପହଂଚୁ ପହଂଚୁ ବୋଉ କହିଲା- ତୁ କୁଆଡ଼େ ଯାଇଥିଲୁ ଶୁଣେ । ମୁ ଚା' ବିସ୍କୁଟ ଥୋଇଛି । କଣ ଶକୁନ୍ତଳା ଘର ଆଡ଼େ ଯାଇଥିଲୁ କି ? ପର୍ଶୁସାର ଦେଖାହେଲେ ?

ତଥାପି ନରେଶ ନିରୁତ୍ତର ।

ଆରେ ଶକୁନ୍ତଳା କୁଆଡ଼େ ଘରକୁ ଆସୁଛି । କାହାକୁ ଗୋଟେ ବାହା ହେଇଛି । ତାକୁ ସାଂଗେ ନେଇ ଆସୁଛି । ତାଙ୍କ ଘର ଲୋକଙ୍କର ତ ଗୋଡ଼ ତଳେ ଲାଗୁନି, ଭଲ ହେଲା । କେମିତି ବି ଝିଅଟାକୁ ବାହାଘର କରିଥାନ୍ତେ । ହେଲା ଯେ ନୁଚେଇଥିଲ କାହିଁକି ? କିଛି ତ ଅସୁବିଧା ହେଇନି । ହଉ ତୁ ଗଲୁ ଗାଧେଇ ପଡ଼ । କଣ ଖାଇବୁ । ପରେ ଚା' ପିଇବୁ । ବୋଉ କହିଲା ।

ନରେଶ ଘର ଭିତରକୁ ପଶିଲେ ।

ଶ୍ରାବଣ ମାସରେ ସତରେ ଖରା । ବର୍ଷା ନାହିଁ ।

ଚାଳରୁ ଗଡ଼ିପଡୁନି ବର୍ଷା ବିନ୍ଦୁ । ଭାସୁନି କାଗଜ ଡଙ୍ଗା ।

ସତରେ ରଙ୍କ ମଉସାଙ୍କ କଥା ଠିକ୍ ।

ନରେଶ ଆକାଶକୁ ଚାହିଁଲେ- ବହୁ ପଛରେ ମେଘମେଦୁର ଆକାଶ । ଏବେ ତ ଭାସି ଯାଉଥିବା ବାଦଲ ସବୁ ଦୋଳି ଖେଳୁଛି ।

ନରେଶଙ୍କ କବିତା ଯେମିତି ବନ୍ଦହେଇଗଲା

ଯେଉଁ ଶବ୍ଦଟି ସେ ଲେଖିଥିଲେ ସେ ବୋଧେ ଥିଲା ତାଙ୍କର ଶେଷ ଉଚ୍ଚାରଣ ।

■

ଆନନ୍ଦ ନଗରୀର କଥା

ଏ କାହାଣୀଟି ହିଁ ଏଇଠୁ ଆରମ୍ଭ।

ଗୋଟେ ରେଳ ଷ୍ଟେସନରୁ। ପ୍ଲାଟଫର୍ମର ଗୋଟେ ବେଂଚରୁ। ଆମେ ଦୁଇଜଣ ଅପେକ୍ଷା କରିଥିଲୁ, ଟ୍ରେନ୍‌କୁ। ମୁଁ ଯିବି ଦିଲ୍ଲୀ, ଆଉ ସେ ବାବୁ ଜଣକ କୁଆଡ଼େ ଯିବେ ମୋତେ କିନ୍ତୁ ଜଣଶ ନଥିଲା। କିନ୍ତୁ ଆମେ ଦୁଇଜଣ ବସିଥିଲୁ ପ୍ଲାଟଫର୍ମର ଗୋଟେ ବେଂଚରେ। ଘୋଷକ ଘୋଷଣା କରିସାରିଥିଲେ ଯେ ଦିଲ୍ଲୀ ଟ୍ରେନ୍ ଟି ନିର୍ଦ୍ଧାରିତ ସମୟ ଠାରୁ ଅଢେଇଘଣ୍ଟା ବିଳମ୍ବରେ ଲାଗିବ। ଅଢ଼େଇଘଣ୍ଟା କିଛି କମ୍ ସମୟ ନୁହେଁ। ଅପେକ୍ଷା କରିଥିବା ଯାତ୍ରୀମାନଙ୍କ ଭିତରେ କିଛି ଗୁଂଜରଣ ବି ହଉଥିଲା। ହେଲେ କଣ କରାଯିବ ? ଯାହା ହେଲେ ମଧ୍ୟ ଅପେକ୍ଷା କରିବାକୁ ହବ। ମାଗାଜିନ୍ ଟି କିଣି ପଢୁଥିଲି। ଗପଟିଏ 'ଆମେ ଭଲରେ ଅଛୁ'। ସତରେ ଯଦି କିଏ କାହାକୁ ପଚାରେ କେମିତି ଅଛନ୍ତି ? ସେ କହିବ ନିଶ୍ଚୟ ଭଲରେ ଅଛି। ତା' ଭିତରେ ଯେ କେତେ ଭଲ ଆମକୁ ଜଣା ନାହିଁ। ଅଥଚ ଉପରେ ଖାଲି କହିବାକୁ ହୁଏ ଆମେ ଭଲରେ ଅଛୁ। ମୁଁ ଭାବେ ଏତିକି ଆଶ୍ୱାସନା ହିଁ ଆପାତତଃ କିଛି ସମୟ ପାଇଁ ସବୁ ଦୁଃଖର ଉର୍ଦ୍ଧ୍ୱରେ ତାକୁ ଖୁସି ଦୁନିଆକୁ ଟାଣିନିଏ। ସେ ଖୁସି ହୁଏ। ବିଭୋର ହୁଏ। ବଂଚିଯାଏ। ଦୁଃଖ ସବୁ ଆତ୍ମହତ୍ୟା କରିଦିଅନ୍ତି। ଗଳ୍ପନାୟକଟି ଏକ କ୍ଲାଇମାକ୍‌ସରେ ଥିବାବେଳେ ଯେ ପାଖରେ ବସିଥିବା ସେଇ ବ୍ୟକ୍ତି ଜଣକ, ମୋତେ ପଚାରିଲେ 'କୁଆଡ଼େ ଯିବେ ଆଜ୍ଞା ?' ମଗାଜିନ୍ ଉପରୁ ଆଖି କାଢ଼ି ତାଙ୍କ ଆଡ଼କୁ ଚାହିଁଲି। ବଡ଼ ପ୍ରସନ୍ନ ଦେଖା ଯାଉଥିଲା ତାଙ୍କ ମୁହଁ। ବୋଧହୁଏ ଏ ପର୍ଯ୍ୟନ୍ତ ତାଙ୍କ ମୁହଁଟିକୁ ଭଲ ଭାବରେ ଦେଖି ପାରିନଥିଲି। ମୋତେ କାହିଁକି ଖୁସି ଲାଗିଲା, ମୁହଁରେ ଟିକେ ହସ ଅଛି। ଉଦାସରର ନୁହେଁ ଆନନ୍ଦର। ବିଭୋରତାର। ଆରେ ଏମିତି ଲୋକ ଜଣେ ମୋ ପାଖରେ ଏତେ ସମୟ ହେଲା ବସିଲେଣି ଅଥଚ

ତାଙ୍କ ସହ ସାମାନ୍ୟ କଥା ବି ହେଇନି । ଆମେ ତ ଏମିତି କେତେ କଥା ହେଇ ସାରନ୍ତଣି । ନିଜକୁ ଟିକେ ଦୋଷୀ ମନେ କଲି ।

ସେ ମୋତେ ପୁଣି ପଚାରିଲେ-କୁଆଡ଼େ ଯିବେ କି ?

ଦିଲ୍ଲୀ- ମୁଁ ସଂକ୍ଷେପରେ ଉତ୍ତର ଦେଲି ।

ହଉ ଠିକ୍ ଅଛି । ଏତିକି କହି ସେ ନିରବି ଗଲେ ?

ଆଉ କୌଣସି କଥା ନ ଭାବି ମାଗାଜିନ୍ ଉପରେ ମନ ଦେଲି । ହେଲେ ବିଶେଷ ଭାବରେ ମନ ଲାଗିଲାନି । ସେ ଲୋକର ଗତିବିଧି ଆଉ ଟିକେ ଲକ୍ଷ୍ୟ କଲି । ବେଶ ଭଦ୍ରଲୋକ ଭଳି ଲାଗୁଛନ୍ତି । ପୋଷାକ ତାଙ୍କର ଧଳା ପ୍ୟାଣ୍ଟ ସାର୍ଟ । ବାଳ ଅନେକାଂଶରେ ପାଚି ଗଲାଣି । ବୟସ ବେଶୀ ନୁହେଁ । ବାଆଷଠୀ, ତେଅଷଠୀ ଭିତରେ । ମୋ' ବୟସର ହୋଇପାରନ୍ତି । ସେ କିନ୍ତୁ ସେଇ ବଂଚେରେ ବସି ଖାଲି ଚାରିଆଡ଼କୁ ଚାହୁଁଥିଲେ । ମୋତେ ପୁଣି ଥରେ ପ୍ରଶ୍ନ କଲେ- 'ଦିଲ୍ଲୀ କାହିଁକି ଯିବେ ?' ଆପଣ କଣ ଦିଲ୍ଲୀରେ ରୁହନ୍ତୁ ?

ମୋତେ ଲାଗିଲା, ମୋତେ ଯେମିତି ଉତ୍ତର ଦେବାକୁ ବାଧ କରାଯାଉଛି । "ନା- ମୁଁ ଦିଲ୍ଲୀରେ ସ୍ଥାୟୀ ଭାବରେ ରହେ ନାହିଁ । ମୋ ପୁଅ ବୋହୂ ସେଠି ଅଛନ୍ତି । ସେମାନଙ୍କ ପାଖକୁ ଯାଉଛି । ମୁଁ ପ୍ରକୃତରେ ଗାଆଁରେ ରହେ । ଗାଆଁ ଭଦ୍ରକ ଜିଲ୍ଲାର ରାମପୁର । ଘରେ ମୋ ପତ୍ନୀ ଆଉ ସାନପୁଅ ବୋହୂ ଓ ତା' ପିଲାମାନେ ଅଛନ୍ତି ।" କାଳେ ଆଉକଣ ସେ ପଚାରିବେ ସେଥିପାଇଁ ଆଗରୁ ସଂକ୍ଷିପ୍ତରେ ମୋ କଥା କହିଗଲି ।

ସେ ପୁରି ହସିଲେ । ଖୁବ୍ ଭଲ ।

ଆପଣ କଣ ଚାକିରି କରୁଥିଲେ ? - ତା'ପରେ ପ୍ରଶ୍ନ । ଅବସର ତ ନେଇଥିବେ । ଏବେ ଏମିତି ପିଲାମାନଙ୍କ ସହ ସମୟ କାଟୁଛନ୍ତି ନା ଆଉ କଣ ?

ମୋତେ ସେ ଲୋକ ଜଣକ ବେଳକୁ ବେଳ ଦୁର୍ଭେଦ୍ୟ ଲାଗୁଥିଲା । ମୋ ବିଷୟରେ କାହିଁକି ସେ ଏତେ କଥା ଜାଣିବାକୁ ଚାହୁଛନ୍ତି । ସେମିତି କିଛି ଅଲଗା ଉଦ୍ଦେଶ୍ୟ ନାହିଁ ତ ? କାରଣ ଷ୍ଟେସନରେ ବିଭିନ୍ନ ପ୍ରକାର ଲୋକ ଥାଆନ୍ତି । ଜଣଙ୍କର ଗତିବିଧି ଉପରେ ଲକ୍ଷ୍ୟ କରନ୍ତି । କଥା ଛଳରେ ସବୁ କଥା, ଠିକଣା ଜାଣି ନିଅନ୍ତି । ଆଉ ତା'ପରେ ତାକୁ ବେଶ୍ ଧୂଳେଇ ବି କରିଦିଅନ୍ତି । ତେବେ ଏ ବାବୁଜଣକ ସେମିତି କାହିଁକି ଜଣାଯାଉ ନାହାନ୍ତି ତ । ହଁ ଆଜିକାଲି ଚେହେରାକୁ ବି କଣ ଜଣେ ଜାଣିବ ? ସମସ୍ତେ ତ ଏଠି ଭଦ୍ରଲୋକ । ଧୋବଧାବଲଆ । ମନ ଭିତରେ ସେମାନଙ୍କର କଣ ଅଛି ତାହା କେହି ବି ଜାଣି ପାରିବେନି ।

ନା-ନା- ଏମିତି କଥା ସମସ୍ତଙ୍କ ପାଇଁ ଭାବିବା ଭୁଲ୍। ମୁଁ ତ ତାଙ୍କ ବିଷୟରେ ସାମାନ୍ୟତମ କଥା କିଛି ଜାଣିନି। ପଚାରିନି ବି। କାହିଁକି ଏମିତି ଭାବୁଛି।

ସେ ବାବୁଜଣକ ବୋଧେ ଜାଣି ପାରିଲେ ମୁଁ କିଛି ଭାବୁଛି ବୋଲି। ହୁଏତ ମୁହଁରେ ତା'ର ରେଖା ବାରି ହୋଇ ପାରୁଥାଏ। ଯାହା ସେ ମୋ ମୁହଁ ଦେଖି ଜାଣିପାରିଲେ। ତେଣୁ ପଚାରିଲେ- 'କଣ ଭାବିଲେ କି ଆଜ୍ଞା?'- ନାଇଁ ମ ଏମିତି ପଚାରିଲି, ଆମ ଗାଡ଼ି ଆସିବାକୁ ତ ଡେରିଅଛି। ଏଣୁ ଖାଲି କାହିଁକି ବସିବା। କିଛି କଥା ହେଲେ ଭଲ। ନିଜ ନିଜ ଭିତରେ ବି ପରିଚୟ ହୋଇଯିବ। ଏତେବଡ଼ ପୃଥିବୀ ନା- କେତେ ଲୋକ କିଏ କାହାକୁ ଚିହ୍ନୁଛି ଯେ। ଯାହା ଏମିତି ଆସିବା ବେଳେ ଚିହ୍ନା ପରିଚୟ। ଆପଣଙ୍କ ଗାଡ଼ି ଆସିଲେ ଆପଣ ଯିବେ। ମୋ ଗାଡ଼ି ଆସିଲେ ମୁଁ ବି ଯିବି। ସମସ୍ତଙ୍କର ଲକ୍ଷ୍ୟସ୍ଥଳ କିନ୍ତୁ ଅଲଗା। ଏୟାନୁହେଁ?

ତାଙ୍କ ମୁହଁରେ ସେମିତି ହସ ଲାଗିଥିଲା। ଜଣେ ଦାର୍ଶନିକ ଭଳି କଥା। ମୋତେ ବଡ଼ ବିଚିତ୍ର ଲାଗୁଥାଏ। ମୁଁ କେଡ଼େ ବୋକା ସତରେ? ସେ ମୋ ବିଷୟରେ ଏତେ କଥା ପଚାରୁଛନ୍ତି ଅଥଚ ତାଙ୍କ ସମ୍ପର୍କରେ କିଛି ତ ହେଲେ ପଚାରିଲିନି। ସ୍ଥିର କଲି ନିଶ୍ଚୟ ତାଙ୍କ ବିଷୟରେ ପଚାରିବି।

ମୋର ନିରବତାକୁ ଲକ୍ଷ୍ୟ କରି ସେ ପୁଣି କହିଲେ- ମୋ ବିଷୟରେ କିଛି ଆପଣ ଜାଣିବେ ନା? ମୁଁ କହୁଛି। ସେ ଆରମ୍ଭ କଲେ- "ମୁଁ ମେଜର୍ ରଘୁନାଥ ମହାନ୍ତି। ଭାରତୀୟ ସୈନ୍ୟ ବିଭାଗରେ କାମ କରୁଥିଲି। ଅବସର ନେଇଛି। ମୋ ଘର ସମ୍ପର୍କରେ ମୋତେ ଠିକ୍ ଜଣାନାହିଁ। ତେବେ ମୁଁ ଯେଉଁଠି ଜନ୍ମ ହୋଇ ବଡ଼ହୋଇ ବାହାସାହା ହେଇ ସଂସାର କରିଥିଲି, ତାହା ହେଲା ମୟୁରଭଞ୍ଜ ଜିଲ୍ଲାର ଗୋଟେ ଗାଆଁରେ। ମୁଁ ଏବେ ରହୁଛି କଟକରେ। ଯିବି ଆନନ୍ଦନଗର।" ବାସ୍ ଏତିକି। ସେ ପୁଣି ହସିଲେ।

ସେ ଲୋକ ଜଣକ କଥାରେ ମୁଁ ଆହୁରି ବିସ୍ମିତ ହେଲି। ତାଙ୍କ ଘର ସମ୍ପର୍କରେ ତାଙ୍କୁ ଜଣା ନାହିଁ ବୋଲି କହୁଛନ୍ତି। ପୁଣି କହୁଛନ୍ତି ସଂସାର କରିଛନ୍ତି ଗୋଟେ ଗାଆଁରେ। ତାଙ୍କର ଯାତ୍ରା ହେଲା ଆନନ୍ଦନଗର। ତାଙ୍କ କଥାରେ ତ କିଛି ମେଳ ଖାଉନି।

"ଆନନ୍ଦ ନଗର କେଉଁଠି? ମୁଁ ଜାଣିବାକୁ ଚାହିଁଲି। ଆରୋ ଆପଣ ଆନନ୍ଦନଗର କୋଉଠି ଜାଣିନାହାନ୍ତି? ନା- ଆପଣ ବୋଧେ ଜାଣିନଥିବେ। ଆଛା ମୋତେ କହିଲେ ଆପଣ ଦିଲ୍ଲୀରେ କେତେଦିନ ରହିବେ? ରହିବା ଠିକଣାଟା ଦେଲେ- ମୁଁ ଆନନ୍ଦନଗର ନେଇଯିବି। ତେବେ ଠିକ୍ ଅଛି ଯଦି ଜଣେ ଅଜଣା ଲୋକକୁ ରହିବାର ଠିକଣାଟା ଦେବାକୁ ନାରାଜ। ତେବେ ଚାହିଁଲେ ବି ଆପଣ ଏକା ଏକା ଆନନ୍ଦ ନଗର

ଯାଇପାରିବେ। ଯିବା ଟିକେ କଷ୍ଟ ହେବ ତେବେ ଅତି ଅସୁବିଧା ବି ହେବନି।

ଆସ୍ତେ ଆସ୍ତେ ମୁଁ ଆଶ୍ଚର୍ଯ୍ୟର ବଳୟ ଭିତରକୁ ଟାଣି ହେଇ ଯାଉଥିଲି। ମୁଁ କିଛି କହୁନି; ଅଥଚ ସବୁ ଜାଣିଲା ଭଳି ସେ ଆଗତୁରା କହି ଯାଉଛନ୍ତି। 'ଆନନ୍ଦ ନଗର' ଏମିତି ଏକ ଜାଗା ବୋଧେ ମୁଁ ପ୍ରଥମ ଜାଣିଲି। ସେ ମୋତେ ସାଂଗରେ ନନେଲେ ବି ଅତି ସହଜରେ ଯେ ଯାଇପାରିବି, ଏକଥା ଶୁଣିଲା ପରେ କେଜାଣି କାହିଁକି ମୋତେ ଭାରି ଅଡୁଆ ଅଡୁଆ ଲାଗିଲା।

ଏଥର କିନ୍ତୁ ମଁ ମୁହଁ ଖୋଲିଲି।

ଆପଣ ଆନନ୍ଦ ନଗରରେ କଣ କରନ୍ତି ? ସେଠାରେ ଆପଣଙ୍କର ଆଉ ସବୁ କିଏ ଅଛନ୍ତି ? ପୁଅ ଅଛନ୍ତି ନା ଆପଣ ସେଠି ଘର କରିଛନ୍ତି ?

ମୋର ଏତେ ଗୁଡ଼ିଏ ପ୍ରଶ୍ନ ଶୁଣି ସେ ପୂର୍ବବତ୍ ହସିଲେ। ଏବଂ କହିଲେ ସେଠାରେ କେହି ନାହାନ୍ତି। ଯେଉଁମାନେ ଅଛନ୍ତି ସେମାନେ ମୋର ବଂଧୁ ମାତ୍ର। ଘର ବି କରିନି, କେବଳ ଆଶ୍ରୟ ନେଇଛି।

ଓଃ ତାହେଲେ ଆପଣ ଏମିତି ବୁଲି ଯାଆନ୍ତି ? ମୁଁ ପଚାରିଲି। ସେ କହିଲେ ଧରିନିଅନ୍ତୁ ହଁ।

ହଁ ଆଉ ଗୋଟେ କଥା ପଚାରିବାକୁ ଭୁଲିଗଲିଯେ ଯେଉଁ ଜାଗା କଥା କହୁଛନ୍ତି ସେ କଣ ଦିଲ୍ଲୀରେ ? ହଁ ସବୁଆଡ଼େ ଅଛି। ମୁଁ କିନ୍ତୁ ହରିଦ୍ୱାର ଯିବି। ଦିଲ୍ଲୀରେ କିଛିଦିନ ରହିବି ଓ ତା'ପରେ ହରିଦ୍ୱାର ଯିବି। ସେ କହିଲେ।

ଆପଣ ଯିବେ କି ?

କିଛି ସମୟ ରହି ସେ ପଚାରିଲେ।

ମୁଁ କୁଆଡ଼େ ଯିବି ? ଦିଲ୍ଲୀ ତ ଯାଉଛି। ପୁଣି ହରିଦ୍ୱାର କାହିଁକି ? ଅବଶ୍ୟ ଏକଥା ତାଙ୍କୁ କହିଲି ନାହିଁ। ମନେ ମନେ ଭାବିଲି। ଅନେକ ଆଗରୁ ହରିଦ୍ୱାର, ଋଷିକେଶ ପ୍ରଭୃତି କିଛି ତୀର୍ଥସ୍ଥାନ ଯିବାକୁ ଇଛା ଅଛି। କିନ୍ତୁ ଏପର୍ଯ୍ୟନ୍ତ ଚାକିରିକାଳଠାରୁ ଅବସର ସମୟ ଭିତରେ ସେମିତି ସୁବିଧା ଜୁଟିନି। ଦିଲ୍ଲୀ ଏତେଥର ଆସୁଛି ହେଲେ ପୁଅକୁ ସମୟ ହେଉନି ନେବାପାଇଁ। ପତ୍ନୀ ମଧ୍ୟ ଏମିତି କହି କହି ରହିଲେ। ଇଛା ହଉଚି ଏ ବବୁଙ୍କ ସାଂଗରେ ହରିଦ୍ୱାର ଯାଇ ବୁଲି ଆସନ୍ତି। ହେଲେ ପୁଅବୋହୂ ମୋତେ ଛାଡ଼ିବେନି। ମୁଁ ଯିବି କି ନଯିବି ଦୂରର କଥା। ତାର କୌଣସି ଉତ୍ତର ମୋ ପାଖରେ ତ ନାହିଁ ତାଙ୍କୁ ବା କଣ କହିବି ? ପଚାରିଲି ଆଛା ଆପଣ ହରିଦ୍ୱାର କାହିଁକି ଯାଆନ୍ତି ? ସେଠାରେ କିଏ କଣ ରହୁଛନ୍ତି।

କହିଲିନା- ଅନେକ ଲୋକ ଅଛନ୍ତି। ମୁଁ ସେମାନଙ୍କ ସହ ରହିବି। ଆପଣ

କେବେ ଥରେ ଆସନ୍ତୁ ଆପଣ ଆପେ ଆପେ ଜାଣିବେ ସେଠି କଣ ଅଛି ?- ସେ କହିଲେ। ସେୟାକୁ ଆପଣ କଣ ଆନନ୍ଦ ନଗର ବୋଲି କହୁଛନ୍ତି ? ମୁଁ ପଚାରିଲି। ଆପଣ ଏ ପର୍ଯ୍ୟନ୍ତ ବି ଜାଣିପାରିଲେନି ଆନନ୍ଦନଗର କେଉଁଠି ? ଏଥର ଶୁଣନ୍ତୁ ମୁଁ ଆନନ୍ଦନଗରୀର କଥା କହୁଛି- ସେ ଆରମ୍ଭ କଲେ।

ଆପଣ ଆମିଷ ଖାଆନ୍ତି ?

ମୁଁ ମୁଣ୍ଡ ଟୁଙ୍ଗାରି ହଁ ମାରିଲି।

ଗୋଟେ ଦୃଶ୍ୟ କେବେ ଆପଣଙ୍କ ନଜରକୁ ଆସିଥାଇପାରେ ? ରବିବାର ସକାଳ ବା ଅନ୍ୟଆମିଷବାରୀରେ ଆପଣ ବଜାରକୁ ମାଂସ ଆଣିବାକୁ ଯାଇଥିବେ। ମାଂସ କାଟୁଥିବା ଲୋକଟି ପାଖରେ ପ୍ରବଳ ଭିଡ଼ ଲାଗେ। ଆପଣ ଏକ ନୁହଁନ୍ତି ବହୁତ ଲେକ ଅପେକ୍ଷା କରିଥିବେ ମାଂସ ଆଣିବା ପାଇଁ। କଟା ହେବାକୁ ଅପେକ୍ଷା କରିଥିବା ଛେଳି ପାଖରେ ସେ କଂସେଇ କିଛି ଘାସ ପତ୍ର ପକେଇଥିବ। ତା' ଆଖି ଆଗରେ ଛେଳିସବୁ କଟା ହେଉଥିଲେ ବି, ବଂଧା ହେଇଥିବା ଛେଳିଟି ସେ ପତ୍ର ଖାଇବାରେ ଲାଗେ। ହଏତ ଆଉ କିଛି ସମୟ ପରେ ତାର ମଧ୍ୟ ମୃତ୍ୟୁର ସମୟ ଆସିପାରେ। ତଥାପି ସେ ପତ୍ର ଖାଇବାରେ ଲାଗେ।

ଏ ଦୃଶ୍ୟଟି ଆପଣ ଦେଖିଛନ୍ତି ନା ?

ମୁଁ ଏ ଦୃଶ୍ୟ ଦେଖିଥିଲେ ବି-ମୋ ମନ ଭିତରକୁ କେବେ ଏହା ପଶିନଥିଲା। କାରଣ ମାଂସ ନେବା ପାଇଁ ଆମର ଅପେକ୍ଷା ଥାଏ।- ମୁଁ କହିଲି।

ମୁଁ ସେୟା କହୁଛି - ଆଜ୍ଞା

ଆମେ ସଂସାର ଭିତରୁ ଟିକେ, ଅଳ୍ପ ସମୟ ପାଇଁ ହେଇ ବି ବାହାରି ଆସିବା, ତାପରେ ନିଜ ଭିତରକୁ ଅନେଇବା। ଏବଂ ଚିନ୍ତା କରିବା ମୁଁ ଖାଲି ପତ୍ର ଖାଇବାରେ ଲାଗିଲି। ଆଗକୁ ଅନେଇନି ଛେଳି ଭଳି। ଭିତରେ ଦେଖିବେ ନା-ଗୋଟେ ଜଗତ ଅଛି। ତା' ହେଉଛି ଆନନ୍ଦ ନଗର। ସେଠି ଆଉ ଜଣେ କିଏ ଅଛି। ଆମକୁ କେବଳ ଖେଳଉଛି ଆମେ ଖେଳରେ ମାତିଛେ। ମୁଁ ତ ସେୟାକୁ ଖୋଜୁଛି। ଆନନ୍ଦ ନଗରକୁ। ସେଥିପାଇଁ ଡାକୁଥିଲି ସାଂଗ ହୋଇ ଖୋଜିବା।

ତାହେଲେ ଆପଣ ହରିଦ୍ୱାର କାହିଁକି ଯାଉଛନ୍ତି ?

ସେଠାକୁ ଗଲେ କଣ ଆପଣଙ୍କର ଖୋଜିବା ସରିଯିବ। ମୁଁ ପଚାରିଲି।

ନା-ନା- ଆଜ୍ଞା ସେ ହସି ହସି କହିଲେ। ହରିଦ୍ୱାର ଏକ ତୀର୍ଥସ୍ଥାନ। ଏମିତି ବି ଭାରତବର୍ଷରେ ଅନେକ ତୀର୍ଥସ୍ଥାନ ଅଛି। ସେ ସବୁକୁ ଯାଇ ଖାଲି ବୁଲିବା ଶ୍ରମ ମାତ୍ର। ତେବେ ମୁଁ ଯାଏ ସେଠାରେ ମୋର ଗୁରୁଙ୍କର ଆଶ୍ରମ ଅଛି। ଜଣେ ଭଲ ମଣିଷ

ଦେଖିଲେ ବା ଭଲ ଜାଗା ଦେଖିଲେ ମୁଁ କିଛି ସମୟ ପାଇଁ ମୋ ମାୟାଜଗତରୁ ବାହାରି ଆସେ ଓ ଟିକେ ଆତ୍ମପରିତୃପ୍ତି ମିଳେ। ଢ଼େର ଦିନ ଧରି ସେମାନଙ୍କ ସେବା କଲିଣିତ, ଆଉ ଏଥର ସେହି ଆନନ୍ଦଜଗତର ମାଲିକଙ୍କ ସେବା କରିବାକୁ ଚାହୁଁଛି ଓ ଖୋଜୁଛି। କେଉଁଦିନ ଆନନ୍ଦର ମହାପୃଥିବୀରେ ପହଂଚି ପାରିବି। ମୋତେ ଜଣାନାହିଁ ବହୁତ ଗୁଡ଼ିଏ କଥା ପାଗଳଙ୍କ ଭଳି କହିଦେଲି-ଆପଣ କିଛି ମନେ କରିବେନି।

ତା'ପରେ ସେ ହାତ ଘଡ଼ିକୁ ଅନେଇଲେ। ମୁଁ ମଧ୍ୟ ହାତଘଡ଼ିକୁ ଚାହିଁଲି। ଆଉ ଅଧଘଣ୍ଟା ବାକି ଅଛି। ଟ୍ରେନ୍ ଟି ଆସିବ।

ଦୁଇଜଣଯାକ ପୂର୍ବପରି ନିରବରେ ବସିଗଲୁ। ପ୍ଲାଟ୍‌ଫର୍ମର ଲୋକ ହାଉଯାଉରେ ଆମ ଦୁଇଜଣଙ୍କ କଥାବାର୍ତ୍ତା ବେଳେ ମୋତେ ଲାଗୁଥିଲା ବୋଧହୁଏ- ଏ ଅଞ୍ଚଳଟି ସମ୍ପୂର୍ଣ୍ଣ ଶୂନଶାନ୍। କେହି ଯେମିତି ନାହାନ୍ତି। କେବଳ ଆମେ ଦୁଇଜଣ। ହାତରେ ଧରିଥିବା ମାଗାଜିନ୍‌ଟିକୁ ବ୍ୟାଗରେ ରଖିଦେଲି। ପାଣିବୋତଲ କାଢ଼ିଥିଲି ତାକୁ ମଧ୍ୟ ରଖିଦେଲି। ସଜାଡ଼ିହେଲି ଟ୍ରେନ୍‌ର ଯାତ୍ରା ପାଇଁ।

ଟ୍ରେନ୍ ଆସିବାର ସମୟ ହେଲା।

ଘୋଷକ ଜଣେଇ ଦେଲେ ଆମ ଗାଡ଼ିଟି ଏକନମ୍ବର ପ୍ଲାଟ ଫର୍ମରେ ଲାଗିବ। ଲୋକମାନେ ତତ୍‌ପର ହୋଇଉଠିଲେ। ମୁଁ ମଧ୍ୟ। ସେ ବାବୁଜଣକ କହିଲେ ଆଜ୍ଞା ଆସନ୍ତୁ। ଯିବା ଭିଡ଼ ହେଇଯିବ। ପୁଣି କେବେ ଦେଖାହବ। ସେ ଆଗତୁରା ହୋଇ ଚାଲିଲେ। ମୁଁ ତାଙ୍କ ପଛେ ପଛେ ଯାଉଥିଲି। ମୋତେ ଲାଗୁଥିଲା ମୋ ଭିତରର ସେଇ ଆନନ୍ଦନଗରକୁ ଯେମିତି ଯାତ୍ରା କରୁଛି। ଦିଲ୍ଲୀ ନୁହେଁ।

■

ମତାନ୍ତର

ମୁଁ 'ହଁ' କହିଲେ ସେ କହିବେ 'ନା'
ମୁଁ ଯଦି 'ନା' କହିବି ସେ କହିବେ 'ହଁ'
ଏହି ହଁ-ନା ର ଲୁଚକାଳି ଖେଳରେ ଜୀବନ କେମିତି ଗୋଟେ ସମୟ ସହ ଛକା ପଞ୍ଝା ଦେଇ ଗଡ଼ି ଆସୁଛି ।

ହିମାଦ୍ରୀ ଭାବନ୍ତି ଜୀବନ କାହାକୁ କହନ୍ତତି । ସୂର୍ଯ୍ୟ ଉଦୟରେ ଅସ୍ତଯାଏ ଗୋଟାଏ ରୁଟିନ୍ ବନ୍ଧା ମେସିନ୍ । ନା ଏହାର ପଛପଟରେ ଆଉ କଣ କିଛି ସଂଧ୍ୟା ଅଛି ? ଜଣେ ମୁକ୍ତ ଜୀବ ଭାବରେ ମା ପେଟରୁ ମାଟିକୁ ଛୁଇଁଛି ମଣିଷ । ଅଥଚ ସେ କୁଆଡ଼େ ବଂଦୀ ଚାରିଆଡ଼େ । ନିଜ ଭିତରେ ବି । ଇଏ ଜଣେ ଦାର୍ଶନିକଙ୍କର ମତ । ହିମାଦ୍ରୀ କିନ୍ତୁ ଅଲଗା କଥା ଚିନ୍ତା କରନ୍ତି, ସେ ଯେମିତି ମା ଗର୍ଭରୁ ହିଁ ବନ୍ଦୀ । ଆଦୌ ମୁକ୍ତ ନୁହେଁ । ଇଛା କରି ମଧ୍ୟ ମୁକ୍ତି ବି ପାଇପାରୁନାହାନ୍ତି ।

ବନାରସ ହିନ୍ଦୁ ବିଶ୍ୱବିଦ୍ୟାଳୟରୁ ଦର୍ଶନ ଶାସ୍ତ୍ରରେ ସ୍ନାତକତ୍ତୋର କରିଛନ୍ତି । ନିଜକୁ ବିରାଟ ଏକ ଦାର୍ଶନିକ ବନେଇବାର ସଂକଳ୍ପ କରିଥିବା ବନାରସ ହିନ୍ଦୁ ବିଶ୍ୱବିଦ୍ୟାଳୟର ସେଇ ଛାତ୍ରଟି କଣ ହେଲା କେଜାଣି କ୍ରମଶଃ ଶିରଳ ହେଇଗଲେ । ତାଙ୍କ ଦୃଷ୍ଟିରେ କେହିଜଣେ ବି ଜୀବନକୁ ଚିହ୍ନି ଶିଖିନାହାନ୍ତି । ପରିବାର ଲୋକ କୁହାଯାଇପାରେ ବା ଗାଆଁ ପଡ଼ୋଶୀ ବା ଅଧ୍ୟାପନା କରୁଥିବା ମହାବିଦ୍ୟାଳୟର ସହକର୍ମୀ ମାନେ । କେହିଜଣେ ମଧ୍ୟ ନୁହେଁ ।

ସେଥିପାଇଁ ହିମାଦ୍ରୀଙ୍କ ମନରେ ଦୁଃଖ ।

ଯାହା ଆଗରେ ନିଜର କୌଣସି ମତ ଦେବାକୁ ଚାହାନ୍ତି, ସେ ତାଙ୍କ ସହ ଏକମତ ହୁଏନି । ଉଭୟଙ୍କ ମତ ବଦଳି ଯାଏ । ଥରେ ବାପାଙ୍କ ସହ କଥା ହେଲାବେଳେ

ହିମାଦ୍ରୀ କହିଲେ ବାପା ! ତମେ ଚାକିରି ଛାଡ଼ିଦିଅ । ଜୀବନସାରା ଖଟି ଖଟି ତୁମର ପିଲାମାନଙ୍କୁ ବଡ଼ କରିଛ । ନିଜପାଇଁ ତ କିଛି କରିନ, ବରଂ ଅନ୍ୟମାନଙ୍କ ପାଇଁ ସତେ ଯେମିତି ତମର ଚାକିରି କରିବା ଆବଶ୍ୟକ ଥିଲା । ଏବେ ଅନ୍ୟମାନଙ୍କ ପାଇଁ ତ ଦର୍କାର ନାହିଁ । ମୋ ଜାଣିବାରେ ସମସ୍ତେ ପାରିବାର ।

ହିମାଦ୍ରୀ କଥା ଶୁଣି ବାପା କହିଲେ- "ଇଏତ ଜୀବନର ଧର୍ମ । ମୁରବୀ ଲୋକଟିଏ ତା' ପିଲାଙ୍କ ପାଇଁ ବା ପରିବାର ପାଇଁ ଯାହାକରନ୍ତି, ମୁଁ ସେୟା ହିଁ କରିଛି । ଆଉ ରହିଲା ଚାକିରି ଛାଡ଼ିବା କଥା, ଅବସର ନେବାକୁ ମୋର ଆଉ ନ ମାସ ରହିଲା । ଏ ସମୟରେ ଛାଡ଼ିବି କାହିଁକି । କେଇଟା ମାସ କୁଆଡ଼େ ଗଡ଼ିଯିବ ।"

ବାପାଙ୍କ କଥା ଶୁଣି ହିମାଦ୍ରୀ କହିଲା 'ମୁଁ ଜାଣିଥିଲି ତମେ ଏୟା ହିଁ ନିଶ୍ଚୟ କହିବ । ମୁଁ ଜାଣେ ମୁଁ ଯାହାକୁ ଯାହା କହିବି, ସେ ମୋର ବିପରୀତ କଥା ହିଁ କରିବ । ସେଇ ମଣିଷମାନଙ୍କ ଭିତରୁ ତମେ ମଧ୍ୟ ଜଣେ ।'

ବାପାଙ୍କ ସାମ୍ନାରୁ ସେ ଚାଲିଗଲେ କ୍ଷିପ୍ର ଗତିରେ । ପିଲାଦିନୁ ସେ ଜିଦିଆ । ତା ଜିଦ୍ ଯଦି ନରହିବ, ତାହେଲେ ଗଲା । ଆଜି ଏତେବଡ଼ ହେଲାଣି ଯେ ସେଇ ଢଙ୍ଗ ବଦଳଉନି । ବାପା ଯେମିତି ମନେ ମନେ ସ୍ୱଗତୋକ୍ତି କଲେ ।

କୌଣସି ଏକ ସମ୍ମୁଖ ସମରରେ ହାରିଗଲା ଭଳି ହିମାଦ୍ରୀ ବାହାରି ଯାଉଥିବାର ତାଙ୍କ ବୋଉ ଦେଖିଲେ । ସେ'ବି ଜାଣିପାରୁନାହାନ୍ତି । ହିମାର ତା' ବାପା ସହ କୌଣସି ପାଟିଗୋଳ ହେଇନି ତ ? ନହେଲେ ଫୁଲାଫୁଲା ମୁହଁରେ ସେ ଏମିତି ଚାଲିଗଲା କାହିଁକି ? ସେ ବି ସେଇଭଳିଆ ଲୋକ । ଏଡ଼େ ବଡ଼ ପୁଅ ହେଲାଣି, ତା'ସହ ପାଟିଗୋଳ କରିବା କଣ ଦର୍କାର ଥିଲା । ବୋଉ ଆସି ଦେଖିଲା, ବାପା ବି ଗୁମ୍ ମାରି ବସିଛନ୍ତି ।
ପଚାରିଲା- 'କ'ଣ ହେଲାକି ହିମା ସହ କିଛି ପାଟିତୁଣ୍ଡ ହେଇଚି ନା କ'ଣ ? ତମେ କଣ ଏମିତି ଥକ୍କା ମାରି ବସିଛ । ସେ ମଧ୍ୟ ମୁହଁ ଫୁଲେଇ ଚାଲିଗଲା ।'

ବାପାଙ୍କ ଠାରୁ ବୋଉ ଯାହା ଶୁଣିଲା, ସେଥିରେ ସେ ନିଜେ ବି ଅବାକ୍ ହେଲେ । ଇଏ ଗୋଟେ କଥା ଯେ ହିମା ମନରେ ରାଗ । ସତରେ ବଡ଼ ଅଜବ ପିଲା । ତାକୁ ବୁଝିବା ଖୁବ୍ କଷ୍ଟ । କାଲି ସକାଳେ ବାହାଘର ହେବ । ଏମିତି ତ ବୋହୂ ସାଙ୍ଗରେ ଯମା ପଡ଼ିବନି । ଛୋଟ ଛୋଟ କଥାରେ ବି କଜିଆ ଲାଗିବ ।

ହିମାଦ୍ରୀ ପ୍ରକୃତରେ କାହାକଥା ବୁଝିପାରୁନାହାନ୍ତି ନା ତାଙ୍କ କଥା କେହି ବୁଝିପାରୁନାହାନ୍ତି ? ସେଦିନ କଲେଜ କମନ୍‌ରୁମ୍‌ରେ ବସିଥିବାବେଳେ ଦୁଇତିନିଜଣ ଷ୍ଟାଫ୍‌ମାନଙ୍କ ଭିତରେ କଣ ଗୋଟେ ଅଫିସ ସମସ୍ୟାକୁ ନେଇ ଖୁବ୍ ସରଗରମ ଆଲୋଚନା ଚାଲିଥିଲା । ସବୁ କଥା ହିମାଦ୍ରୀ ବସି ଚୁପ୍‌ଚାପ୍ ଶୁଣୁଥିଲେ । ସେ ଯାହା ବୁଝିଲେ ମିଶ୍ରବାବୁ

କହୁଛନ୍ତି ପ୍ରିନ୍‌ସପାଲ ଯେଉଁ ନୋଟିସ୍ କରିଛନ୍ତି, ସମସ୍ତେ ତିନିଟା ପର୍ଯ୍ୟନ୍ତ କଲେଜରେ ରହିବେ। କ୍ଲାସ ଥାଉ କି ନଥାଉ। ଏଇଟା କିନ୍ତୁ ଠିକ୍ ନୁହେଁ। ମିଶ୍ରବାବୁଙ୍କ କଥାଶୁଣି ମହାପାତ୍ର ବାବୁ କହିଲେ- 'ଆପଣ ଜାଣି ନାହାନ୍ତି ସାର୍ ଏଇଟା ତ ସରକାରଙ୍କର ଏକ ଘୋଷିତ ଆଇନ୍। ଆମେ ଯେତେବେଳେ ଚାକିରି କରିଛେ ତାକୁ ନିଶ୍ଚୟ ମାନିବାକୁ ହବ। ସେମାନଙ୍କ କଥା ମଝିରେ କଥା ରଖିଲେ ହିମାଦ୍ରୀ। ଏକ୍‌ସକ୍ୟୁଜ୍ ମି ସାର୍! ମୁଁ ଗୋଟେ କଥା କହିବି: ଶୁଣିବେ! ହିମାଦ୍ରୀଙ୍କ କଥାଶୁଣି ମିଶ୍ରବାବୁ ଗୁଣୁଗୁଣେଇଲେ ହେଇରେ ପାଗଲା କଣ କହିବ। ନିଶ୍ଚୟ ବେତାଳିଆ କହିବ ଯେ ତମକୁ ପୁରା କ୍ଳାନ୍ତ କରିଦେବ।

ହିମାଦ୍ରୀ କହିଲେ- ସାର୍! ଆପଣ ଯଦି ପ୍ରକୃତରେ ବିଚାର କରିବେ ସରକାରଙ୍କର ଘୋଷିତ ଆଇନ୍ ହଉ କି ଅଧ୍ୟକ୍ଷଙ୍କ ବିଜ୍ଞପ୍ତି ଜାରିହେଉ, ସବୁ ସମାନ ଓ ଏକାକଥା। ଆମେ ଏହାକୁ ମାନିନେବାକୁ ବାଧ୍ୟ। କାହିଁକି ବୋଲି ଆପଣ ପଚାରିପାରନ୍ତି। ତା'ହେଲା ଉଭୟଙ୍କର ସ୍ୱୀକୃତିପ୍ରାପ୍ତ କର୍ମଚାରୀ। ଉଭୟଙ୍କ ପ୍ରତି ଆମର ଯଥେଷ୍ଟ ଆନୁଗତ୍ୟ ରହିବା ଦର୍କାର। ଏଣୁ ଆମେମାନେ ତିନିଟା ବାଜିଲେ ଘରକୁ ଯିବା।

ମିଶ୍ରବାବୁ କି ମହାପାତ୍ରବାବୁ ଯେଉଁକଥା ପାଇଁ ନିଜ ନିଜ ଭିତରେ ଯୁକ୍ତିତର୍କ ଲାଗିଥିଲେ, ସେ କଥାଟି ହିମାଦ୍ରୀଙ୍କ ଠାରୁ ଶୁଣିଲା ପରେ ସେମାନଙ୍କର ମତ ବଦଳି ଗଲା ଓ ତାଙ୍କ ସହ ବେଶ୍ ତର୍କ ଆରମ୍ଭ କରିଦେଲେ।

ଏଥର ହିମାଦ୍ରୀ ଚୁପ୍ ରହିଲେ।

କାହିଁକି ତାଙ୍କ ମତ ସହ କାହା ମତ ଖାପ୍ ଖାଉନାହିଁ। ସେ କଣ କିଛି ଭୁଲ୍ କରିଛନ୍ତି ନା କାମରେ କରିଛନ୍ତି। ଅସୁବିଧା ଟା କେଉଁଠି ?

ହିମାଦ୍ରୀ ବାରମ୍ବାର ଭାରାକ୍ରାନ୍ତ ହୋଇ ଉଠୁଥିଲେ।

ହିମାଦ୍ରୀଙ୍କର ବାହାଘର ସ୍ଥିର ହେଲା। ବାପା ବୋଉ ଦେଖିବାକୁ ଯାଇଥିଲେ। ବାହା ହେଇ ଯାଇଥିବା ବଡ଼ଭଉଣୀ ଓ ଭିଣୋଇ ମଧ୍ୟ ଆସିଥିଲେ। ଝିଅଟି ସମସ୍ତଙ୍କ ମନକୁ ଗଲା। ସାଇନ୍‌ସ୍‌ରେ ଗ୍ରାଜୁଏସନ କରିଛି। ବାପା, ମା ଘର ଦ୍ୱାର ସବୁ ଭଲ। ଦ୍ୱିତୀୟ ଥର ମୁଦି ପିନ୍ଧେଇବାକୁ ଗଲାବେଳେ ପୁଅକୁ ସାଙ୍ଗରେ ନେବାପାଇଁ ସେମାନଙ୍କୁ କହି ଆସିଥିଲେ। ହିମାଦ୍ରୀଙ୍କର ଯିବାକଥା। "ବୋଉ କହିଲା- ଆରେ ହିମା ତୋର ବାହାଘର ପାଇଁ ସେମାନେ ଯାଇ ଦେଖିଆସିଛନ୍ତି। ଝିଅଟି ଭଲ ଓ ସୁନ୍ଦର ବୋଲି କହୁଛନ୍ତି। ମୁଁ ତ ଯାଇଥିଲି ମୋ ମନକୁ ଯାଇଛି। ବାପା ମଧ୍ୟ ରାଜି। ଆସନ୍ତା ରବିବାର ବାପା, ବଡ଼ବାପା, ବଡ଼ବୋଉ ଯିବେ, ସେମାନଙ୍କ ସାଙ୍ଗରେ ତୋତେ ଯିବାକୁ ବି ଝିଅ ଘର କହିଛନ୍ତି। ତୁ ମଧ୍ୟ ଯା! ଦେଖ୍ ହିମା ତୋ ମନକୁ ଯଦି ନଯିବ, ସିଧା ମନା କରିଦେବୁ। ଆଉ ଯଦି ମନକୁ ଗଲା ତାହେଲେ କହିଦେବୁ, ବଡ଼ବାପା ମୁଦି ପିନ୍ଧେଇ ଦେବେ। ଆଉ

ଡେରି କରି ଲାଭ ନାହିଁ। ଏତେଥର ଯିବା ବି ଭଲ ନୁହେଁ। ଏଣୁ ରବିବାର ଦିନ କୁଆଡ଼େ ନଯାଇ ଥିବୁ।"

ବୋଉ କଥା ଶୁଣି ହିମାଦ୍ରୀ କିଛି କହି ପାରିଲାନି।

ବୋଉ ତା' କଥା ଶୁଣେଇ ଚାଲିଗଲା ସିନା। ହିମାଦ୍ରୀ ଭାବୁଥିଲେ ଅନେକ କଥା। ତାଙ୍କ ମନରେ ଗୋଟେ ଭୟ ରହିଯାଇଛି- ସେ ଯାହା କହୁଛନ୍ତି, କେହି ବୁଝିବାକୁ ରାଜି ନୁହଁନ୍ତି କି ତାଙ୍କ ସହ ଏକମତ ହେଉନାହାନ୍ତି। ଏ କ୍ଷେତ୍ରରେ ସେ ଭାବୁଥିଲେ ଯଦି ସେଇ ସମସ୍ୟା ଉପୁଜେ, ତାହେଲେ ତ ଗୋଳମାଳ ହେବ। ବଡ଼ବାପା କି ବଡ଼ବୋଉ ଏମାନେ ଖରାପ ଭାବିବେ।

ଏଥର ସ୍ଥିର କଲେ ସେ ଯିବେନି, ସେମାନେ ଦେଖିଛନ୍ତି ଭଲ। ତା'ହିଁ ହେଉ। ତାଙ୍କର କୌଣସି ମତାନ୍ତର ନାହିଁ। ଏ ନିଷ୍ପତ୍ତି ସେ ବୋଉକୁ ଶୁଣେଇ ଦେଲେ।

ଏକଥା ଶୁଣି ବାପା କିନ୍ତୁ ରାଗିଲେ। କଣ ସେ ଭାବୁଛି ନିଜକୁ? କ'ଣ ପାଠଶାଠ ପଢ଼ି ମଣିଷ ହେଇଗଲାବୋଲି ସମସ୍ତଙ୍କ ଉପରେ ବଡ଼ ହେଇଗଲା। ବାପା ରାଗି ବୋଉକୁ କହିଦେଲେ, ତାକୁ କହିଦିଅ ଯଦି ସେ ନଯିବ, ତାହେଲେ ବାହାଘର ହେବନି। ମୁଁ ସେମାନଙ୍କୁ କଥା ଦେଇଚି, ସେମାନେ କଣ ଭାବିବେ ଯେ ? ତା' ଛଡ଼ା ଆରେ ବାବୁ ପୁଅ ଝିଅଟିକୁ ଦେଖିଆସିବା ଭଲ। ଆଜି କାଲି ତ ସେୟା ହେଲାଣି ନା। ଗୋଟିଏ ଦୃଷ୍ଟିରୁ ଏହା ବି ଠିକ୍ ଝିଅଟିର ତ ପୁଣି ମନ ଅଛି, ପସନ୍ଦ ଅଛି। ସେ କାହିଁକି ପୁଅଟିକୁ ନଦେଖିବ ? ଯାହାକୁ ନେଇ ସେ ତାର ସଂସାର ଗଢ଼ିବ। ଜୀବନ ସାଥି କରିବ, ଉଭୟ ଉଭୟଙ୍କୁ ଦେଖିବା ଉଚିତ୍।

ହିମାଦ୍ରୀ ଲକ୍ଷ୍ୟ କଲେ ବୋଉ ବିଚାରା ଖାଲି ଏପଟ ସେପଟ ହଉଚି।

ନା ବାପାଙ୍କୁ କିଛି କହିପାରୁଛି ନା ତାକୁ।

ବହୁ ଭାବିବା ପରେ ହିମାଦ୍ରୀ କହିଲେ 'ମୁଁ ବାପାଙ୍କ କଥା ସବୁ ଶୁଣି ସାରିଛି। ଠିକ୍ ଅଛି ମୁଁ ଆସନ୍ତା ରବିବାର ସେମାନଙ୍କ ସହ ଯିବି'। ବୋଉ ମୁହଁ ଉଜ୍ଜ୍ୱଳ ଦେଖାଯାଉଥିବା ହିମାଦ୍ରୀଙ୍କ ଦୃଷ୍ଟିରେ ଆସିଲା।

ଝିଅ ଦେଖିବାକୁ ଗଲାବେଳେ, ବଡ଼ବାପା ପଚାରିଥିଲେ 'ଝିଅର ନାଁ କ'ଣ ? ସେ କହିଥିଲେ 'ରଂଜିତା'। ହିମାଦ୍ରୀଙ୍କ ପାଇଁ ଏହା ହିଁ ଯଥେଷ୍ଟ ଥିଲା। କେବଳ ନାଁଟି ଜାଣିବା। ରଂଜିତା: ଭଲ ନାଁ। ଜୀବନକୁ ରଂଜେଇ ପାରୁଥିବା ନାରୀଟିଏ। ହିମାଦ୍ରୀ ହସିଲେ। ଜୀବନ ଛୋଟିଆ କଥା ନୁହେଁ ଯେ, କୌଣସି ଢଙ୍ଗରେ ତାକୁ ରଂଜେଇ ହବ, ସଜେଇ ହବ।

ହିମାଦ୍ରୀଙ୍କର ରଂଜିତା ସହ ବାହା ଘର ହେଲା।

ପ୍ରଥମ ସାକ୍ଷାତ ରାତିରେ ହିମାଦ୍ରୀ କହିଥିଲେ- 'ମୁଁ ପ୍ରଥମରୁ ତମକୁ ଗୋଟେ କଥା କହିବାର ଅଛି। ଶୁଣିବ ତ?

ରଂଜିତା-ସମ୍ମତିର ମୁଣ୍ଡ ହଲେଇଥିଲେ।

ଦ୍ୱିତୀୟ ବାକ୍ୟ କହିଲେ ହିମାଦ୍ରୀ- 'ମୁଁ ଶୁଣଇଚି ଏଇ ଚତୁର୍ଥୀ ରାତିରେ ପୁଅମାନେ କୁଆଡ଼େ ନୂଆବୋହୁଟିର ଓଢ଼ଣା ଖୋଲି ଦିଅନ୍ତି। ତମେ କିନ୍ତୁ ନିଜେ ଖୋଲିଦିଅ ଓଢ଼ଣା। ରଂଜିତା ନିଜ ହାତରେ ଆସ୍ତେ କରି ଓଢ଼ଣାଟି ଖସେଇ ଆଣିଲେ।

ଏଥର ତୃତୀୟ ବାକ୍ୟ କହିଲେ ହିମାଦ୍ରୀ। 'ତମେ ବିଜ୍ଞାନରେ ସ୍ନାତକ ଡିଗ୍ରୀ ପାଇଛ। ଭଲ କଥା। ବିଜ୍ଞାନ ପଢୁଥିବା ପିଲାମାନେ କିନ୍ତୁ ଭାରି ସ୍ମାର୍ଟ।' ଆଚ୍ଛା ତମେ ଜାଣିଚ ଉଣେଇଶ ଚାରି ମସିହାରେ ଏଇ ମାଟିର ଜଣେ ନାରୀ ଲେଖିକାଙ୍କୁ? ହଁ ନାଁଟ କହିଦିଏ ସରଳା ଦେବୀ। ଜାଣିଚ?

ରଂଜିତା କହିଲା- 'ନା'।

ବେଶ୍ ଭଲ କଥା। ତାଙ୍କ ପ୍ରବନ୍ଧର ଗୋଟିଏ ବାକ୍ୟ ମୁଁ କହୁଚି, ତା'ପୁଣି ସେ ସମୟରେ ଗୋଟେ ନାରୀର ମୁକ୍ତ ସ୍ୱାଧୀନତାକୁ ନେଇ। ସେ ଲେଖିଥିଲେ ନାରୀର ଦେହ ତା ସ୍ୱାମୀର ଏକ ଭୋଗ୍ୟ ଦେହ ନୁହେଁ। ସେ ଯେତେବେଳେ ଚାହିଁବ, ସନ୍ତାନଟି ଦେଇପାରିବ। ତା କେବେ ବାଧ୍ୟରେ ନହୋଇପାରେ। ସେ ଦୃଷ୍ଟିରୁ ମୁଁ ତମକୁ ସ୍ୱାଧୀନତା ଦଉଚି। ତୁମର ଇଚ୍ଛା ଉପରେ କେବେ ବି ମୁଁ ହସ୍ତକ୍ଷେପ କରିବି ନାହିଁ।" - ହିମାଦ୍ରୀଙ୍କ ଠାରୁ ଏ ପ୍ରକାର କଥା ଶୁଣି ରଂଜିତା ହତବାକ୍ ହେଇଗଲେ। କି ହୃଦୟର ମଣିଷଟିଏ ସତରେ? ଯେଉଁଠି ଚତୁର୍ଥୀ ରାତିରେ ସ୍ୱାମୀଟିଏ ପ୍ରଥମେ ତା'ସ୍ତ୍ରୀ ପାଖରେ ମୁକ୍ତ ହେବାକଥା, ସେ କିନ୍ତୁ ରଂଜିତା ଉପରେ ଛାଡ଼ି ଦଉଛନ୍ତି।

ଏକଥା ଭାବିଲା ପରେ ମଧ୍ୟ ହିମାଦ୍ରୀଙ୍କର କୌଣସି ପ୍ରତିକ୍ରିୟା ତ ନଥିଲା, ଦେଖିଲେ ରଂଜିତା ମଧ୍ୟ ପ୍ରତିବାଦ କରୁନାହାନ୍ତି।

କିଛିଦିନ ଏମିତି ହଁ ନାଁ ରେ କଟୁଥିବା ଜୀବନ ପ୍ରଥମଥର ପାଇଁ ଉତ୍‌ଫୁଲିତ ହୋଇଉଠିଲା। ଯାହେଲେ ଏଠି ମତାନ୍ତର ଘଟିନି। ନିଜ ମତ ସହ ଖାପ୍ ଖୁଆଇ ପାରିବ ରଂଜିତା।

ସେୟା ହିଁ ହେଲା।

ଆଉ କୌଣସି ମତାନ୍ତରର ଦ୍ୱନ୍ଦ୍ୱ ନରଖି ରଂଜିତା ହିମାଦ୍ରୀଙ୍କୁ ଖୁସି କରାଇବାରେ ସମର୍ଥା। ସେ କେବେ ହାରିବନି। ମାତ୍ର ରଂଜିତା ଭାବୁଥିଲେ ନାରୀ ସ୍ୱାଧୀନତାର ଅର୍ଥ କଣ ଏୟା? ହିମାଦ୍ରୀ କେବେ ତ ବୁଝିବାକୁ ଚେଷ୍ଟା କଲେନି। ସବୁ ନାରୀ ମା' ହବାକୁ

ଚାହେଁ। ଉନ୍ମୁକ୍ତ ଭାବରେ। କେହି କେବେ ଏକଥା ମୁହଁ ଖୋଲି କହେନାହିଁ। ବରଂ କାହାର ବୁଝିବା ଦର୍କାର।

ତଥାପି ରଂଜିତା ହିମାଦ୍ରୀଙ୍କ ସହ ଏକମତ।

ଦ୍ୱନ୍ଦ୍ୱର ସ୍ଥାନ ନାହିଁ। ଜୀବନ ନିହାତି ଖୋଲା ହେବା ଦର୍କାର। ନଦୀକୂଳର ଦକ୍ଷିଣା ପବନ ଭଳି।

■

ବିରହ ଶୃଙ୍ଗାର

ନିଜକୁ ଜଣେ ଦୃଢ଼, ସ୍ଥିତପ୍ରଜ୍ଞ, ନିର୍ଲିପ୍ତ ଓ ନିର୍ବିକାର ପୁରୁଷ ବୋଲି ଭାବୁଥିଲେ ମଧ୍ୟ ସୋମନାଥ ଏମିତି ଖବରଟି ପାଇବା ପରେ କେଜାଣି କାହିଁକି ହଠାତ୍ ଅନ୍ୟମନସ୍କ ପାଲଟି ଯାଉଛନ୍ତି। ଏଇ କିଛିଦିନ ହେଲା ସେ ଭାବୁଥିଲେ ଏ ସଂସାରର ଅର୍ଥ କିଛି ନାହିଁ। ଜୀବନ ସାରା ଯାହା କରିଛନ୍ତି, ସେଗୁଡ଼ା କେବଳ ମୂଲ୍ୟହୀନ। ପିଲାଙ୍କ ହାତତିଆରି ଖେଳନାର ଘର। କେତେବେଳେ ଭାଂଗିଯିବ, ତାର ନିର୍ଦ୍ଦିଷ୍ଟତା ନାହିଁ। ତେଣୁ ନିଜକୁ ଯେତେ ଉଦାସୀନ ରଖିବ ସେତେ ଭଲ। ସେଥିପାଇଁ ବୋଧେ ସୋମନାଥ ନିରବି ଯାଇଥିଲେ। ନିର୍ଲିପ୍ତ ରହୁଥିଲେ।

ଚାକିରିକାଳ ଠାରୁ ଅବସର ପର୍ଯ୍ୟନ୍ତ, ଏପରିକି ଅବସରର ପନ୍ଦରବର୍ଷ ପର୍ଯ୍ୟନ୍ତ ବି ସେୟା। ଏକା କଥା। ତୀର୍ଯ୍ୟକ ଉଦାସୀନ। ଅନାସକ୍ତ ପରିପ୍ରକାଶ। ସୋମନାଥଙ୍କର କିନ୍ତୁ ଏ ପ୍ରକାର ଆଚରଣକୁ ଅନ୍ୟମାନେ ସମାଲୋଚନା କରନ୍ତି। ନିଜ ପତ୍ନୀ, ପୁତ୍ର ବା କନ୍ୟାଙ୍କ କଥା ଛାଡ଼। ଯେଉଁମାନେ ସୋମନାଥଙ୍କୁ ଯଥେଷ୍ଟ ଜାଣନ୍ତି। ଏଇ ଯେମିତି ବଂଧୁ ଅମରେଶ। ସୋମନାଥଙ୍କର ଅତି ଘନିଷ୍ଠ ବଂଧୁ। ଗୋଟିଏ ଜାଗାରେ ଚାକିରି। ଏକା ର୍ୟାଙ୍କର। ଇସ୍‌ପାତ୍ ଇଣ୍ଡିଆର ଜଣେ ଉଚ୍ଚପଦସ୍ଥ ପ୍ରଶାସନିକ। ଅମରେଶ ଅନେକ ସମୟରେ ସୋମନାଥଙ୍କର ମୁହଁ ଉପରେ କହି ଦିଅନ୍ତି।

'ଜାଣି ସୋମନାଥ ମୋତେ ଲାଗେ ତମେ ଜଣେ ଭୀରୁ। କା ପୁରୁଷ। ତମ ଭିତରେ ବୋଧେ ଗୋଟେ ଅଜଣା ଭୟ ବସାବାନ୍ଧିଛି। ଯେଉଁ ଭୟର ଶିକାର ହୋଇ ତମେ କେବଳ ନିଜର ଏକ ଅଲଗା ରୂପରେ ବାହାରେ ଅନ୍ୟମାନଙ୍କ ଆଗରେ ଦେଖାଉଚ। ଏହା ସତ ନା ?'

ଅମରେଶଙ୍କର ଏପ୍ରକାର ତୀକ୍ଷ୍ଣବାଣରେ ସୋମନାଥ ହଡ଼ବଡ଼େଇ ଯାଉଥିଲେ।

ମନେ ମନେ ଭାବୁଥିଲେ ସେ ବୋଧେ ଠିକ୍ କହୁଛି। ଏକ ଅଜଣା ଭୟ ତାଙ୍କୁ ଗ୍ରାସ କରୁଛି ପ୍ରତିସମୟରେ। ନିଜ ଭିତରେ ସେ ସଂକୁଚିତ ହୋଇଯାଉଛନ୍ତି ସିନା ଉପରକୁ କିନ୍ତୁ ବାହୋସ୍ପଟ ମାରୁଛନ୍ତି।

'ତମେ ଭୁଲ୍ କହୁଛ ଅମରେଶ। ମୋ ଡରିବାର ତ କୌଣସି କାରଣ ନାହିଁ। ମୁଁ କ'ଣ ପାପ କରିଛି ? ଆଛା ବଂଧୁ ତମେ କୁହତ, କାହାକୁ ମୁଁ ଡରିଛି ? ତମେ ତ ଜାଣିଚ, ଚାକିରିରେ ଥିଲାବେଳେ ମତେ ସମସ୍ତେ ଡରୁଥିଲେ। କାହିଁକି କହିଲ ? ମୁଁ କେବେ ଭୁଲ କୁହେନା କି କରେନା। ଆଉ ଯିଏ ଭୁଲ କରେ ତାକୁ ମୁଁ ଛାଡ଼େନା। ତାହେଲେ ମୋ ଘରେ ମୁଁ କଣ ଏମିତି ଭୁଲ୍ କଲି ମତେ ଭୟ କରିବାକୁ ପଡୁଚି ? ଆଉ ସେଇ ଭୟରୁ ରକ୍ଷା ପାଇବା ପାଇଁ ନିଜର ଭାବ ପରିବର୍ତ୍ତନ କରିଛି।

ସୋମନାଥଙ୍କର ଏକଥା ଶୁଣି ଅମରେଶ ହସିଲେ। ଆଉ କହିଲେ 'ଠିକ ଅଛି ସମୟ ଆସୁ, ମୁଁ ତମକୁ ମନେ ପକେଇଦେବି।'

ସୋମନାଥ ଏ ସବୁକଥା ଭାବିଲାବେଳେ ଟିକେ ଚହଲି ଯାଆନ୍ତି। ତାଙ୍କ ଭିତରୁ କିଏ ଯେମିତି କୁହେ- କାହାପ୍ରତି ତୁମେ ଭୁଲ୍ କର କି ନକର ସୋମନାଥ ତୁମର ପତ୍ନୀ ମଧୁଲତାଙ୍କ ପ୍ରତି କିନ୍ତୁ ବହୁ ଅନ୍ୟାୟ କରିଛ। ଆଛା କହିଲ ! ତମେ ଯେତେବେଳେ ଜଣେ ଅଫିସର ଭାବରେ କାମ କରୁଥିଲ, ଅଫିସ୍‌ରୁ ଫେରି ତମେ କେତେବେଳେ ଘରକୁ ଆସ। ରାତି ତିନିଟା। ସିନ୍ଦୁରା ଫାଟିବାର ବେଳ। ପୁଣି ନିଶାସକ୍ତ ଅବସ୍ଥାରେ।

ସେତେବେଳେ ଏ ସହର ତୁମକୁ ଅପେକ୍ଷା କରିନଥାଏ ସୋମନାଥ। ଅପେକ୍ଷା କରିଥାଏ କିନ୍ତୁ ଜଣେ। ତୁମ ସ୍ତ୍ରୀ ମଧୁଲତା। ବେଡ଼୍‌ରେ ଶୋଇକରି ନୁହେଁ, ଖାଇବା ଟେବୁଲ୍ ଉପରେ ମୁଣ୍ଡରଖି ଘୁମେଇ ପଡ଼ିଥାଏ। ତୁମେ କଲିଂବେଲ୍ ମାର। କବାଟ କିଏ ଖୋଲେ କହିଲ ? ତୁମ ପିଲାମାନେ ? ସର୍‌ଭ୍ୟାଣ୍ଟ କ୍ୱାର୍ଟରରେ ଶୋଇଥିବା ତୁମର ଚାକରଚାକରାଣୀ ? କେହି ନୁହେଁ।

ମଧୁଲତା କବାଟ ଖୋଲନ୍ତି।

ଧରିଧରି ଆଣି ଖଟ ଉପରେ ଶୁଆନ୍ତି। ତୁମ ଗୋଡ଼ରୁ ଯୋତାମୋଜା ଖୋଲିଦିଅନ୍ତି। ତମେ ନିଶାରେ ହେଉ କି ଯେମିତି ହେଉ ଆରାମରେ ଶୋଇପଡ଼। ତମେ ତ ପଚାରିପାରିଥାନ୍ତ ସୋମନାଥ-ତୁମେ ଖାଇଚ ଲତା ? ଅଥଚ କେବେ ବି ପଚାରି ନାହଁ। ଥରୁଟିଏ ବି ନୁହେଁ। ତମେ କଣ ଉପାସ ଥାଅ। ନା ! ତୁମେ ଖୁବ୍ ମଉଜରେ ମାଂସ ମଦରେ ପେଟ ଭରିଥାଅ।

ଦିନେ ତ ନୁହେଁ। ସବୁଦିନେ।

ମଧୁଲତା କୌଣସି ଦିନ ମଧ୍ୟ ପ୍ରତିବାଦ ସ୍ୱରରେ ପଚାରିନାହାନ୍ତି। ତୁମେ ମଦ

କାହିଁକି ପିଉଚ ? ଏତେ ରାତିରେ କାହିଁକି ଫେରୁଚ ? ଇତ୍ୟାଦି। କାରଣ କଣ ଜାଣ ସୋମନାଥ ? ତମେ ଜଣେ ଅଫିସର ସ୍ୱାମୀ। ଏମିତି ବଡ଼ ବଡ଼ ଅଫିସର୍ ମାନଙ୍କର ଏହା ଏକ ଆଭିଜାତ୍ୟ। ଯାହାକୁ କହୁଛନ୍ତି ଆରିଷ୍ଟୋକସି। ଏହା ନକଲେ ମଧ୍ୟ ଗୋଟେ ଅଫିସରର ମର୍ଯ୍ୟାଦା ଲଂଘନ ହୁଏ ବୋଲି ତମର ବୋଧେ ଧାରଣା। ଆଚ୍ଛା କହିଲ ସୋମନାଥ ! ରିକ୍‌ସା ବାଲା, କୁଲି ମଜଦୁର ବି ଏମିତି ମଦ ପି'ରାତିରେ ଫେରନ୍ତି। ସ୍ତ୍ରୀକୁ ଅଶ୍ରାବ୍ୟ ଭାଷାରେ ଗାଳି ଗୁଲଜ କରନ୍ତି। ଦର୍କାର ପଡ଼ିଲେ ମାଡ଼ ବି ମାରନ୍ତି। ତା'ହେଲେ ସେ କଣ ତାଙ୍କର ଆଭିଜାତ୍ୟ ? ଗୌରବ ? ଅବଶ୍ୟ ତୁମେ କହିପାର ସେମାନେ ଆଉ ତୁମ ଭିତରେ ଫରକ୍ ଏତିକି ଯେ ତମେ ଡେରିରେ ଫେରି ତମ ସ୍ତ୍ରୀକୁ ଗାଳି କରନା। ମାଡ଼ ମାରନା। କିନ୍ତୁ ଜଣେ ନାରୀ, ଜଣେ ପତ୍ନୀ ତା'ମନରେ ଯେଉଁ ଖେଦ, ଅବଶୋଷ ସେଥିରେ ତ ଫରକ ନାହିଁ। ଧନୀ ଗରିବ, ଶିକ୍ଷିତ ଅଶିକ୍ଷିତ ସବୁର ଊର୍ଦ୍ଧ୍ୱରେ ଜଣେ ନାରୀ ତାର ମନ ଗୋଟିଏ। ସେ ଚାହେଁ ସଦା ସର୍ବଦା ତା ସ୍ୱାମୀଟି ଜଣେ ଭଲ ମଣିଷ ହେଉ। ସେ ହେଉ ପତି ସୁହାଗିନୀ।

ଆଚ୍ଛା ନିଜକୁ ଥରେ ପଚାରିଲ ମଧୁଲତାକୁ ତୁମେ ତାହା ଦେଇପାରିଛ ? ବୋଧେ ଉତ୍ତର ଆସିବ ନା। ସେଥିପାଇଁ ତମେ ଭୀରୁ। ଭୟ କରୁଚ ମଧୁଲତାଙ୍କୁ।

ସୋମନାଥ ଚାକିରି ସମୟରେ ଏସବୁ କଥା ତ କେବେ ଚିନ୍ତା କରିନାହାନ୍ତି। ଅତି ବେପରୁଆ ଭାବରେ ସମୟକୁ ସେ ପଛ କରି ଆଗକୁ ଯାଉଥିଲେ। ତାଙ୍କ ପାଖରେ ସମୟ ହାର୍ ମାନୁଥିଲା ଯେମିତି।

ଏବେ ନବେବର୍ଷ ବୟସକୁ ଛୁଇଁବାକୁ ଯାଉଛନ୍ତି ସୋମନାଥ। ହଁ ନବେବର୍ଷ। ପାଖାପାଖି ଗୋଟାଏ ଶତାବ୍ଦୀ। ଏଥିରୁ ଧରିନିଅ ଷାଠିଏ ବର୍ଷ ବିତିଯାଇଛି। କେବଳ ନିଜ ସହ। ଏକା ଏକା ନିଜ କଥା ହିଁ ସେ କେବଳ ନିଜେ ହିଁ ଶୁଣିଛନ୍ତି। କାହାକଥା ତାଙ୍କ କାନରେ ବାଜିନି। କି ଶୁଣି, ଶୁଣିପାରିନାହାନ୍ତି; ସେ କଥା ଏବେ ସେ କହି ପାରିବନି। ଅବଶିଷ୍ଟ ତିରିଶ ବର୍ଷ- ପୁଣି ସେଇ ଏକ ଏକା। ତାଙ୍କ କଥା ଏବେ କାହାକୁ ଶୁଭୁନି ବୋଧେ। ନା ସେମାନେ ପୁଣି ଶୁଣିପାରୁ ନାହାନ୍ତି। ପୁଣି କଥା ହଉଚନ୍ତି ନିଜ ସହ। ଏକାନ୍ତରେ, ଚୁପ୍‌ଚାପ୍। ତାଙ୍କ ସାମ୍ରାଜ୍ୟରେ ସେ ଯେମିତି ଏକା ଏକା ବାଦ୍‌ଶାହା। ଜନହୀନ ସେ ସାମ୍ରାଜ୍ୟ। ଭାରି ଶୂନଶାନ୍।

ସେଦିନ ଅମେରଶ ଦେଖାହେଲେ ସୋମନାଥଙ୍କ ସହିତ-ରାସ୍ତାରେ ଏକା ଏକା ଯାଉଥିବା ବେଳେ।

ଆଚ୍ଛା କହତ ଅମରେଶ ?

ମୁଁ କାହିଁକି ଏକା ପାଲଟି ଯାଇଛି। 'ସୋମନାଥଙ୍କ ସ୍ୱର ଶୁଭୁଥିଲା ଭାଂଗିଲା

ଭାଂଗିଲା । ଅଳ୍ପହସି ଅମରେଶ କହିଲେ 'ତୁମେ ଏକା ନୁହଁ ସୋମନାଥ । କେବଳ ତୁମର ଭୟ ନିଜକୁ ଏକା ଏକା କରି ଦେଇଛି । ତୁମେ ତେଣୁ କାହା ପାଖକୁ ଯାଇପାରୁନା । ପ୍ରତି ମୁହୂର୍ତ୍ତରେ ପରାଜିତ ହୋଇ ଭୂପତିତ ହେଉଛ ।

କାହିଁକି ? ମୋର ଶିଳ୍ପପତି ବଡ଼ ପୁଅ, ଇଂଜିନିୟର ସାନପୁଅ । ପୁଣି ଝିଅ ଜ୍ୱାଇଁ ଏମାନେ ମୋ ପାଖକୁ ଆସି ଗହଳି ଲଗଉ ନାହାନ୍ତି । ତା'ଛଡ଼ା ଆଉ କାହା କଥା କହିବାକୁ ଯାଇ ସୋମନାଥ ଯେମିତି ଅଟକି ଗଲେ ।

ରହିଗଲ କାହିଁକି ? କହୁନ । ଲତାଭାଉଜଙ୍କ କଥା କହିବ ? - ଅମରେଶ ଅତି ନିର୍ଭୀକତାର ସହ କହିଲେ ।

ଏଥର ସୋମନାଥଙ୍କ ସ୍ୱର ଟିକେ ଉଚ୍ଚ ଶୁଭିଲା ।

'ମୁଁ ତ କାହାପ୍ରତି କିଛି ଅନ୍ୟାୟ କରିନି । ପିଲାମାନଙ୍କୁ ଏତେ ଉଚ୍ଚଶିକ୍ଷା ଦେଇଚି । ସଅକ୍ ସଉକାନିରେ ଅବହେଳା କରିନି । ଝିଅକୁ ଭଲ ଘରେ ବାହାଦେଇଚି । ପୁଣି ଅସୁବିଧା କଣ ? ମଧୁଲତା ଭାଉଜଙ୍କ କଥା ତ କିଛି କହିଲନି ସୋମନାଥ ?- ଅମରେଶଙ୍କ ପ୍ରଶ୍ନ ସିଧା ସଳଖ ।

କିଛି ସମୟ ନିରବ ରହି ଖଣ୍ଡି ଖଣ୍ଡି ସ୍ୱରରେ କହିଲେ ସୋମନାଥ । ମଧୁଲତା ତ ତିନୋଟି ସନ୍ତାନର ଜନନୀ ହୋଇ ପାରିଛନ୍ତି । ଗାଡ଼ି, ଏତେବଡ଼ ଘର, ଖୁସି, ମଉଜ ମଜଲିସ୍‌ର ତ କିଛି ଅଭାବ ନାହିଁ । ଆଉ ପୁଣି କଣ ?

ଅମରେଶ ଏଥର ଗମ୍ଭୀର ହୋଇଗଲେ ସମୁଦ୍ର ଭଳି । ଅଳ୍ପକଣ୍ଠରେ କହିଲେ- ଆଜି ଟିକେ ନିରୋଳାରେ ଭାବିବ ସୋମନାଥ । ଏସବୁ ଥିବା ଭିତରେ ପତ୍ନୀଟିଏ ଆଉ କିଛି ଚାହେଁ । ଯାହା ସେ କେବେ ବି ଏ ସବୁରୁ ପାଇବନି । ତାହା କଣ ଜାଣିଚ ? ତା ସ୍ୱାମୀର ଏକ ପୂର୍ଣ୍ଣାଙ୍ଗ ସୁହାଗ । ଯାହା ସେ ବୟସ ଥିବା ବେଳୁ ଏପର୍ଯ୍ୟନ୍ତ ବି ପାଇନାହାନ୍ତି । ଧନସମ୍ପତ୍ତି, ପୁଅଝିଅ, ଗାଡ଼ି ଘର ଏସବୁକୁ ନେଇ କେବଳ ଜଣେ ନାରୀ ଜୀବନ କଟେଇ ଦେଇପାରେ । ହେଲେ ସେ ଜୀବନ ତା'ପାଇଁ ହୋଇପଡ଼େ ସ୍ୱାଦହୀନ । ବାସ୍ନାହୀନ ।

ଏବେ ତୁମେ ବୁଝିପାରୁଥିବ ସୋମନାଥ ।

ହଁ ତୁମକୁ ଖୋଜିବାକୁ ସେଦିନ ମୁଁ ତୁମ ଘରକୁ ଯାଇଥିଲି । ତୁମେ ନଥିଲ । ମଧୁଲତା ଭାଉଜଙ୍କ ସହ ଦେଖାହେଲା । ସେ ତୁମ ବିଷୟରେ କିଛି କହିପାରିଲେନି । କେବଳ ଏତିକି କହିଥିଲେ ଅନେକ ଦିନୁ ତାଙ୍କ ଖବର ରଖିବା ମୁଁ ଭୁଲିଯାଇଛି ।

ମୁଁ ବିଶେଷ କିଛି ନକହି ଫେରି ଆସିଥିଲି ସିନା । ମୋତେ କଣ ଲାଗୁଥିଲା ଜାଣିଚ ସୋମାନଥ ? ଲତା ଭାଉଜ ଯେମିତି ଜଣେ ଅଭିଶପ୍ତା ଅହଲ୍ୟା । କାହାର ଶାପ୍ୟରେ ପଥର ପାଲଟି ଯାଇଛନ୍ତି ।

ସୋମନାଥ ଅମରେଶଙ୍କୁ କିଛି କହିପାରୁ ନଥିଲେ ।

ଅନୁଭବ କରୁଥିଲେ, ସେ ଜଣେ ମୁକ ବ୍ୟକ୍ତି । କଥା କହିବାର ଶକ୍ତି ନାହିଁ । ସତକୁ ସତ ସୋମନାଥ ସେଇଦିନୁ ମୁକ ପାଲଟି ଯାଇଥିଲେ । କେବଳ ଚାଲୁଥିଲେ ଏକ ସ୍ପ୍ରିଙ୍ଗ ଦିଆ କଣ୍ଢେଇ ଭଳି । ମଧୁଲତାଙ୍କ ଦେହ ଖରାପ ହେଲା । ବଡ଼ପୁଅ ଖବର ପାଇ ତା'ପାଖକୁ ନେଇଗଲା । ସୋମନାଥଙ୍କ ବିନା ପରାମର୍ଶରେ । କିଛି ପରାମର୍ଶ ଦର୍କାର ନାହିଁ । ଯେଉଁଠି ହେଲେ ବି ସେ ଭଲ ହେଇ ଯାଆନ୍ତୁ । ସେ ନିରବରେ ଏହି ମଙ୍ଗଳ ଚିନ୍ତା ହିଁ କରୁଥିଲେ । ସୋମନାଥଙ୍କ ପାଖରେ ତାଙ୍କ ସାନପୁଅ ଆଉ ବୋହୂ । ତା' ପିଲାମାନେ । କୌଣସିଥିରେ କିଛି ଅସୁବିଧା ନାହିଁ । ସବୁ ପରିପୂର୍ଣ୍ଣ । ହେଲେ କେଜାଣି କାହିଁକି ତାକୁ ଏ ଘର ଖାଁ ଖାଁ ଲାଗୁଚି ।

ମଧୁଲତା ଥିଲେ ତାଙ୍କ ପାଇଁ ପରିପୂର୍ଣ୍ଣ ଥିଲା ତ ଏ ଘର ।

ସେ ଗଲାଦିନୁ ବୋଧେ ଏମିତି ଲାଗୁଚି ।

ମଧୁଲତା ଯିବାର ଚାରିମାସ ହେବ ।

ଶରୀର ଟିକେ ସୁସ୍ଥ ଆଡ଼କୁ ଯାଉଛି ବୋଲି ସେ ଖବର ପାଆନ୍ତି । ଶୀଘ୍ର ଭଲ ହେଲେ ସେ ପୁଣି ଫେରି ଆସିବେ । ଶୂନ୍ୟ ଘରଟା ପୁରିଯିବ ପୂର୍ଣ୍ଣତାରେ ।

ଅଚାନକ ଏ ଖବରଟା ମିଳିଲା ସୋମନାଥଙ୍କୁ । ତାଙ୍କ ପତ୍ନୀ ମଧୁଲତାଙ୍କର ଜୀବନସୂର୍ଯ୍ୟ ଅସ୍ତହେଇ ଯାଇଛି । ଯେଉଁ ମଧୁଲତା ଏଠିକି ଫେରୁଛନ୍ତି, ସେ ଆଉ କୋଉ ରାଜ୍ୟର ମଣିଷଟିଏ ହେଇ । ଏ ଘରର ନୁହେଁ । ବେଦବ୍ୟାସ ଘାଟରେ ଜୁଇ ଜଳୁଥିଲା ମଧୁଲତାଙ୍କର । ସୋମନାଥ ସେଠି ଠିଆ ହେଇଥିଲେ ତାଙ୍କ ଦେହ ମୁହଁରେ ନେସି ହେଇଯାଉଥିଲା ଜୁଇ ନିଆଁର ଆଉଟା ସୁନାଭଳି ଲାଲ ଆଭା । ସୂର୍ଯ୍ୟ ବୁଡ଼ିଯିବାର ରଂଗ ଇଏ, ଚମକହୀନ । କମ୍ପନହୀନ ବି ।

ବିଦେଶ ଯାତ୍ରା

ଆମ ଗାଁଆରେ ସମସ୍ତେ କଥାବାର୍ତ୍ତା ହେଉଥିଲେ, ସୁରଭାଇ ବିଦେଶ ଯିବେ। ତାଙ୍କର ସେଠି କୁଆଡ଼େ ଚାକିରି ହେଇଯାଇଛି। ବହୁତ ପଇସା ପାଇବେ। ଆମ ଗାଁଆରେ ସୁରଭାଇ ହିଁ ସବୁଠାରୁ ବେଶୀ ପାଠ ପଢ଼ିଛନ୍ତି। ଆମ ବୟସର ଯେତେ ପିଲା ଅଛୁ, ସେମାନଙ୍କ ଭିତରେ ସୁରଭାଇ ଆମ ନେତା। ଆମକୁ ପାଠପଢ଼ାଇବା ଠାରୁ ଆରମ୍ଭ କରି ଖେଳକୁଦରେ ଭାଗ ନେବାରେ ସେ ହିଁ ଜଣେ ଲୋକ। ତାଙ୍କ ବୟସର ଆଉ ଯେଉଁମାନେ ରହିଲେ ସେମାନେ ନିଜ କାମରେ ବ୍ୟସ୍ତ। ସୁରଭାଇ ସହରରେ ପାଠ ପଢ଼ିଲାବେଳକୁ କଣ କହୁନା ପିଲାବେଳରୁ ଗାଆଁ ପ୍ରତି ତାଙ୍କର ଭାରି ଲୋଭ। ଟିକେ ଛୁଟି ପାଇଲେ ଗାଆଁକୁ ପଳେଇ ଆସିବେ। ଆଉ ଯେଉଁମାନେ ବାହାରେ ପଢୁଥିଲେ ସେମାନେ କେବଳ ବଡ଼ ଛୁଟିରେ ଆସିଲେ ଆସୁଥିଲେ। ଆସିଲେ କଣ ହବ ତାଙ୍କ ଧନ୍ଦାରେ ବ୍ୟସ୍ତ। ମୁଁ ଟିକେ ଭଲ ପଢ଼େନା ବୋଲି, ମୋ ଉପରେ ସୁରଭାଇ ଭାରି ବିରକ୍ତ ହୁଅନ୍ତି। ମୋ ପାଖରେ କିନ୍ତୁ ଗୋଟେ ହତିଆର ତାଙ୍କ ପାଇଁ ଅଛି। ସେଇଟା ବାହାର କଲେ ସୁର ଭାଇ ଥଣ୍ଡା ପଡ଼ନ୍ତି। କେତେ କଣ ଜିନିଷ ଦିଅନ୍ତି। ସେ ହତିଆରଟି ହେଲା ମାଳତୀ ଅପା।

ସୁରଭାଇ ମାଳତୀ ଅପାକୁ ଭାରି ଭଲ ପାଆନ୍ତି। ଆମ ଗାଆଁ ପାଖରେ ଯେଉଁ କଲେଜ ଅଛି ସେଠି ମାଳତୀ ଅପା ପାଠ ପଢ଼େ। ମୋ ବାପା ଟିକେ ଗରିବ। ପରଘରେ ମୂଲ ଲାଗି ପରିବାର ଚଳାନ୍ତି। ଆମେ ଭାଇ ଭଉଣୀ ଦି'ଜଣ। ମୋର ଦଶମଶ୍ରେଣୀ ହେଲା। ତା'ର ଅଷ୍ଟମ। ତେଣୁ ମାଳତୀ ଅପା ଆମ ଦୁଇଜଣଙ୍କୁ ଦିନରେ ଦୁଇଘଣ୍ଟା ପାଠ ପଢ଼ାଏ। ବୋଉ ତାଙ୍କ ଘରେ ବେଳ ପଡ଼ିଲେ ବୋଲହାକ କରିଦିଏ। ବାପା ମଧ୍ୟ ତାଙ୍କର ଚାଷକାମ କରନ୍ତି। ସେଥିପାଇଁ ଆମ ଦୁଇଜଣଙ୍କ ଉପରେ ତାଙ୍କ ବାପା ବୋଉଙ୍କର ବେଶୀ ସହାନୁଭୂତି। ମାଳତୀଅପା ବାପା ଭେଟେନାରୀରେ କାମ କର ନ୍ତି। ଗାଆଁର

କେବଳ ନୁହେଁ ଆଖପାଖ ଗାଆଁର ଗାଈ ବଳଦ ଯାହା ବେମାରୀରେ ପଡ଼ନ୍ତି, ସେମାନଙ୍କୁ ଔଷଧ ପତ୍ର ଦେବାରେ ମାଳତୀ ଅପାଙ୍କ ବାପାଙ୍କୁ ଡକରା ପଡ଼େ। ସେ ବାବଦ ମଧ୍ୟ କିଛି ରୋଜଗାର କରନ୍ତି। ସୁରଭାଇଙ୍କ ବାପା ହେଉଛନ୍ତି ଆମ ହାଇସ୍କୁଲର ଶିକ୍ଷକ। ତାଙ୍କ ବାପା ନିଧିଦାଦା ଓ ମାଳତୀ ଅପାଙ୍କ ବାପା ଶଙ୍କର ମଉସା ଉଭୟେ ଭାରି ସାଂଗ। ଯୁଆଡ଼େ ଯିବେ ସାଂଗ ହେଇ। ଏ ବୟସରେ ମଧ୍ୟ ସେମାନଙ୍କ ଯୋଡ଼ି ଭାଂଗିନି। ହାଟପାଳିରେ ହାଟ କରିବେ ଏକାଠି। ନିଧିଦାଦା ଟିକେ ରାଗୀ ଲୋକ। କ୍ଲାସରେ ପିଲାମାନେ ଭାରି ଡରନ୍ତି। ଖାଲି କ୍ଲାସରେ କଣ ଗାଁରେ ମଧ୍ୟ ପିଲାଙ୍କର ଭାରି ଭୟ। ନିଧିସାର୍ ଆଇଲେ ବୋଲି କିଏ କୁଆଡ଼େ ଘରେ ଲୁଚିବେ। ସୁରଭାଇ ତାଙ୍କର ଗୋଟିଏ ପୁଅ। ଯେତିକି ଭଲ ପାଆନ୍ତି। ସେତିକି ଶାସନ ମଧ୍ୟ କରନ୍ତି।

ସେଥିପାଇଁ ତ ସୁରଭାଇ ଜଣେ ମଣିଷ ଭଳି ମଣିଷ। ଇଂଜିନିୟର। କେତେ ପିଲା ତ ଆଜିକାଲି ଇଂଜିନିୟର, ହେଲେ ସୁରଭାଇଙ୍କର ଦକ୍ଷତା ଅଧିକ। ପାଠ ପଢୁଥିଲାବେଳେ ସେ ଚାକିରି ପାଇଯାଇଥିଲେ। ପାଠପଢ଼ା ସରିଛି କି ନାହିଁ, ସାଙ୍ଗେ ସାଙ୍ଗେ ସେ ଚାକିରି ଚାକିରି କରିବାକୁ ବାହାରକୁ ପଳେଇଲେ। ତା'ପରେ ସେଠି କିଛି ଦିନ ରହିଛନ୍ତି କି ନାହିଁ ଏବେ ପୁଣି ବାହାରିଲେଣି ବିଦେଶ ଯିବେ। ଆମେରିକା। କମ୍ପାନୀ ଅଧିକ ଦରମା ଦେଇ ନେଉଛି। ଆମ ଗାଆଁରେ ପ୍ରାୟ କୁହାକୁହି ହଉଥିଲେ ନିଧିମାଷ୍ଟ୍ର ଭାରି ଭାଗ୍ୟବାନ। ଗୋଟିଏ ବୋଲି ପୁଅ ଯୋଗ୍ୟ କରିଥିଲା ବୋଲି ବୁଢ଼ା କାଳକୁ ଆଉ ଚିନ୍ତା ନାହିଁ। ପୁଅ କଣ ନାହାନ୍ତି- ବଡ଼ ହେଇ ବାହାରକୁ ଗଲେ ବାପାମା'ଙ୍କୁ କିଏ ପଚାରେ ? ସୁର କିନ୍ତୁ ସେମିତି ନୁହେଁ। ଆଉ କିଏ କହୁଥିଲା, ବାହାସାହା ହେଲେ ଛାଏଁ ବଦଳି ଯିବନି। ଅବଶ୍ୟ ନିଧିସାର୍‌ଙ୍କର ଅଭାବ କ'ଣ ? ରିଟାୟର୍ଡ଼ ପରେ ତ ପେନ୍‌ସନ୍ ପାଇବେ। ସେ କଣ ତାଙ୍କ ପୁଅ ପଇସାକୁ ଅନେଇଛନ୍ତି ? ହଉ ଦେଖାଯାଉ ସମୟ କଣ କହୁଛି।

ନିଧିଦାଦାଙ୍କର ଆଉ ଜଣେ ଭଲ ବଂଧୁ ଅଛନ୍ତି ନାରୁକକେଇ। ସେ ମାଇନର ସ୍କୁଲରେ ଅଛନ୍ତି। ଅବଶ୍ୟ ଟିକେ ଦୂରରେ। ତାଙ୍କ ଗାଆଁଠାରୁ ଚାରି ପାଞ୍ଚ କି.ମି. ଦୂର। ନାରୁ କକେଇଙ୍କ ଘର ଆମ ଗାଆଁରେ ନୁହେଁ। ଆମ ପାଖ ଗାଆଁ ମଂଗଳ ପଡ଼ାରେ। ଆମ ଗାଆଁଟା ସେତେ ବଡ଼ ନୁହେଁ। ଏଇ ତିରିଶି ବତିଶ ଘର। ସେଇ ମଙ୍ଗଳପଡ଼ା ପଞ୍ଚାୟତରେ ଆମ ଗାଁ ଯାଏ। ନିଧିଦାଦା ଯେତିକି ସରଳ ଲୋକ, ନାରୁକକେଇ ସେତିକି ଜଟିଳ ଓ ଗମ୍ଭୀର। ତାଙ୍କ ବଂଶଧର ଆମ ଅଞ୍ଚଳର ପୁରୋହିତ ଅଟନ୍ତି। ସମସ୍ତ ମାଂଗଳିକ କାମ, ଶୁଦ୍ଧିବାଦୀ, ବିବାହବ୍ରତରେ ସେ କାର୍ଯ୍ୟ କରନ୍ତି। ଅବଶ୍ୟ ନାରୁ କକେଇ କରନ୍ତିନି। ହେଲେ ସେ ବିଦ୍ୟାରେ ଭାରି ଧୁରନ୍ଧର। ଏଇ ନାରୁକକେଇଙ୍କର ଦୁଇ ପୁଅ। ଗୋଟିଏ

ପୁଅ ଲଣ୍ଡନରେ ଅଛି, ଆଉ ଜଣେ ବାଙ୍ଗାଲୋରରେ ଅଛି। ଉଭୟ ଭଲ ରୋଜଗାର କରନ୍ତି। ସାନପୁଅ ତାଙ୍କର କଣ କରନ୍ତି ମୁଁ ଜାଣିନି। ହେଲେ ଲଣ୍ଡନରେ ଥିବା ପୁଅ କାଳେ କମ୍ପ୍ୟୁଟର ପଢ଼ିଛନ୍ତି। ତେବେ ଦୁଇଜଣ ଯାକ ବାହାସାହା ହୋଇଛନ୍ତି। ବଡ଼ ପୁଅର ପୁଅଟିଏ ଚାରିବର୍ଷର। ସାନ ପୁଅର ଝିଅଟିଏ ଦୁଇବର୍ଷର। ବଡ଼ପୁଅ ନାଁ ସରୋଜ,ସାନପୁଅ ନାଁ ବିରାଜ। ଯେଉଁଦିନ ଲଣ୍ଡନ ଗଲେ ସରୋଜ ସେଦିନ ମୁଁ ଖୁବ୍ ଛୋଟ। ମାତ୍ର ଯାହା ଶୁଣି, ଗାଆଁସାରା ଗୋଟେ ଚହଳ ପଡ଼ିଗଲା। ବିଦେଶ ଯାତ୍ରା କରୁଛି ସରୋଜ। ଛୁଟିରେ ଆସିଲେ ଏଥର ଆମ ଗାଆଁ ପର୍ବକୁ ବହୁତ ଟଙ୍କା ଦେବ।

ହେଃ- ସେ ତ ଯମା ଗାଁ ଭିତରକୁ ଯାଏନା। ପୁଣି ପର୍ବରେ ପଇସା ଦେବ। ଏକଥା ଆଉ କିଛି ଟୋକା କୁହନ୍ତି। ଦୋଳ ମେଳଣରେ ଆମ ଗାଁ ସହିତ ମଂଗଳପଡ଼ା ଗାଆଁ ପିଲାଏ ବାଦ ସାଜନ୍ତି। କେମିତି କାହାର ଭଲ ହେବ, ହେଲେ ପ୍ରତିବର୍ଷ ସେମାନେ ହାର୍ ମାନନ୍ତି। ତା'ର କାରଣ ଗୋଟାଏ, ବଡ଼ମାନେ ଯାହା ଆଗରୁ ଅଛି ସେୟା କରିବାକୁ ଆଗ୍ରହୀ ଥିଲାବେଳେ କିଛି ପିଲା ଚାହାନ୍ତି ଆଉ ଟିକେ ଯାକଯମକରେ କରିବା ପାଇଁ। ହେଲେ ପିଲାଙ୍କ ପାଖରେ ପଇସା କାହିଁ? ଯାହା ଗାଆଁରୁ ଆଦାୟ କରିବେ ସେଥିରେ ଖର୍ଚ୍ଚ କରିବେ। ଯାହାଫଳରେ ଭଲ ହୁଏନା ଆଦାୟ ଟଙ୍କା ବି ସେତେ ଆଖି ଦୃଶିଆ ନୁହେଁ। କେମିତି ବା ଯାକଯମକରେ କରିବେ?

ଆମ ଗାଆଁରେ କିନ୍ତୁ କଥା ଅଲଗା। ବୟସ୍କ ଲୋକମାନଙ୍କ ପ୍ରବଳ ଆଗ୍ରହ ସହିତ ସୁରଭାଇଙ୍କ ଭଳି ଯୁବକମାନଙ୍କର ଚେଷ୍ଟା ଅଧିକ। ସେହି ଅନୁସାରେ ଚାନ୍ଦା ମଧ୍ୟ ସେମିତି ଆଦାୟ ହୁଏ। ଯେଉଁମାନେ ବାହାରେ କାମ କରନ୍ତି, ସେମାନେ ନିଶ୍ଚୟ ଦୋଳକୁ ଗାଆଁକୁ ଆସିବେ। ଯଦି କୌଣସି କାରଣୁ ଆସି ନପାରିଲେ ତାହେଲେ ଡାକଦ୍ୱାରା ହେଉ ବା ଯିଏ ପାଖରୁ ଆସୁଥିବ, ତା' ହାତରେ ହେଉ ଚାନ୍ଦା ନିଶ୍ଚୟ ପଠାଇବ। ସେଥିପାଇଁ ଆମ ଗାଆଁ ମେଳଣ ଖୁବ୍ ଜମେ। ଆଖପାଖ ଗାଆଁରୁ ଠାକୁରଙ୍କ ବିମାନ ଆସେ। ସେ ପୁଣି ବାଜା ରୋସଣୀ, ବାଣରେ। ଗାଆଁ ଦାଣ୍ଡ ଦୁଲୁକେ। ବଂଧୁ ବାନ୍ଧବମାନେ ଗାଆଁରେ ଭର୍ତ୍ତି ହେଇ ଯାଆନ୍ତି। ଗୋପାଳ ମାନଙ୍କର ଲଉଡ଼ି ଖେଳ ହୁଏ। ଡାଳି ବୁଡ଼ାଯାଏ। ଗୋଠରେ କ୍ଷିରୀ ଖାଇବାକୁ ପିଲାମାନଙ୍କର ଭାରି ଭିଡ଼ ଜମେ।

ନାରୁ କକେଇଙ୍କ ପୁଅ ସରୋଜ ଲଣ୍ଡନ ଯେଉଁଦିନ ଗଲା, କକେଇ କେତେ ଯେ ପୂଜାପାଠ କଲେ ତା'ର ହିସାବ ନାହିଁ। ଗୋପାଳଙ୍କ ମନ୍ଦିରରେ ବାଳଗୋପାଳ ସେବା ଦେଲେ। ନିଧି ଦାଦାଙ୍କୁ କହନ୍ତି- ଭାରତରେ କିଛି ନାହିଁ। ଏଠି କେତେ ଟଙ୍କା ଦରମା ପାଇବ। ତା'ପିଲା କ୍ଷୀର ଟିକେ ଖାଇବାକୁ ପାଇବନି। ପିଲାମାନଙ୍କ ପାଠକଥା ଛାଡ଼। ସରୋଜ କେମିତି ଗୋଟେ ନିଜ ବାହୁବଳରେ ଲାଗି ଭଲ ପଢ଼ି ଏତେବାଟ

ଗଲାନା- ହେଲେ ଭାରତରେ ସୁବିଧା କଣ ? ନିଧିଦାଦା ବେଶୀ ତ ଗପନ୍ତିନି, ଯାହା କୁହନ୍ତି ଅଳ୍ପ କୁହନ୍ତି । ସେ ନାରୁକକେଇକୁ କହିଲେ ବୁଝିଲେ ନାରୁବାବୁ ! ଏ ଗୁଡ଼ା ସବୁ ଆମର ଭୁଲ୍ ଧାରଣା । ଆମେ ଦୁଇଜଣ ତ ପୁଣି ଶିକ୍ଷକ । କେତେ ପିଲାଙ୍କୁ ପାଠପଢ଼େଇ ମଣିଷ କରୁଛେ । ଏଇ ଆମ ଭଳି ଗାଆଁ ସ୍କୁଲରୁ କେତେ ପିଲା ପାଠପଢ଼ି ଡାକ୍ତର, ଇଂଜିନିୟର, ବୈଜ୍ଞାନିକ ହେଉଛନ୍ତି ।

ସମସ୍ତେ କ'ଣ ବିଦେଶ ଯାଉଛନ୍ତି ପାଠ ପଢ଼ିବାକୁ ? ପ୍ରକୃତରେ ଯେଉଁ ପିଲା ଭଲ ପଢ଼ିବାକୁ ଚାହିଁବ, ସେ ନିଶ୍ଚୟ ଭଲ ପଢ଼ିବ । ତୁମେ ଯାହା କହିଲ, ସରୋଜ ତ ପୁଣି ଏଇ ହାଇସ୍କୁଲରେ ପାଠ ପଢୁଥିଲା, ଓଡ଼ିଶାରେ କମ୍ପ୍ୟୁଟର ବିଜ୍ଞାନ ପଢ଼ିଲା । ସେ ପୁଣି କେମିତି ହେଲା ? ଏବେ ପୁଣି ବିଦେଶ ଯିବ ।

ନିଧିଦାଦାଙ୍କ କଥାରେ ନାରୁକକେଇ ଯେମିତି ଭାରି ଖୁସି ହେଉଥିଲେ । ମନେ ମନେ ଗର୍ବ କରୁଥିଲେ । ତାଙ୍କ ପୁଅ ବିଦେଶ ଯାଉଛି । କେଡ଼େ ଆନନ୍ଦର କଥା । ଯିଏ ପଚାରିବ, ସେ ତ କହିପାରିବେ, ସରୋଜ ଏବେ ଲଣ୍ଡନରେ ଅଛି । କମ୍ ବଡ଼ କଥା ।

ତା'ର ଚାରିବର୍ଷ ପରେ ସୁରଭାଇ ଆମେରିକା ଯିବେ ବୋଲି ଏବେ ଚିଠି ଆସିଛି । ନିଧିଦାଦା କାହାକୁ କିଛି କହିନାହାନ୍ତି । ଏମିତି ଶୁଣାଶୁଣିରେ ସମସ୍ତେ ଜାଣିଛନ୍ତି ଯେ ସୁରଭାଇ ବିଦେଶ ଯିବେ । ମଧ୍ୟବୟସ୍କ କି ଯୁବକମାନେ ଆମ ଗାଆଁରେ ଖୁସିହେଉଥିଲେ । ମଙ୍ଗଳପଡ଼ା ଗାଆଁର ନାରୁକକେଇଙ୍କ ପୁଅ ସରୋଜ ବିଦେଶ ଯାଇଥିଲା ବୋଲି ଆମ ଗାଆଁ ଟୋକାଙ୍କୁ ପରିହାସ କରୁଥିଲେ । କ୍ଲାସରେ ପିଲାମାନଙ୍କୁ ଭାଇ ଗୋଟିଏ ଉଦାହରଣ ଦେଉଥିଲେ ଯେ ତାଙ୍କ ପୁଅ ବିଦେଶ ଯାଇଛି । ତମେମାନେ କିଛି ହେଲନି । ପାଠ ନପଢ଼ି ଖାଲି ବାଲୁଙ୍ଗା ହେଇଗଲା । ଦୋଳମେଳଣରେ ପ୍ରତିଯୋଗିତା କରି ଡେଇଁବ, ରଜରେ ବାଗିଡ଼ି ଖେଳିବ, ଏମିତି ଏଥିରେ ମାତିଲେ କେହି କଣ ପାଠପଢ଼େ । ମୂର୍ଖ ହୋଇଯାଏ । ଆମ ସରୋଜ ସେଥିପାଇଁ କାହାସହ ମିଶୁନଥିଲା । କାରଣ ସେ ଜାଣିଥିଲା ଗାଆଁ ପରିବେଶ ଖରାପ । ଜଣେ ଖରାପ ପରିବେଶରେ ମିଶିଲେ ସେ ଆପେ ଆପେ ଖରାପ ହେଇଯିବ । ଖାଲି ପାଠନୁହେଁ ସବୁ କାର୍ଯ୍ୟ ତାର ଖରାପ ହେଇଯିବ ।

ଆଚ୍ଛା ପାଠପଢ଼ା ସହିତ ଗାଆଁର ପର୍ବ କଣ ହୁଏନା ?

ଆମ ଗାଆଁ ଲୋକ ଭାବୁଥିଲେ ଏକଥା । ସୁର ତ ପୁଣି ସବୁଥିରେ ଭାଗନିଏ । ପିଲାଦିନୁ ଏତେବଡ଼ ହେବାଯାଏ । ସେ କଣ ଭଲ ପାଠ ପଢୁନଥିଲା । ନା ବିଦେଶ ଗଲାନି ? ତା ଛଡ଼ା ପାଠପଢ଼ା ସହିତ ଦୋଳମେଳଣ ସହ ସମ୍ପର୍କ କଣ ? ଓଃ ତୁମ ଗାଆଁର ଭଲ ହୁଏନା ବୋଲି, ମନେ ମନେ ହିଂସା, ସେଥର ପରା ନାରୁକକେଇ ଓ ଆଉ କେତେଜଣ ଭଦ୍ରଲୋକଙ୍କୁ ଆମ ଗାଆଁ ମେଳଣକୁ ଆସିବାକୁ ନିମନ୍ତ୍ରଣ କରାଯାଇଥିଲା ।

ସେମାନେ କଣ ଆସିଲେ ? ଜଣେ ଦି'ଜଣ ଯିଏ ଆସିଲେ ନାରୁ କକେଇ ଆସିଲେନି।

ପଛରେ ନିଧିଦାଦାଙ୍କୁ କହିଲେ ଯେ ତୁମ ଗାଆଁ ପିଲାଙ୍କର ବ୍ୟବହାର ଠିକ୍ ନାହିଁ, ଯେମିତି ନିମନ୍ତ୍ରଣ କରିବା କଥା ତ କଲେନି; ଗଲେ ମଧ୍ୟ ସେ ଭଳିଆ ସମ୍ମାନ ଦେବେନି। କୋଉବର୍ଷ ଥରେ ଆସିଥିଲେ ବୋଲି କହିଲେ, ଓ ପିଲା କି ବୟସ୍କ ଲୋକମାନେ କେହି ଜଣେ ବି ଚେୟାର ଖଣ୍ଡେ ଦେଲେନି ବସିବା ପାଇଁ। ତାଙ୍କ ମୁହଁରୁ ଏ କଥା ଶୁଣିଲା ପରେ ନିଧିଦାଦା କିଛି ଉତ୍ତର ଦେଲେନି। ସେ ଜାଣିଛନ୍ତି ଯେ ନାରୁକକେଇ ଟିକେ ଅହଂକାରୀ। ତଥାପି ବୁଝେଇଲା ଢଙ୍ଗରେ କହିଲେ- "ଏ ଗୋଟେ କଥା। ପିଲାମାନେ ସବି ବ୍ୟବସ୍ଥା କରୁଛନ୍ତି; ଯଦି ସେମାନଙ୍କ ତରଫରୁ କିଛି ତ୍ରୁଟି ଥିବ, ତାକୁ କଣ ଧରନ୍ତି। ତା'ଛଡ଼ା ସେମାନେ ସବୁ ତ ତୁମର ଛାତ୍ର। ପାଠପଢ଼ିଲେ ଖାଲି କଣ ଛାତ୍ର ହେବେ, ନହେଲେ ନାହିଁ। ଜଣେ ଶିକ୍ଷକଙ୍କର ସମସ୍ତେ ଛାତ୍ରଛାତ୍ରୀ। ତେଣୁ ଆପଣ ଏଗୁଡ଼ା ଧରିବେନି। ଆପଣଙ୍କ ଗାଆଁ କ'ଣ ଆମ ଗାଆଁ କ'ଣ ?

ନିଧିଦାଦାଙ୍କ ଠାରୁ ଏକଥା ଶୁଣିଲେ ସତ, ନାରୁକକେଇ କିଛି ମନ୍ତବ୍ୟ ଦେଲେନି। ନିଧିଦାଦା ବି ଆଉ କଥା ପକେଇଲେ।

ନାରୁକକେଇଙ୍କର ମୂଳକଥା ହେଲା: ତାଙ୍କ ପୁଅ ସରୋଜ ପାଠପଢ଼ି ବିଦେଶ ଗଲା, ହେଲେ ଆମ ଗାଆଁର ପିଲା କିଛି ହେଲେନି। ଏହି ଅହଂକାର ତାଙ୍କ ମନ ଭିତରେ। କିନ୍ତୁ ଏବେ ସୁରଭାଇ ଯେତେବେଳେ ଆମେରିକା ଯିବେ, ସେ ଶୁଣିଛନ୍ତି ନିଶ୍ଚୟ। ହେଲେ ନିଧିଦାଦାକୁ କିଛି କହି ନାହାନ୍ତି। ସେ ସହି ପାରୁନାହାନ୍ତି। ସେ ବୋଧେ ଭାବୁଥିଲେ ତାଙ୍କ ପୁଅ ଏକୁଟିଆ ବିଦେଶ ଯାଇଥାନ୍ତା।

ସୁରଭାଇଙ୍କ ବିଦେଶଯାତ୍ରାର ସମୟ ଯେତେ ପାଖେଇ ଆସୁଥିଲା ଗାଆଁ ଲୋକଙ୍କ ମନ ସେତେ ଉଲ୍ଲସିତ ହେଉଥିଲା। ହେଲେ ମୁଁ ଜାଣିଥିଲି ଦୁଇଜଣଙ୍କ ମନ ଭଲ ନଥିଲା। ଜଣେ ହେଲେ ସୁରଭାଇଙ୍କ ବୋଉ ବାସ ଖୁଡ଼ୀ ଆଉ ଜଣେ ହେଲା ମାଳଦୀ ଅପା। ସେଦିନ ଆମକୁ ପାଠ ପଢ଼ଉଥିବା ବେଳେ ସେ ମତେ କହିଲା "ବୁଝିଲୁରେ ବୁଢ଼ା ସୁରଭାଇ କଣ ସତରେ ବିଦେଶ ଯିବେ ?" ବାସମାଉସୀ ନା ଭାରି ମନଦୁଃଖ କରୁଥିଲେ। ନାରୁକକେଇଙ୍କ ପୁଅ କଥା ସେ କହୁଥିଲେ ଯେମିତି ଚାରିବର୍ଷ ହେଲାଣି ଯାଇଛି ଯେ ଆଉ ଆସୁନି। ସିଆଡ଼େ ପୁଣି ବାହାହେଲା। ଚାରିବର୍ଷର ପୁଅଟିଏ। ନାରୁକକେଇ କି ତାଙ୍କ ସ୍ତ୍ରୀର କଣ ମନ ହଉନଥିବ, ପୁଅକୁ, ବୋହୂକୁ କି ନାତିକୁ ଦେଖିବାକୁ। ସେଇକଥା ଭାବି ବାସ ମାଉସୀଙ୍କ ମନ ଭଲ ନାହିଁ।

ସୁରଭାଇ ଆମେରିକା ଗଲେ ଆମକୁ ସବୁ ଭୁଲିଯିବେନା ? ଆମ କଥା କଣ ଆଉ ସେ ମନେ ପକେଇବେ। ନା ଦୋଳମେଳଣକୁ ଗାଆଁକୁ ଆସିବେ ? ମୋ ମନଟା

ବି ଭଲ ନାହିଁ। ମୁଁ କହିଲି ତୁ ବି ସେୟା ମାଳତୀ ଅପା। ଆରେ ନାରୁ କକେଇଙ୍କ ଭଳି ତାଙ୍କ ପୁଅ ହେଇଚି। ଗର୍ବୀ। ସେ ଯେତେବେଳେ ଲଣ୍ଡନରେ ରହିଲା ଏମାନଙ୍କୁ ସବୁ ଭୁଲିଗଲା। ନାରୁକକେଇଙ୍କୁ ଠିକ୍ ହେଇଛି। ଯେମିତି ଛାତି ଫୁଲେଇ ଆମ ଗାଆଁ ପିଲାଙ୍କୁ କହୁଥିଲେ, ସେମିତି ପାନେ ପାଇଛନ୍ତି। ଆମ ସରେଜ ଭାଇ କଣ ସେମିତି। ଓଡ଼ିଶାରେ ଚାକିରି କରିଥିଲେ ବି କୋଉ ପର୍ବରେ ସେ ଗାଆଁକୁ ନ ଆସିଛନ୍ତି। ଏୟାହବ କ'ଣ ସବୁ ପର୍ବରେ ସେ ଆସିପାରିବେନି। ବର୍ଷରେ ଥରେ ତ ଆସିବେ। ଆଉ ରହିଲା ସେଠି ବାହାହବା କଥା। ତତେ ଛାଡ଼ି କଣ ସେ ଆଉ କୋଉଠି ବାହାହେବେ। ଏତିକି କହିଛି କି ନାହିଁ ମାଳତୀ ଅପା ମୋ କାନଟାକୁ ମୋଡ଼ି କହିଲା– ତତେ ଏସବୁ କଥା କହିବାକୁ କିଏ କହିଲା। ରହ ମୁଁ ନିଧି ମଉସାଙ୍କୁ କହୁଛି। ଯଦି ବହେ ମାଡ଼ ନଖାଇଚୁ ଦେଖିବୁ।

ମୁଁ ହସି ଦେଲି।

ମାଳତୀ ଅପା ବି ହସି ଦେଲା।

ନିଧି ଦାଦାଙ୍କ ମନରେ କଣ ଅଛି କେଜାଣି ? ସୁରଭାଇ ବିଦେଶ ଯିବେ କି ନ ଯିବେ ? ବା ଗଲେ ଭବିଷ୍ୟତ କଣ ହେବ ସେ କାହାକୁ କିଛି କୁହନ୍ତିନି। ବରଂ ଏଇ କେତେଦିନ ତଳେ ନାରୁ କକେଇ ନିଧିଦାଦାଙ୍କୁ ପଚାରୁଥିଲେ ? ସେ କିଛି କହିନଥିଲେ। ନାରୁ କକେଇ କହିଲେ ନାଇଁମ ମାଷ୍ଟ୍ରେ ମୁଁ କାହିଁକି ପଚାରୁଛି କି, "ସରୋଜଟା ଆମକୁ ଏକଦମ୍ ଭୁଲିଗଲା। ତା ବୋଉ ତ ସବୁବେଳେ କାନ୍ଦୁଛି। ଆମର ବ୍ରାହ୍ମଣ ଘର, ସେ ପୁଣି ଗୋଟେ ଖ୍ରୀଷ୍ଟିୟାନ୍ ଝିଅକୁ ସିଆଡ଼େ ବାହାହେଲା। ଯା ହେଲା ହେଲା ଗାଆଁକୁ ଭଲା ଆସନ୍ତା। ସେ ନାତି ଟୋକାକୁ ଆସି ଚାରିବର୍ଷ ହେଲାଣି ଯେ ଆମେ ତା'ମୁହଁ ଟିକେ ଦେଖିନୁ। ସାନଟୋକା ବିରାଜ ଗାଆଁକୁ ଆସିଲେ ତା' ମୋବାଇଲରେ କଣ ଫଟୋ ଦେଖାଏ ବାସ୍ ସେତିକି। ଏଥିରୁ କଣ ବା ସୁଖ ? କେତେ ଖୁସି ହେଉଥିଲୁ ପୁଅ ବିଦେଶ ଯିବ, ଟଙ୍କା ରୋଜଗାର କରିବ। ଆଉ ନାଁ ଡାକ ହେବ ଅମୁକ ଲୋକଙ୍କ ପୁଅ ଲଣ୍ଡନରେ ଅଛି। ସେ ଖୁସି କୁଆଡ଼େ ମିଳେଇ ଗଲା।" ଏତିକି କହୁ କହୁ ନାରୁ କକେଇଙ୍କ ଆଖିରେ ଲୁହ ଆସିଯାଇଥିଲା। ଯେମିତି ସେ ଖୁବ୍ ଭାଙ୍ଗି ପଡ଼ିଛନ୍ତି। ସେ ଦୁଃଖ କାହାକୁ କହି ପାରୁନାହାନ୍ତି।

ନିଧିକକେଇଙ୍କ ଭିତରେ କିଛି ପ୍ରତିକ୍ରିୟା ନଥିଲା।

ସେ ବୁଝିଛନ୍ତି; ସେମାନଙ୍କର ବୟସ ହେଇ ଯାଇଛି। ବୁଝିବାର ଶକ୍ତି ବି ଅଛି। ଯଦି ସେମାନେ ନ ବୁଝିବେ, ଭଲ ମନ୍ଦ ବିଚାର କରିନପାରିବେ, ବା ବାପା ମା କ'ଣ କେତେ କରିଛନ୍ତି ତାଙ୍କ ପ୍ରତି କର୍ତ୍ତବ୍ୟ ନ କରିବେ, କିଏ କଣ କହିବ ? ଏତିକି ହବ, ନିଜକୁ ବୁଝେଇ ଦେଇ ରହିଯିବା କଥା।

ବାସ ଖୁଡ଼ୀ କାଳେ ମାଳତୀ ଅପାକୁ ପଚାରୁଥିଲେ ସୁର କଣ ତତେ କହୁଥିଲା କି ? ମାଳତୀ ଅପା ମୁଣ୍ଡ ହଲେଇ ମନା କଲା। ସୁରଭାଇ ତ ଏବେ ଗାଆଁକୁ ଆସିନାହାନ୍ତି, ନହେଲେ ସେ ପଚାରନ୍ତେ। ଆମ ଏଠି କଣ ନାହିଁ ଯେ ଆମେରିକା ଯିବ? ଯେତିକି ପଇସା ଦରମା ପାଉଛି, ସେତିକିରେ କଣ ଚଳିହବନି ? ଘରେ କଣ ଅଭାବ ଅଛି ଯେ ? ପାଖରେ କତିରେ ରହିଲେ ହେଲେ ବୁଢ଼ାବୁଢ଼ୀ କାଳରେ ଆମ ପାଖକୁ ଦୌଡ଼ି ଆସିବ। କଣ ଦର୍କାର ବାହାରକୁ ଯିବା। ବାସଖୁଡ଼ୀ ତ ଏକଥା କହୁ କହୁ କାନ୍ଦି ପକଉଛନ୍ତି।

ସୁରଭାଇଙ୍କ ଆମେରିକା ଯିବା ଆଉ ଆଠଦିନ ବାକି ଅଛି। କଣ ସେ କାଗଜପତ୍ର ତିଆରି କରୁଛନ୍ତି ବୋଲି ମାଳତୀ ଅପା କହୁଥିଲା। ହଠାତ୍ ସେଦିନ ସୁରଭାଇ ନିଧିଦାଦାଙ୍କ ପାଖକୁ ଫୋନ୍ କଲେ- 'ବାପା ମୁଁ ଆମେରିକା ଯିବା କ୍ୟାନସଲ କରିଦେଲି। ମୋତେ କାହିଁକି ଭଲ ଲାଗୁନି। ସେଠାକୁ ଗଲେ ଗାଆଁକୁ ବର୍ଷରେ ଥରେ ବି ଆସି ହେବନି। ତୁମେ ରାଗିବନି। ମୁଁ ଗଲେ କଥା ହେବା।'

ନିଧି ଦାଦା କିଛି କହିଲେନି, ଖାଲି ଖୁଡ଼ୀଙ୍କୁ କହିଲେ 'ସୁର ଆମେରିକା ଯିବା ବନ୍ଦ କରିଦେଲା। କାହିଁକି କେଜାଣି ? ଖୁଡ଼ୀ ଯେମିତି ଭିତରୁ ଖୁସିଟାଏ ହେଲେ- କହିଲେ ଭଲ ହେଲା। 'ମାଳତୀ ଅପା ଶୁଣିଲା। ମାତ୍ର ଚୁପ୍ ରହିଲା। ଭଲ କି ଖରାପ କିଛି କହିଲାନି। ଗାଆଁରେ ଶୁଣିଲେ ଏକଥା। ସେମାନେ କୁହାକୁହି ହଉଥିଲେ, "ଭଲ ହେଇଚି ନଯାଇଛି, ନିଜ ଦେଶ ଛାଡ଼ି ବିଦେଶ କାହିଁକି ଯିବ। ନାରୁ କକେଇଙ୍କ ପୁଅ ଭଳି ହବ।"

ମୁଁ ଦେଖାକଲି ମାଳତୀ ଅପାକୁ। କିଛି ନକହି ମୋତେ ଅନେଇ ହସିଦେଲା।

■

BLACK EAGLE BOOKS

www.blackeaglebooks.org
info@blackeaglebooks.org

Black Eagle Books, an independent publisher, was founded as a
nonprofit organization in April, 2019. It is our mission to
connect and engage the Indian diaspora and the world at large
with the best of works of world literature published on a
collaborative platform, with special emphasis on foregrounding
Contemporary Classics and New Writing.

www.ingramcontent.com/pod-product-compliance
Lightning Source LLC
Chambersburg PA
CBHW050155110726
47898CB00008B/2811
* 9 7 8 1 6 4 5 6 0 7 9 4 6 *